THE
REVENANT

THE REVENANT
Michael Punke

荒野猎人

〔美〕迈克尔·庞克 著
贾令仪 贾文渊 译

献给我的父母：
玛丽莲·庞克和布奇·庞克

不要自己伸冤,宁可让步,听凭主怒。

因为经上记着:"主说,伸冤在我,我必报应。"

——《罗马书》12 章 19 节*

---

* 这两句译文直接取自中文版《圣经》(中国基督教协会,南京,1998 年)。——译注

目录 | Contents

1823 年 9 月 1 日 　　　　　　　　　　**1**

第 1 部

第 1 章
　　1823 年 8 月 21 日 　　　　　　　**7**

第 2 章
　　1823 年 8 月 23 日 　　　　　　　**12**

第 3 章
　　1823 年 8 月 24 日 　　　　　　　**23**

第 4 章
　　1823 年 8 月 28 日 　　　　　　　**39**

第 5 章
　　1823 年 8 月 30 日 　　　　　　　**50**

第 6 章
　　1823 年 8 月 31 日 　　　　　　　**60**

第 7 章
　　1823 年 9 月 2 日早晨 　　　　　　**74**

第 8 章

　1823 年 9 月 2 日下午　　　　**98**

第 9 章

　1823 年 9 月 8 日　　　　**105**

第 10 章

　1823 年 9 月 15 日　　　　**118**

第 11 章

　1823 年 9 月 16 日　　　　**132**

第 12 章

　1823 年 9 月 17 日　　　　**135**

第 13 章

　1823 年 10 月 5 日　　　　**140**

第 14 章

　1823 年 10 月 6 日　　　　**151**

第 15 章

　1823 年 10 月 9 日　　　　**153**

第 2 部

第 16 章

　1823 年 11 月 29 日　　　　**179**

第 17 章

　1823 年 12 月 5 日　　　　**193**

第 18 章
1823 年 12 月 6 日 **203**

第 19 章
1823 年 12 月 8 日 **215**

第 20 章
1823 年 12 月 15 日 **220**

第 21 章
1823 年 12 月 31 日 **228**

第 22 章
1824 年 2 月 27 日 **246**

第 23 章
1824 年 3 月 6 日 **254**

第 24 章
1824 年 3 月 7 日 **259**

第 25 章
1824 年 3 月 28 日 **270**

第 26 章
1824 年 4 月 14 日 **282**

第 27 章
1824 年 4 月 28 日 **296**

第 28 章
1824 年 5 月 7 日　　　　　　　　　**302**

史料集注　　　　　　　　　　　　**305**
鸣　谢　　　　　　　　　　　　　**311**
主要资料来源　　　　　　　　　　**313**

1823年9月1日

他们要抛弃他了。受伤的人见那小伙子低头瞅了他一眼,然后闪身躲避他的目光,他心里清楚,他们要撇下他离去。

几天来,那小伙子一直在跟戴狼皮帽子的人争吵。真的已经过了好几天?这个受伤的人饱受发烧和疼痛的折磨,根本拿不准是真的听到那两人在交谈,还是昏迷中自己脑袋里在胡思乱想。

他仰望上方的岩石峭壁,见一棵孤零零的扭曲松树盘根错节地贴在岩石表面。这棵树他看了一眼又一眼,先前从没想过,这时才发现,树干的线条明显构成一个十字架。他头一次意识到,自己要死在这条山谷的小溪边。

在这里,眼下他是让大家为难的焦点,可他保持着一种奇异的超然神态,脑中闪过一个想法,在替他们两人考虑。假如他们留下陪他,等那帮印第安人沿河岸追来,大家都活不成。"换个角度,假如他们肯定要死……我还会陪他们一道死吗?"

"你能肯定他们沿小溪跑来了?"小伙子的声音变得沙哑。他的嗓音平时像男高音般动听,但遇到眼下这样的紧急情况,就失态变声了。

火坑边的晾肉木架旁,戴狼皮帽子的人匆匆弯下腰,把没有完全晾干的鹿肉塞进自己的牛皮囊。"你想等在这儿看个明白?"

伤者开口想说话,喉咙却疼得像刀割。他倒是发出个声音,就是没能说成清楚的字句。

戴狼皮帽子的人没理会他的声音,继续收拾自家的东西,但小伙子转过身来:"他想说话呢。"

小伙子单腿跪倒在伤者跟前。伤者说不出话,举起还能动的一条胳膊指点。

"他想要自己的火枪,"小伙子说,"他想让咱们把火枪给他。"

戴狼皮帽子的人快步走来,拦到两人之间,往小伙子脊背上狠狠踢了一脚。"见你的鬼,快走!"

他转向伤者。伤者身旁放着一小堆自己的随身物品:一只随身包、一柄鞘上镶嵌着珠子的刀、一把斧头、一支火枪、一个牛角火药筒。戴狼皮帽子的人弯腰抓起那只随身包,伤者只能无可奈何地看着。那人在包里翻找,掏出火石和火镰,塞进自己皮背心的口袋,抓起牛角火药筒,挂到肩上,把斧头插进自己宽宽的皮带。

"你这是干嘛?"小伙子问。

那人再次弯腰,抓起刀,扔给小伙子。

"拿着。"小伙子接住,瞪大眼睛看着手中的刀鞘,露出恐怖神色。最后只剩下那支火枪了。戴狼皮帽子的人抓起枪,迅速查看一下,见枪里填装了火药弹丸。"对不起啦,格拉斯老伙计。这些东西你一样也用不着了。"

小伙子愕然了。"咱们不能不给他留下装备就把他撇在这儿。"戴狼皮帽子的人匆匆抬头看了一眼,就钻进树林中不见了。

伤者两眼直勾勾地望着握刀的小伙子——那是他的刀。小伙子呆呆地站了好一阵子,最后,抬起目光。他看上去像是要开口说话,却一个转身逃进了树林。

伤者盯着两人消失身影的地方,心中像点燃松针一样升起熊熊怒火,只想双手紧扼两个家伙的脖子,不取他们的命就不解恨。

出于本能,他开始呼喊,全然忘记了自己的喉咙根本说不出话,只能感觉到剧痛。他用左胳膊肘支撑着坐起身,右胳膊能稍稍弯曲一下,可根本无法承重。每动一下,剧烈的疼痛就像一道闪电,从脖子传向脊背。伤口草草缝合在一起,他觉得皮肤紧绷绷的。低头望去,一条腿上紧紧缠着血糊糊的衬衫碎片。一侧的胯不能弯曲,那条腿不能动。

他使出浑身力气,勉强翻了个身,肚皮贴在地面上,感觉到伤口的缝线绷开了,脊背上又冒出温热的血液。但是,比起心中喷涌的怒火,肉体的疼痛几乎无足轻重。

休·格拉斯开始爬行。

第 1 部

第1章
1823年8月21日

"阿什利先生,我的货船正从圣路易斯驶来,很快就能抵达。"身材肥胖的法国人再次解释说,他的声调既耐心又坚决。"我很高兴把全部船货卖给落基山毛皮公司——但是,不属于我的东西,我就不能卖了。"

威廉·H.阿什利把铁皮杯墩在粗糙的石板桌面上。精心梳理过的花白大胡子掩盖不住他紧咬的牙关,再说,牙关咬得再紧,看来也压不住勃然怒火。阿什利又一次遭遇到他最忍受不了的倒霉局面:等待。

这个法国人的名字"基奥瓦·布雷佐"毫无法国味。他望着阿什利,心中渐渐生出恐惧。基奥瓦原以为,阿什利亲临这个偏远的贸易站,是自己难得的机会,如果成功维护双方的关系,就能为自己的生意奠定永久的基础。阿什利是圣路易斯商界和政界名人,既有开拓西部贸易的远见,也有为此投资的资金——阿什利称之为:"别人的钱。"那是轻佻的金钱,不安的金钱,可以从一桩投机中抽出来搞另一桩投机的金钱。

基奥瓦戴着厚厚的眼镜。他视力不佳,目光却能看透人的心思。他瞟了一眼:"阿什利先生,容我提个想法。我们一边等待货船抵达,一边搞另一宗生意。"

阿什利没有首肯,却也没有再次发作。

基奥瓦说:"我需要从圣路易斯补充进货。我派条小艇明天顺流而下送信,把你的急件送交贵公司。赶在莱文沃斯上校惨败的消息传开前,安定人心。"

阿什利长叹一声,灌了一口酸啤酒,无奈中,放弃追究这又一次的耽搁。他心中老大不情愿,可这法国佬的建议听起来还合理。他需要向投资人做出保证,而且要赶在战况消息传遍圣路易斯大街小巷之前。

基奥瓦感觉到自己的机会来了,便迅速采取行动,引导阿什利走上有利自己的方向。这个法国人拿来羽毛笔、墨水、羊皮纸,摆放在阿什利面前,还再次给他的铁皮杯斟上酸啤酒。"先生,我就不打扰你工作了。"他乐于趁机抽身走开。

牛油蜡烛的昏暗光线下,阿什利写了封长信,直到深夜才写完:

发自:密苏里河畔布雷佐堡

日期:1823年8月21日

收信人:圣路易斯市皮肯斯父子公司,詹姆斯·D.皮肯斯先生

尊敬的皮肯斯先生:

　　我有责任向您通报过去两周发生的不幸事件。鉴

第 1 章 1823 年 8 月 21 日

于这些事件的性质,我们在密苏里河上游地带的生意必须做出调整,不过并不是放弃。

此时你也许已经得知,落基山毛皮公司诚信地购买六十四马后,受到卖方阿里卡拉族印第安人的袭击。阿里卡拉人无端发起攻击,杀死我们十六个人,还打伤了十余人,偷回一天前假意出售给我们的马匹。

面对这次攻击,我被迫退到河的下游地带,同时与莱文沃斯上校和美国陆军联系,要求他们对此公然冒犯美国公民神圣权利的行为予以回应,保证美国公民在密苏里河地区旅行畅通无阻。我还要求我公司人员给予支持。公司人员冒着极大的危险,(在安德鲁·亨利上尉率领下)撤离联合堡后与我会合。

到了 8 月 9 日,我们组织起一支七百人的联合部队抵抗阿里卡拉人,其中有莱文沃斯的两百名正规军(有两门榴弹炮),有 RMF 公司的四十多人。我们还临时与四百名苏族勇士结成盟友,因为这个族与阿里卡拉人有历史积怨,至于其缘由,我并不了解。

总之,我们聚集起了足够的人马,既可以保护这片地区,也可以惩罚背信弃义的阿里卡拉人,还能重振我们在密苏里河地区的生意。发生这样的结果,应该归咎于莱文沃斯上校软弱无能。

此次不体面冲突的详情,请容我返回圣路易斯后面述,我只能在此说,上校屡次不愿惩戒小股敌人,到头来酿成整个阿里卡拉族失控,结果是布雷佐堡和曼丹族印第安人村落之间的密苏里河流域实际上成为禁区。从我所在之处和那个地区之间,有九百名阿里卡拉族战士驻守,无疑还新挖掘了战壕,形成了阻止船只沿密苏里河上行的新态势。

莱文沃斯上校已经返回阿特金森堡的驻地,自然会在温暖的炉前度过冬季,仔细考虑自己的选择。我不打算等他。您清楚,我们的生意承担不起八个月的损失。

阿什利停下笔,琢磨自己写的信,信中阴沉的口吻让他觉得不快。信上反映了他的愤怒,却没有传递自己的主要情绪:对未来成功的乐观基调,以及对自己能力的坚定信念。上帝把他安排在一块无限富饶的土地上,这是一片丰饶乐土,凡是有勇气去尝试的坚毅人士,都会得到丰厚的收获。阿什利坦然承认,自己面临的劣势只是一些挫折,只要创造性地综合利用自己的力量,到头来都能克服。阿什利预料到会有挫折,但他不容许失败。

我们必须将这次不幸转化为利益,趁我们的竞争对手踌躇时奋力向前。鉴于密苏里河谷这一途径实际上已经堵死,我决定派两队人马打通迂回路线。我已经派亨利上尉沿格兰德河谷向上游跋涉,返回联合堡。杰迪代亚·史密斯将率领第二队人马逆普拉特河而上,目标是大盆地的水域。

第 1 章　1823 年 8 月 21 日

毫无疑问，你一定与我有同感，对我们的耽搁深为失望。但我们现在必须果敢，夺回失去的时间。我已经向亨利和史密斯发出指示，要他们今年春季不带自己的收获返回圣路易斯，我们要在集结地点用他们的毛皮交换新的物资供应。这个安排可以节省四个月，抢回失去的部分时间。此外我建议，在圣路易斯募集一支新的毛皮贸易捕猎队，由我亲自率领，春天出发。

蜡烛即将燃尽，烛心迸出噼啪声，喷出难看的黑烟。阿什利抬起头，恍然意识到夜已经很深，自己也深感疲惫。他用羽毛笔蘸一下墨水，接着写信。这份报告已写到末尾，他的笔迹这时变得坚定而迅速：

我恳请您与我们公司联系，措辞一定要尽可能强烈，表现出我对我们的努力必胜的坚定信念。上帝已经向我们展示出丰饶的前景，我们必须鼓起勇气，获取自己应得的份额。

您谦卑的仆人
威廉·H. 阿什利

两天后是 1823 年 8 月 16 日，基奥瓦·布雷佐的货船这天抵达了圣路易斯。同一天，威廉·阿什利给自己人分发了给养，派他们向西进发。第一次集结定在 1824 年夏季，集结地点要通过信使沟通确定。

威廉·H. 阿什利本人并没有完全意识到自己提出集结决定的意义，但他的决定构建了一个划时代的秩序体系。

第 2 章
1823 年 8 月 23 日

十一个人蹲伏在宿营地,不敢生火。这个宿营地利用格兰德河一段微微隆起的堤岸作掩护,但是河谷平原一览无余,他们很难隐蔽自己的位置。假如生起火,方圆几英里都能看到,会暴露自己的位置。这群捕兽人要想防止再次遭遇攻击,最稳妥的办法就是隐蔽行踪。大多数人利用白昼最后一小时的亮光,擦拭枪支,修补鹿皮鞋,吃东西。队伍一停步,那小伙子倒头就睡,长胳膊长腿蜷缩在一起,看上去就像一堆破鞋旧衣裳。

这些人三四个聚成一堆,有的蜷缩在堤岸边,有的靠在一块石头旁,有的躲进一丛鼠尾草,好像这些小小的突出物能给他们遮挡风雨似的。

发生在密苏里河畔的灾难冲淡了营地上常有的谈笑兴致,三天前受到的第二次袭击彻底打消了人们的谈兴。人们即使开口说话,声音也压得很低,声调带着忧伤,既为悼念中途死去的同伴,也为提防眼下可能发生的危险。

"休,你觉得他死前痛苦吗?我脑袋里一直在想,觉得他从头到尾是疼死的。"

休·格拉斯抬头看了那人一眼。提问的是威廉·安德森。格拉斯思索了一阵子,回答说:"我看你兄弟没受什么痛苦。"

"他是我大哥。我们离开肯塔基的时候,家里人要他照顾我,可这话他们没跟我说过一句。他们根本没想到过。"

"威廉,你为哥哥尽力了。这种事难以接受,不过,自打他三天前让弹丸击中后,就已经没感觉了。"

河岸旁另一个声音插进来:"真不该拖着他走两天,该把他就地埋掉才对。"说话的人坐在地上,渐浓的暮色中,只能看出他的黑胡子和脸上一道白色的伤疤。那道伤疤形状像个钓鱼钩,从嘴角弯曲向下绕到下巴,因为伤疤上不长胡子,因而在一口大胡子上变得十分突出,像是永远挂着一丝冷笑。他说话的时候,右手正用磨石磨一把剥皮短刀,话音跟缓慢刺耳的磨刀声混杂在一起。

"菲茨杰拉德,闭嘴!要不然,我以哥哥的坟墓起誓,非撕烂你的舌头不可。"

"你哥哥的坟墓?到这阵子,恐怕算不上个坟墓了吧?"

能听见他们说话的人们忽然竖起了耳朵,都为听到这话感到吃惊,尽管说话的是菲茨杰拉德,也让人们吃惊。

菲茨杰拉德感觉到人们在倾听,不由壮起了胆子。"不过是一堆石头。你以为他还在里面,慢慢腐烂?"菲茨杰拉德停顿了片刻,人们这时只能听到他的磨刀声。"照我看,很值得怀疑。"他再次停顿下来,故意等着他那句话产生效果。"当然啦,石块能挡住顽皮孩子。可照我看,这阵子,土狼正叼着他的尸体碎片到处跑……"

安德森张开双臂扑向菲茨杰拉德。

菲茨杰拉德连忙抬起一条腿抵挡,小腿狠狠撞在安德森的腹股沟。安德森疼得缩成一团,好像有根绳子把他的脖子跟两膝捆在一起。菲茨杰拉德把将膝盖朝那个无助的人脸上压过去,安德森连忙闪开。

两人身材相当,安德森气喘吁吁,身上还淌着血。菲茨杰拉德动作敏捷,一个转身,膝盖压在安德森胸脯上,剥皮刀抵住他喉咙。"你想下地狱找你哥?"菲茨杰拉德的刀刃在安德森脖子上划出一道血印。

"菲茨杰拉德,"格拉斯声调平静,却带着命令口吻。"够了。"

菲茨杰拉德抬头望一眼,心里琢磨该怎么回答格拉斯的挑战,同时注意到人们围成一圈,注视着安德森的可怜相。他决定见好就收。以后再跟格拉斯算账。菲茨杰拉德收回抵在安德森脖子上的刀,塞进皮带上镶嵌着珠子的刀鞘。"安德森,没后手就别挑头。下次可饶不了你。"

安德鲁·亨利上尉拨开看热闹的人们,从身后抓住菲茨杰拉德向后拖,使劲压在河堤上。"菲茨杰拉德,再敢打架,就给我滚蛋。"亨利指着远处地平线。"有本事自家去闯荡。"

上尉朝周围众人扫视一圈。"明天,咱们要走四十英里。要是现在还不睡,就是浪费时间。放哨谁来值第一班?"没人自告奋勇。亨利不再考虑刚才那阵骚动,目光落在那个小伙子身上,脚步坚定地走向那个蜷缩的身体。"布里杰,起来。"

小伙子猛然起身,喘着粗气,瞪大眼睛,一副迷惑模样,伸手去抓自己的枪。那支生了锈的毛瑟枪是用他的工资预付款买来的,同时买到的还有颜色发黄的牛角火药筒和一小撮燧石。

"我要你到下游一百码的地方放哨。待在河岸上一个位置较高的地方。猪猡,你去上游同样的地点。菲茨杰拉德、安德森,你们俩值第二班岗。"

菲茨杰拉德前一天晚上值过岗,顿时仿佛要抗议这个执勤分配,但忍了忍,躲到营地边缘去了。那小伙子还没完全清醒,在河边散乱的石头间跌跌撞撞走远,消失在人群周遭蓝黑一片的暮色中。

人们用"猪猡"称呼的人,本名叫菲尼尔斯·吉尔摩,出生在肯塔基州一座肮脏贫困的农场。他得到这个绰号丝毫也不奇怪——这家伙特别肥硕,非常肮脏。猪猡的气味太臭了,人们一闻到他的臭味,马上感到纳闷,不由环顾周围,想弄明白这股子恶臭是打哪儿来的。要说那种气味是人身上散发出的,简直让人难以置信。就连这群特别不讲究卫生的捕兽人,也总是让猪猡待在下风处。猪猡慢吞吞站起身,把火枪挎在肩膀上,蹒跚着走向河上游的位置。

没过半个钟头,暮色完全消退了。格拉斯望见亨利上尉谨慎查哨回来,见他借着月光在熟睡的人们中间穿行。格拉斯意识到,这里只有他和亨利两人醒着。上尉选择了紧靠格拉斯的地面,抱着火枪在地上舒展开庞大的身躯。睡眠让他疲乏的双脚得到舒缓,却未能减轻沉沉压在他心头的紧张。

"明天,我派你和布莱克·哈里斯去侦察。"亨利上尉说。格拉斯抬头望了一眼,为自己不能如愿入睡觉得失望。

"傍晚射杀一头猎物。我们要冒险开火了。"亨利压低声音,音调像是在忏悔。"休,咱们已经深入腹地了。"亨利的腔调好像打算交谈一会儿。格拉斯抓起自己的火枪。既然不能睡觉,也许该保养一下武器。这天下午渡河的时候,枪浸在水里,需要给机件重新上油。

"十二月初,天就冷得厉害了,"上尉接着说,"咱们得积蓄两个礼拜的肉食。要是十月前到不了黄石,秋天就没有狩猎收获了。"

虽然亨利上尉内心中深感犹疑,但他威风凛凛的外表却没有流露出丝毫虚弱。他身穿鹿皮外套,宽阔的肩膀和胸脯上斜挎着皮边武装带,这是他以前在密苏里州圣热纳维耶夫区当矿工工头时的装束。他的细腰上束着一根宽皮带,上面插着好几把手枪,还有一把大刀。他的马裤在膝盖以上是鹿皮材质,下面用红色毛线织成。上尉的裤子是在圣路易斯特制的,成了他荒野经历的标志。皮革能提供极好的保护,但浸水后变得沉重寒冷。相反,毛线编织的部分很快就能晾干,就算弄湿也能保温。

尽管亨利率领的这帮人鱼龙混杂,不过人们起码还称呼他上尉,这让他感到满意。当然亨利心里清楚,这头衔是骗人的。他这帮捕兽人跟军队根本不沾边,对任何规矩都缺乏敬畏。话说回来,在这群人中间,只有亨利在密苏里河三岔湖地区捕过兽。干这个行当,就算头衔没价值,经验可是硬通货呢。

上尉停顿下来,等待格拉斯认可。格拉斯正仔细呵护自己的火枪,匆匆抬头看了一眼。他刚刚拆下保护一对微力扳机的漂亮装饰条,手掌小心翼翼地抓住两颗螺丝,生怕在黑暗中掉到地上。

有这个眼色就够了,足够鼓励亨利继续讲下去:"我跟你说过德鲁亚尔的事没有?"

"没有,上尉。"

"知道说的是谁吗?"

"远征军团的乔治·德鲁亚尔?"

亨利点了点头。"是刘易斯和克拉克的人,是那个军团中最棒的,既是侦察兵,又是个猎手。1809年,他签约加入我率领的一队人去三岔湖区——说实话是他率领的。我们有一百个人,但以前只有德鲁亚尔和科尔特去过。

"到那儿一看,河狸多得像成群的蚊子。几乎用不着下套捕捉,只要拿根大棒打就成。可我们一开头就有麻烦,遇到了黑脚族印第安人。没出两个礼拜,就有五个人战死。我们只好筑堡垒,没法打发捕兽人出去捕猎。

"德鲁亚尔跟大家躲藏了个把礼拜,后来说,这么待着让他烦透了。第二天,他独自出去,一个礼拜后回来,带回二十张河狸皮。"

格拉斯全神贯注地听上尉讲述。圣路易斯市的所有居民都知道德鲁亚尔那段经历,只是说法各不相同,格拉斯此前还从来没有从亲历者口中听到过。

"那种事他干了两次,每次出去都带回一捆河狸皮。第三次出去,他说的最后一句话是:'第三次才迷人。'约莫半个钟头后,我们听到两声枪响。一声是毛瑟枪,一声是手枪。第二枪准是他射杀了自己的马,把马当成个工事,因为我们后来见他倒在马的身后。他和马身上足足中了二十箭。黑脚人把箭留下,显然是要给我们传递个信息。他们用刀砍过他,还砍掉了他的脑袋。"

上尉又一次沉默了。用一根尖木棍划动身子前面的泥土。"我一直怀念着他。"

格拉斯想找几句话安慰他。可没等他开口,上尉再次问:"你觉得再走多远,河道就转向西面了?"

格拉斯两眼凝视,想看见上尉的眼睛。"上尉,咱们已经开始赶出一些时间了。眼下可以沿格兰德河走。黄石在西北方向。"这时候,格拉斯心里对上尉产生了怀疑。不幸就像昨日余烟一样笼罩在他心头。

"你说得对。"上尉说,接着他又说了一遍,仿佛在说服自己。"当然，你说得对。"

虽然亨利上尉的知识是从不幸中积累的，可他比任何在世的人都熟悉落基山区的地形。格拉斯对平原地区有经验，但从没涉足过密苏里河上游。亨利从格拉斯的声音里找到一种踏实的感觉和安慰。有人对他说过，格拉斯早年干过水手。甚至有传言说，他曾让海盗让·拉菲特俘虏过。没准正因为他那些年在茫茫公海上漂泊，后来待在圣路易斯和落基山之间毫无特色的平原上，才觉得舒适。

"要是黑脚人没把联合堡的人都杀光，就算咱们走运了。我留在那儿的人并不是最棒的。"上尉打开话匣子老生常谈起来，滔滔不绝一直说到深夜。格拉斯知道，只要倾听就够了。他不时抬一下头，哼一声，不过，主要操心的是自己的枪。

格拉斯这支枪是他生活中唯一的奢侈品，他给扳机触发器的弹簧抹油，动作中充满爱抚，就像别的男人爱抚自家老婆娃娃。这是一支安斯特枪，俗称肯塔基燧石发火枪，当年，这种了不起的好武器都是宾夕法尼亚州的德国工匠制作的。八边形枪管下面铭刻着制作人的名字："雅各布·安斯特"，还有出产地，"宾夕法尼亚州库兹镇"。枪管不长，只有三十六英寸。肯塔基的传统火枪要长得多，有的枪管长达五十英寸。格拉斯喜欢比较短的枪，因为枪短，重量就轻，重量轻，携带就方便。那些骑在马背上的紧张时刻，短枪用起来要容易。另外，尽管枪管不长，但安斯特精心制作的膛线让发射精准极了。由于采用微力扳机,只要用最轻微的动作扣动扳机就能开火射击,这更增强了射击准确性。装填整整两百格令(grains)＊黑色火药后,安斯特枪几乎能把点五三口径的弹丸射出两百码远。

格拉斯有西部平原的生活经验,懂得火枪的性能在紧急关头与自己生死攸关。当然啦,军队中的大多数人都有可靠的武器。但安斯特枪的美感高雅,让他这支枪卓尔不群。

其他人都为这支精美火枪感到着迷,常常要求把玩一下。铁一般坚硬的胡桃木枪托在手腕接触的位置有个优雅的弧度,同时有足够的厚度,可以吸收大剂量火药射击产生的后坐力。枪托后部外侧的特色是有个附件匣,内侧则是个与脸颊贴合的凹陷。枪托尾部的弯曲与肩部完美贴合,仿佛成了射手身体的一部分。枪托的深棕色近乎黑色,即使贴近观察,也难以看到木质纹理,但仔细查看,仍能透过手工涂刷的漆层,看到动感十足的不规则螺旋木纹。

火枪的金属装饰配件并非通常的黄铜,而是白银,装饰着枪筒尾盖、附件匣、扳机护圈、两个扳机,以及两个枪管尾部凹陷的配件。许多捕兽人用黄铜钉装饰自己的枪托。格拉斯不敢想象用那种办法损毁自己安斯特枪的外形。

格拉斯对火枪机械顺滑感到满意,便动手把扳机护圈装

　　＊ 重量单位,用于药物、珠宝、贵金属称重。1 格令约折合 64.8 毫克。——译注

第 2 章 1823 年 8 月 23 日

回固定凹槽,拧上固定螺丝。他在燧石下面的药仓里装填上新火药,确保火枪随时待发。

他忽然注意到,营地上一片死寂,朦胧间不知道上尉何时不再说话了。格拉斯朝营地中间望去,见上尉已经躺下睡着,身体不时发出一阵抽搐。格拉斯身子另一侧,安德森躺在营地最外围附近,靠着一根漂来的树干。周围除了让人安心的汨汨水流声,没有任何其他声音。

忽然,一个刺耳的燧石枪声划破了寂静。是从下游方向传来的,小伙子吉姆·布里杰开枪了。睡熟的人们都被惊醒了,惊慌中手忙脚乱抓起武器找地方隐蔽。一个黑影从下游跑向营地。格拉斯旁边的安德森连忙举起火枪。格拉斯也举起自己的安斯特枪。奔跑的黑影渐渐现形了,距离营地只有四十码。安德森瞄准,抠动扳机前迟疑了片刻。就在此刻,格拉斯端着安斯特枪挥到安德森胳膊下面,安德森抠动扳机时,枪被挑得枪口朝天。

开火的爆裂声让奔跑的人顿时停下脚步,那人距离近得都能看到他睁大的双眼和起伏的胸膛。是布里杰。"我……我……我……"他惊得话都说不出来。

"发生什么事了,布里杰?"上尉追问,一边望着他身后黑黢黢的河面。捕兽人已经在河堤前围成个半圆形防御阵地,大多数人摆出单腿下跪的射击姿势,枪机全都打开了。

"对不起,上尉。我不是故意开枪。我听到动静,是树丛中一阵崩裂声。我猜,是我站起身的时候,枪机滑动,走火了。"

"很可能是你睡着了。"菲茨杰拉德把枪机合上,站起身。"这下五英里范围内的鹿都听到我们在这儿了。"

布里杰想要开口,却不知道该说什么话表达自己深深的悔恨。他站在那里张口结舌,两眼充满恐惧,呆呆望着眼前这一圈人。

格拉斯走过去,把布里杰手中的滑膛枪拿过来。

他扳起枪机,抠动扳机,用拇指挡住击锤,不让它碰住燧石发火。他重复了一遍这个动作。"这件武器不中用,上尉。给他支好枪,以后放哨就不会给我们添这么多麻烦了。"有几个人点了点头。

上尉看着格拉斯,然后把目光转向布里杰,接着吩咐:"安德森、菲茨杰拉德,该你们放哨了。"两个人分别在上游和下游就位。

放哨实属多余。黎明前的几个小时里,谁也没睡着。

第 3 章

1823 年 8 月 24 日

休·格拉斯仔细观察着下面猎物的踪迹,柔软的泥地上,足迹清晰得就像白纸上的黑字。两溜清晰的足迹始于河边,显然一头鹿在河边饮过水,然后钻进了茂密的柳树丛中。一只勤奋筑坝的河狸留下过一道足迹,后来其他各种动物在这道踪迹上添加了足印。两道足迹旁有动物粪便,格拉斯弯腰摸了摸那些豌豆大小的粪球,还是温热的。

格拉斯朝西面望去,太阳还高高挂在无垠的高原上空。他猜想,日落前还有三个钟头。时间早着呢,上尉和其他人赶过来还得一小时。另外,这是个理想的露营地。这里有一片长长的卵石河岸,河水在此划出一道柔和的弧线。柳树丛远处有一片杨树林,既能提供柴火,又能掩蔽营地篝火。柳树枝是搭熏肉架的理想材料。格拉斯注意到,在柳树丛中点缀着一些杨梅树,运气真好,可以用水果和肉制做干肉饼。他朝下游看了一眼。布莱克·哈里斯哪儿去了?

捕兽人每天遇到的种种挑战中,找食物是最重要的。这与其他挑战一样,也需要在利益和风险中找到复杂的平衡点。他们在密苏里河撇下平底船,沿着格兰德河步行跋涉时，身上几乎一点儿食品都没有。有几个人倒是带着茶叶或糖，但大多数人身上只剩下一袋用来保存肉食的盐。在格兰德河的这个河段，猎物很充裕，他们每天晚上都能吃到新鲜兽肉。但猎捕动物就要开枪，火枪射击声能传到几英里之外，会把自己的位置暴露给潜在的敌人。

自从离开密苏里河，这群人都严格按一种模式活动。每天派出两个人在其他人前面侦察。在此之前，他们的行动路线是固定的，只是沿着格兰德河走。侦察者们的主要职责是让大家避免遭遇印第安人、选择露营地、找食物。他们每隔几天就射杀新猎物。

侦察者们射杀一头鹿或一头野牛犊后，就为夜晚准备营地。他们给猎物放血，收集木柴，挖两三个长方形小坑点起小火堆。几个小火堆冒出的烟比一堆篝火少，熏肉取暖面积还比较大。假如敌人夜里看到他们，很多火堆还能产生人员众多的假象。

火点燃后，侦察者们就宰杀猎物，切下部位最好的肉当天吃掉，其余部位切成薄片。他们用嫩柳树枝搭成简陋的晾肉架，在肉片上抹上点儿盐，挂在火焰上。这跟固定营地上烤制的牛肉干不同，那种肉干能存放好几个月，而这样烤制只能保存几天，但足够维持到下次打到新猎物了。

格拉斯走出柳树丛，来到一片空地上，扫视四周，他知道那头鹿肯定在前面不远。

他看到两只小熊仔，却没看到母熊。只见两只小熊朝他这个方向跑来，一路欢腾打闹，活像两只顽皮的小狗。小熊是春天出生的，现在五个月大，每只都重达一百磅。两只小熊一边朝格拉斯跑来，一边相互撕咬。有那么一刻，画面显得很滑稽。格拉斯呆呆地望着眼下的情景，没有抬头朝空地远处五十码的地方看，也没有估计到自己站在原地可能产生的后果。

突然，他明白过来，瞬间感到腹部一阵抽搐。同时，空地上传来一声雷鸣般的嗥叫。两只小熊猛然收住脚步，距离格拉斯还不到十英尺。他顾不上看熊仔了，连忙观望空地对面的树丛。

没等看到母熊，他就从它的动静判断出这是头体型庞大的家伙。只听母熊把粗大的矮树枝像拨开草丛般嘎巴一下压折，嘴里发出的嗥叫声像隆隆雷声，又像大树轰然倒下的声响，如此低沉的声音足能让人联想到某种怪兽。

母熊踏上空地，嗥叫声更响亮了。它两只黑眼珠盯住格拉斯，鼻子贴近地面，仔细分辨混在熊仔气味中的陌生气味。它跟格拉斯正面相向，身体像四轮马车上的弹簧一样绷紧。这头巨兽让格拉斯深感惊讶，它的肌肉无比发达，两条弯曲粗壮的前腿上是厚重的肩膀，从银白色的肉驼看得出，这是头灰熊。

格拉斯竭力控制住自己的情绪，考虑该如何应对。当然，他的本能反应是赶紧逃跑，穿过柳树丛逃回去，跳进河水。没准他可以深潜水下，逃到下游。但这时大熊离他太近,几乎不到一百英尺,要逃已经来不及。他连忙左顾右盼,想找一株杨树爬上去,也许能爬到熊够不着的高度,然后从上面射杀它。不行,树在大熊身后。柳树也不足以掩护他。他的选择只剩下一条:站着不动,开枪射击。安斯特枪射出的点五三口径弹丸有可能阻止这头灰熊。

灰熊激发出母兽保护幼仔的狂怒,咆哮着向他冲来。格拉斯再次产生转身逃走的本能反应。但灰熊奔跑速度惊人,很快就拉近了距离,要逃走顿时显得徒劳。格拉斯全程拉开枪机,举起了安斯特火枪。透过枪的准星,他惊恐地看到,这头庞然大物动作竟如此轻盈。他竭力克制住另一种本能——马上开枪射击。格拉斯曾见过,许多灰熊身中五六颗火枪弹丸仍然不死。他只能射出一发弹丸。

格拉斯竭力瞄准母熊上下跃动的脑袋,却无法三点稳成一线。灰熊跑到距离他十步的地方,扬起前腿变成站姿,举起凶猛的前爪,扭动身体向格拉斯打出致命一击。这时它足足比格拉斯高出三英尺,熊脑袋的目标没了,格拉斯瞄准大熊的心脏抠动了扳机。

燧石火花点燃了安斯特枪的引信,火枪发出爆裂声,空气中顿时硝烟四散,充满了黑色火药爆炸的气味。弹丸射进灰熊的胸膛,但它咆哮着并没有降低进攻速度。格拉斯无可奈何,丢下手中火枪,抽出腰带上刀鞘中的刀。熊爪打下来,六英寸长的利爪深深划进格拉斯上臂、肩膀和脖子,他顿时感觉一阵剧痛。格拉斯被打得向后倒去,手中的刀掉落了。

第3章 1823年8月24日

他不顾一切爬起身,想在柳树丛中寻找隐蔽,结果徒然。

灰熊肚皮向下整个身躯朝格拉斯压过来。他全身缩作一团,殊死保护自己的面孔和胸膛。熊从后面咬住他的脖子,把他叼离地面,使劲甩动。格拉斯觉得自己脊梁骨发出嘎巴声,可能折断了。他感觉到熊的牙齿咬进了他的肩胛骨。他痛苦得惨叫起来。熊把他丢在地上,牙齿深深咬进他的大腿,把他叼起来再次甩动,接着把他提到空中狠狠甩下来。他摔得太惨了,躺在地上一动也不能动,虽然没有失去知觉,却再也无力抵抗。

他躺在地上仰视灰熊,灰熊后腿支撑站在他眼前。他一时忘记了恐惧和疼痛,对这头高大骇人的野兽感到着迷。大熊发出最后一声嗥叫。在格拉斯的脑海中,这就像远处传来的一个回声。他意识到那具庞大的身躯压在自己的身上。母熊湿漉漉的毛皮气味掩盖了他的其他感觉。这是什么?他的思维在搜索,最后停在一只黄狗的形象上,那是在小木屋的门廊木地板上,狗正在舔一个男孩的脸。

头顶上阳光明媚的天空渐渐变成一片漆黑。

布莱克·哈里斯听到枪声时,正绕过河的一道弯,心里希望格拉斯射中了一头鹿。他加快脚步,不过脚步声很轻,因为他懂得,枪声可能意味着许多不同的情况。哈里斯听到熊的咆哮声,连忙奔跑起来,接着又听到了格拉斯的惨叫。

哈里斯在柳树丛中发现了鹿和格拉斯留下的踪迹。他凝视着河狸挖掘的小径，仔细倾听着。除了平静的汩汩水流声，没有其他声响。哈里斯横端着枪，拇指扳开枪机，食指靠在扳机旁边。他瞅了一眼挂在腰带上的手枪，确信手枪已经装填了火药，感到放心。他走进柳树丛，仔细注视前方。他脚上穿着软鹿皮鞋，每走一步都小心翼翼。两只小熊的吵闹声打破了寂静。

走到空地边缘，布莱克·哈里斯停下脚步。眼前的景象让他一时糊涂了。一头巨大的灰熊肚皮朝下趴在地上，两眼圆睁，但已经死了。一只小熊后腿站立，鼻子贴在母熊身上，徒然地试图唤醒逝去的妈妈。另一只小熊蹲在一个东西旁边，正用牙齿撕咬。哈里斯突然意识到，那是一个人的胳膊。格拉斯！他端起火枪，射中近处的一只小熊。小熊倒在地上不动了。另一只小熊连蹦带跳逃向杨树林，消失在树木之间。哈里斯先给枪装填了火药，然后才朝前面走去。

亨利上尉和捕猎队的人听到两声枪响，加快脚步朝上游跑来。上尉听到第一声枪响并不担心，让他焦虑的是第二声。第一声是预料之中的，那是前一天晚上计划好的，准是格拉斯或哈里斯射中一头猎物。如果是接连两声枪响，也算正常。两个人一道捕猎，可能遇到不止一头猎物，要不就是第一枪没打中。但他听到的两声枪响相隔好几分钟。上尉暗自希望，但愿他们两人是分头行动的。有可能是第一个射手驱赶出猎物，让第二个射手射中了。还有一种可能，他们没准有幸遇到了野牛。野牛有时候不怕枪声,猎人可以装填好火药,随意挑选第二个目标。"伙计们,靠拢。检查自己的武器。"

走了不到一百步,布里杰已经是第三次查看自己的新火枪了。这是威廉·安德森给他的。安德森只说了句:"我哥哥再也用不着它了。"

那片空地上,布莱克·哈里斯望着脚下大熊的尸体。格拉斯只有一条胳膊从熊的尸体下面伸出来。哈里斯环顾一圈,这才把火枪放在地上,使劲拉扯熊的前腿,设法挪动那庞大的尸体。他气喘吁吁地把死熊拖开一点儿,格拉斯的脑袋露出了,蓬乱的头发,还有血肉模糊的身体。上帝哪!他不顾接下来会看到可怕景象的恐惧,迫不及待地继续动手。

哈里斯绕到熊的另一侧,趴在它身上抓住一条前腿,膝盖抵住熊的脊背做为支点,用力拉扯。尝试几次后,他设法把熊的上半部身体扭转过来,那让庞然大物的腰部呈扭曲状。接着,他又拉着后腿试了好几次。最后,终于把那个沉重的躯体翻转过来,变成仰面朝天。格拉斯的身体脱离了熊的重压。布莱克·哈里斯注意到,灰熊胸脯上有片血污,那是格拉斯射击的结果。

布莱克·哈里斯跪在格拉斯身旁,一时不知所措。他曾给三个人从伤口中拔箭或取弹丸,自己也曾两次中弹,所以并不缺乏面对伤者的经验。

但受到攻击的格拉斯伤得这么惨,他却从未见过。格拉斯从头到脚都血肉模糊。他的头皮给刮下来耷拉在一侧，哈里斯一时分辨不出他脸上的各器官在哪里。最严重的是他的脖子。灰熊的爪子切开三道深深的伤口，从肩膀径直横过脖子。假如再近一英寸，爪子就抓断格拉斯的颈静脉了。眼下，他的脖子给剖开，肌肉被撕裂，食道裸露出来。熊爪还撕开了他的气管，伤口的鲜血中冒出很大的气泡，哈里斯看了惊恐不已。这是格拉斯还活着的第一个迹象。

哈里斯轻轻地把格拉斯翻成侧卧姿势，检查他的背部。他的棉布衬衫给撕成了碎片。脖子和肩膀的伤口中渗出鲜血，右臂软绵绵地耷拉在一旁。熊的利爪在他脊背中部到腰间留下平行的深深划痕，让哈里斯联想到熊在树干上标明自己领地的划痕，只不过这些划痕是切进了格拉斯皮肉中，而不是在树干上。格拉斯的大腿后面，血液透过鹿皮马裤渗出来。

哈里斯不知道该从哪里着手救护，喉咙的伤口显然非常致命，这让他几乎产生一种宽慰的心理。哈里斯把格拉斯拖到几码外荫凉的草地上，让他仰卧舒展身体。哈里斯没去应付冒着血泡的喉咙，先应付脑袋。至少该让格拉斯的头皮复原，让他看上去比较体面。哈里斯从水壶里倒出水，尽量把伤口的污秽洗净。他把耷拉下来的头皮贴回原处，像是给一个秃顶的人扶正掉落的帽子。哈里斯把格拉斯的头皮贴回颅骨，把额头上的皮肤压紧，掖在耳朵后面。要是格拉斯能坚持到大家赶来，他们会给他缝的。

第3章 1823年8月24日

哈里斯听到树丛中有动静,连忙拔出手枪。走进空地的是亨利上尉,其他人跟在他身后。大家全都神情庄重,目光从格拉斯扫向母熊,从哈里斯扫向死去的熊仔。

上尉审视着这片空地,出奇地保持着沉默,脑海中闪过自己昔日经历的一幕。他摇了摇脑袋,一贯敏锐的目光一时变得恍惚。"他死了吗?"

"还没有。可他给撕成碎片了。气管破了。"

"是他杀死母熊的?"

哈里斯点了点头。"我赶来时,熊已经死了,趴在他身上。熊的心脏中了一弹。"

"那可死得不够快。"说话的是菲茨杰拉德。

上尉在格拉斯身旁跪下来,几根不干净的手指拨动一下喉咙处的伤口,只见随着每一次呼气,血液中都形成气泡。格拉斯的呼吸越来越吃力,胸脯随着呼吸微弱起伏。

"给我拿点水和一块干净布子,要是他醒来,给他喝点威士忌。"

布里杰走过来,翻找自己的背包,掏出一件毛织衬衣,递给亨利:"给你,上尉。"

上尉迟疑片刻,没有马上接过小伙子递来的衬衣。后来他抓起衬衣,从粗砺的布料上撕下几条,用自己的水壶把水倒在格拉斯脖子上。血液冲走了,伤口迅速冒出大量渗液。格拉斯喷着水呛咳起来,眼皮开始眨巴,接着睁大眼睛,露出惊恐神色。

格拉斯的第一个感觉是自己要淹死了。他又是一阵咳嗽,身体在设法从喉咙和肺部排出血液。亨利把他翻成侧卧姿势,他两眼短暂地盯着亨利。换成侧卧姿势后,他吸了两口气,接着便一阵恶心,开始呕吐,引起喉咙剧痛。他本能地伸手摸自己的脖子。他的右臂不能动,左手手指摸到了脖子上深深的伤口,顿时又恐惧又惊慌,双眼圆睁,从周围人们的面孔上寻找安慰。可他找到的答案恰恰相反,人们脸上可怕的表情证实了他的恐惧。

格拉斯想开口说话,可喉咙只能发出怪异的呜呜声,什么词语也说不出。他竭力用胳膊肘支撑着想坐起身。亨利把他按住,往他脖子上洒威士忌。烧灼的感觉胜过其他所有疼痛。终于,格拉斯抽搐着失去了知觉。

"我们趁他躺着,包扎他的伤口吧。布里杰,再撕几条布。"

小伙子动手把衬衫撕成长布条。其他人站在一旁,神情庄严地注视着,仿佛葬礼上抬棺材的人们。

上尉抬头看了一眼。"你们其他人行动起来。哈里斯,你去我们周围侦察,刚才的枪声有可能暴露了我们的行踪。大家生起火,要用干木柴,我们可不要湿木头冒烟发信号。另外,把那头母熊宰割开。"

大伙儿分头走开,上尉扭回头救治格拉斯。他从布里杰手里接过一根布条,缠在格拉斯脖子上,壮着胆子尽可能扎紧,接着又如法炮制缠了两根布条。布条立刻让血浸透了。

第3章 1823年8月24日

他在格拉斯脑袋上缠了一根布条,勉强固定住他的头皮。脑袋上的伤口也在大量出血。上尉用衬衫蘸着水擦拭格拉斯眼睛周围的血液,然后打发布里杰用水壶从河里取水。

布里杰返回后,两人再次把格拉斯扳成侧卧姿势。布里杰扶着他,免得他脸部挨住地面。亨利上尉检查他的背部。亨利往熊牙咬的伤口上泼了点儿水,咬的伤口很深,但没流多少血。熊爪划出的五条平行线伤口可就不同了。格拉斯背上的两道伤口特别深,伤口下肌肉暴露,涌出鲜血,跟污泥混合在一起。上尉再次用水壶往伤口上泼水。除掉污泥后,出血似乎更凶了,上尉只好不再清洗伤口。他从衬衫上割下两根布条,绕在格拉斯身体上,紧紧捆起来。结果,布条对格拉斯背部起不到止血作用。

上尉停下来思索。"这些很深的伤口得缝合才成,要不然他失血过多会死的。"

"他的喉咙怎么办?"

"也得缝起来。整个是一塌糊涂,我不知道该从哪儿动手了。"亨利翻腾他的随身包,找出一卷黑色粗线和一根粗针。

上尉手指粗壮,穿针引线在线头上打个结的动作倒敏捷得惊人。布里杰瞪大了眼睛,把伤口最深的皮肤两边捏住,亨利开始缝针。他先把针扎进一侧,穿出来再扎进另一侧,在伤口中央缝四针,把伤口缝合起来,在粗线末端打个结。格拉斯脊背上的五道熊爪伤口有两道需要缝合。上尉并没有把每道伤口从头到尾都缝上,只把伤口中间位置缝合起来,好在血流得慢了。

"现在咱们看看他的脖子吧。"

两人给格拉斯翻个身,让他仰卧。虽然扎了简陋的绷带,可他的喉咙继续在冒泡漏气。亨利从他的伤口望去,看到了里面白森森的食道和气管等组织。从冒气泡的情况看,他知道气管划开了,可他不知道该怎么修复。亨利把手放在格拉斯嘴巴上方,感觉他的呼吸。

"上尉,你打算怎么办?"

上尉在线的末端又打了个结。"他的嘴还能喘气。咱们能做的就是缝住伤口,希望他自己能痊愈。"亨利动手缝,两针相距一英寸,把格拉斯喉咙的伤口缝合起来。布里杰清理开柳树下的一片荫凉地,铺开格拉斯的被褥。两人尽可能动作轻柔地把他抬上去。

上尉拿走自己的火枪,离开这片空地,穿过柳树丛朝河边走去。

他走到水边,把火枪放在岸上,脱掉皮外套。他双手沾满了粘稠的污血,就在河水里清洗,抓起岸上的沙子摩擦难以洗掉的污血。有些血渍怎么也洗不掉,他最后放弃了,双手掬起冰冷的河水洗把脸。那种熟悉的疑惑又回到心头。"这事又一次发生了。"

新手在荒野遇难并不奇怪,但久经磨炼的老手竟然受害就太惊人了。格拉斯跟德鲁亚尔一样,也是在西部边疆生活过很多年。他就像大家的主心骨,不露声色地出现在人们面前,如同大家的定心丸。亨利看得出,不等天亮,格拉斯就要死了。

上尉回想起昨晚跟格拉斯的交谈。"难道只有在最后一夜?"1809年,德鲁亚尔的死成了结局的前兆。亨利的队伍放弃了三岔湖畔的栅栏工事,逃向南方。那一逃倒是避开了黑脚族的袭击范围,但他们却暴露在了落基山的严峻旷野中。一队人马承受了严寒饥饿,后来还受到克劳族印第安人的打劫。1811年,他们才最终从山地蹒跚走出来,毛皮买卖的可行性也变成了不确定的问题。

十来年后,亨利再次率领捕兽人进入落基山,寻找捉摸不定的财富。亨利在脑海里翻看着一页页近期的经历:离开圣路易斯一个星期后,他损失了一条平底货船,船上载着价值一万美元的交易商品。在密苏里河靠近大瀑布城的地方,黑脚人夺走他两个同伴的生命。他曾赶去阿里卡拉族村落增援阿什利,结果跟莱文沃斯上校的部队一道被瓦解,后来眼睁睁看着印第安人靠近密苏里河。沿格兰德河陆路跋涉的一个星期中,通常和平的曼丹族印第安人深夜误袭,他的三个同伴死去。如今,他最好的部下格拉斯让偶然遭遇的灰熊攻击,受了重伤,生命垂危。"是什么罪孽让我受到无休止的诅咒?"

空地上,布里杰在格拉斯上方架起一条毯子,转身去看那头熊。四个人在宰割那头野兽。最上等的部位割下来准备马上食用——肝脏、心脏、舌头、腰肉、肋肉。他们把其余部位的肉切成薄片,抹上盐。

布里杰走到大熊的爪子跟前,从鞘中拔出刀,动手割下最大的一根熊爪。菲茨杰拉德正在割肉,抬起头看了一眼。熊爪长得让布里杰吃惊——将近六英寸长,足有他拇指的两倍厚。爪尖锋利得像刀刃,上面还沾着格拉斯的鲜血。

"小伙子,谁说让你拿熊爪了?"

"菲茨杰拉德,不是我要。"布里杰拿着熊爪走向格拉斯。

格拉斯身旁放着他的随身包。布里杰打开包,把熊爪丢进去。

那天夜里,人们饱食了一餐,满足了身体对这种油腻食物的渴望。他们知道,恐怕要过好些天,才能再次吃到新鲜食物,这一餐就狠狠吃个够。亨利上尉安排了两个人放哨。虽然这片空地相对比较隐蔽,可他还是对火堆的效果不放心。

大多数人坐在火堆旁边,照料叉在柳树枝上的肉。上尉和布里杰轮流照看格拉斯。他的眼睛睁开过两次,看上去目光呆滞无神,眼珠反射着火堆的光亮,却没有生气。有一次,他试着喝了点水,吞咽时疼得浑身抽搐。

人们不断给长长的火坑补充柴火,让熏肉架下保持烟和热度。黎明前的时刻,亨利上尉查看格拉斯,见他没有意识,呼吸声刺耳,显得很吃力,仿佛每次呼吸都要鼓起全身的力气。

亨利返回火坑前,见布莱克·哈里斯待在那里,正啃一根肋骨上的肉。"上尉,碰上熊瞎子,谁都免不了。碰上霉运,不能怪别人。"

亨利只是摇了摇头。他知道什么是运气。两人一时坐在那里默不作声,此刻,东方天际露出一丝刚能分辨出的曙光。上尉收拾起自己的火枪和牛角火药筒。"太阳升起前我回来。人们醒了,叫两个人挖个坟墓。"

上尉一小时后回来了。人们已经挖出个坟墓形状的浅坑,但显然没再接着挖。他看了哈里斯一眼。"怎么回事?"

"嗯,上尉,首先他还没死。他还躺在那儿,不该当着他的面挖墓穴。"

整整一个上午,人们守着休·格拉斯,等他死。他根本没有恢复知觉。失了那么多血,他肤色很苍白,呼吸仍然吃力。不过,他的胸脯仍然在起伏,顽强地保持着呼吸。

亨利上尉从河边到空地来回踱着步子,上午打发布莱克·哈里斯去上游侦察。哈里斯返回时,太阳已经升到头顶上了。他没看到印第安人,但对岸有一头猎物留下的踪迹,还有几个人和几匹马的足迹。在上游两英里处,哈里斯发现一个用过的露营地。上尉不能再等待了。

他命令两个人砍两颗小树,用格拉斯的被褥做成一副担架。

"上尉,咱们干吗不做个拉橇?可以让骡子拉着走。"

"河岸上崎岖不平,不能用拉橇。"

"那咱们离开河岸走。"

"赶紧做个该死的担架吧。"上尉说。在陌生地域,河就是唯一的地标。亨利丝毫不愿离开河岸跋涉。

第 4 章

1823 年 8 月 28 日

人们一个个走到天堑跟前,停下了脚步。格兰德河径直撞上陡峭的砂岩绝壁,被迫转弯。撞在绝壁上的河水打着深深的漩涡,冲向对岸,河面变得宽阔。布里杰和猪猡抬着格拉斯最后走来。两人把担架轻轻放在地上。猪猡扑嗵一屁股跌坐在地上,身上的衬衫浸满了污秽的汗水。

每个人走到河边都举目远眺,迅速判断出继续往前走的两种选择。一条是从侧面攀登陡峭的绝壁,这不是不可能,不过得手脚并用。布莱克·哈里斯上午花费两个钟头侦察时,找到了攀登的小径。大家从留下的痕迹能看出他攀登过的小径,小径两旁有他抓着植物攀爬时扯断的蒿草。显然,抬担架的人和骡子都上不去。

另一个选择是渡河。对岸平坦诱人,问题是怎么才能抵达对岸。绝壁前的漩涡水流急,水潭深,看上去至少深达五英尺。河中央有个不同水流的汇合处,看来那个地方的河水比较浅,容易涉水渡河。脚步稳当的话,可以在深水处把火枪和火药举在头顶上过去;要是不太稳定,可能倒在水中,不过肯定能游出几码远踩到浅水处的河底。

牵着骡子过河没问题,这头牲口非常喜欢水,人们给它起了个绰号叫"鸭子"。每天傍晚,它都一连几小时站在能淹到肚皮的河水里。正因为它有这么个癖好,曼丹人才没能把它连同它驮的货物一道偷走。其他牲口在岸上吃草或睡觉的时候,"鸭子"却站在水中或沙坝上。盗贼来拉它的时候,它总是稳稳当当站在泥淖中不挪动。到头来,要把它拉上岸,得半队人一起动手。

所以,骡子不成问题。问题当然是格拉斯。

要举着担架渡河是不可能的。

亨利上尉仔细考虑着眼下的选择,心里咒骂哈里斯,怪他没给留个标记,好让大家提前渡河。在下游一英里的地方,他们刚才经过一个容易渡河的浅滩。他不愿把大家分成两队,就是分开几个钟头也很不情愿,可现在全体退回去就显得很傻了。"菲茨杰拉德、安德森,轮到你俩抬担架了。伯诺特,你和我跟他俩返回我们经过的地方。其余的人从这儿渡河,在对岸等待。"

菲茨杰拉德怒视着上尉,嘟囔了几句。

"菲茨杰拉德,你想说什么?"

"我签约受雇来做捕兽人的,上尉,不是当该死的骡子。"

"你得跟大家一样轮流干活。"

"可我得把大家不敢当着你面说的话告诉你。大伙儿心里都在琢磨,你是不是打算拖着这具尸体一路走到

第4章 1823年8月28日

黄石。"

"为他、为你、为这个队里的任何人,我打算做的事都一样。"

"你要给大家做的事就是挖坟墓。你觉得我们在这个河谷还要走多久,才会遭遇到猎杀咱们的人?格拉斯可不是队里唯一的人。"

"你也不是。"安德森说。"上尉,菲茨杰拉德的话不代表我,我敢打赌,他也不代表其他不少人。"

安德森走向担架,把火枪搁在格拉斯身旁。"你要让我拖着他走?"

他们抬着格拉斯走了三天。格兰德河两岸不是沙坝,就是崎岖的岩石。岸边偶然能看到几棵三角叶杨树,但在水深的河段岸边长满了柳树,有些柳树高达十英尺。遇上一些凹进去的陡岸,岸边的土层被水流侵蚀得像刀劈一样整齐,他们就不得不攀登。他们还得在春汛留下的残迹中绕行,地面上有半掩在沙土里的石块、缠绕的树枝、整棵的大树,树干被水流和砂石打磨得像玻璃一样光滑。遇上地表太崎岖难行,他们就渡河到对岸,继续向上游跋涉。鹿皮服装打湿后,他们的负荷加重了。

河就像平原上的公路,亨利的这队人并不是河两岸唯一的旅行者。一路上能看到无数的活动踪迹和露营痕迹。布莱克·哈里斯曾两次看到小队的捕猎者,只是距离太远,看不出是苏族还是阿里卡拉族,不过这两个印第安部族对他们都会构成危险。自从密苏里河那场战斗以后,阿里卡拉人肯定是他们的敌人。在那次战斗中,苏族一直是他们的同盟,不过苏族现在的立场如何就不得而知了。他们这队捕兽人只有十个还算是精干人员,因此就是小小的进攻也承受不起。可他们的武器和捕兽器,甚至那头骡子,也都是诱人的攻击目标。一直存在的危险是受到伏击,只有布莱克·哈里斯和亨利上尉的侦察技巧才能避免这种危险。

上尉心想:"这是个必须迅速穿过的地带。"然而,他们现在沉闷的行进速度慢得像送葬行列。

格拉斯时而清醒时而昏迷,不过两种状态区别很小。他偶然能喝点水,但喉咙的伤口难以吞咽食物。有两次,担架翻倒,把格拉斯摔在地上。第二次把他脖子上的缝线绷断两处。他们停留了挺长时间,上尉重新给他缝合脖子,伤口已经感染红肿。谁也没费心去检查其他伤口。反正大家都束手无策。格拉斯也不能叫苦。他喉咙受伤,发不出声,呼吸变成可怜的喘息。

第三天傍晚,他们到了一条小溪跟格兰德河交汇的河口。在小溪上游四分之一英里处,布莱克·哈里斯找到个粗大松树环抱的泉眼。这是个理想的露营地。亨利打发安德森和哈里斯去找猎物。

那个泉眼并不喷水,只是渗水,不过清洌的泉水流过长满青苔的石头,积成个清水潭。亨利弯腰喝水,一边思索着

第4章 1823年8月28日

自己先前做出的决定。

抬着格拉斯走了这三天，上尉估计仅仅跋涉了四十英里。可他们本来该走出比这多一倍的距离才对。亨利相信，他们已经走出了阿里卡拉人的地盘，不过布莱克·哈里斯每天都能发现苏族人的许多痕迹。

亨利不但为他们现在到了哪里感到担忧，也为需要抵达哪里而烦恼。更严重的是，他担心抵达黄石的时间太晚。不花费两个星期用于贮存肉食，整队人就会遇到危险。晚秋的天气像扑克牌一样不可捉摸，有时会遇到小阳春天气，有时则可能遭遇狂风暴雪。

亨利除了对他们自身安全感到焦虑，还受到追求商业成功的巨大压力。如果走运，秋季捕猎几个星期，加上与印第安人做一些交易，他们便能获得足够多的毛皮，体面地打发一两个人把货物运往下游。

上尉热衷于想象一种效果：在二月份一个明媚的日子，一艘独木舟满载毛皮抵达圣路易斯，那将是多么光彩的景象。他们的事迹上了《密苏里共和报》的头条，新闻报道他们公司在黄石的活动取得成功。这将吸引新的投资者，明年早春，阿什利会拨款组建新的毛皮捕猎队。在亨利的想象中，到了夏末，他便能率领一支捕兽队在黄石上上下下组成一个网络。有了足够多的人手和交易商品，他甚至可能跟黑脚族达成和平交易，再次在河狸众多的三岔湖谷地捕猎。到了明年冬天，可能要许多条平底货船才能送回收获的毛皮呢。

　　但一切都有赖于时间,首先要抵达那里,还要有足够多的人。亨利感到了来自四面八方的竞争压力。

　　从北面,英国西北公司已经建立起诸多据点,最靠南的已经延伸到曼丹人的村落。英国人还支配了西部海岸,如今,正从海岸沿哥伦比亚河及其支流向内陆推进。有传言说,英国捕兽人已经远远渗透到斯内克河和格林河*一带。

　　从南面,几家公司正从陶斯和圣达菲**向北扩张。这些公司包括哥伦比亚毛皮公司、法国毛皮公司、斯通·博斯特威克公司等。

　　最明显的竞争则来自东部,而且就来自圣路易斯城。1819年,美国陆军发动其"黄石远征",明确的目标是扩展毛皮贸易。尽管军队的介入活动极其有限,却鼓舞了众多本来就渴望从事毛皮贸易的生意人。曼纽尔·利萨的密苏里毛皮公司在普拉特河流域开展贸易活动;约翰·雅各·阿斯特恢复了其美国毛皮公司不景气的生意,在1812年战争中,英国人从哥伦比亚地区赶来,在圣路易斯建立了新的总部。所

---

　　*　斯内克河和格林河都是美国西北部河流。前者发源于如今怀俄明州黄石公园附近;后者位于犹他州,黄石公园南面。——译注

　　**　陶斯和圣达菲都是美国西部地名,今日均为新墨西哥州北部城市。——译注

有这些活动都在竞争有限的资金来源和人力资源。

亨利扫视一眼格拉斯。担架放在松树的树荫下。

他后来没有再仔细缝合格拉斯的头皮,现在,头皮胡乱搭在头颅上,伤口边缘已经变成了紫黑色,干涸的血液固定住了头皮,成了破碎肢体上一顶奇形怪状的冠冕。上尉此时有两种截然不同的混杂感觉,既同情又愤怒,既有怨恨又有负疚感。

上尉不能为格拉斯遭灰熊袭击责备他。熊仅仅是他们旅途中众多危险之一。队伍离开圣路易斯的时候,亨利清楚,会有人丧命的。格拉斯受伤的躯体更让人们意识到每日旅途中的险境。亨利认为格拉斯是队伍里最好的成员,有理性,有技能,性情好。他把其他人都看作自己的下属,只有布莱克·哈里斯是个例外。这些人都比较年轻,笨拙,懦弱,缺乏经验。但亨利上尉把格拉斯视为自己的同行。既然格拉斯都能出事,任何人都难以幸免;他自己也一样。上尉的目光从这个垂死的人身上移开。

他心里清楚,上司要求他为了全队人的利益,必要时做出艰难决定。他也清楚,在西部边疆地区,自主和自给自足不但受到尊敬,而且也是一项要求。到了圣路易斯西边,就没有什么权利可言了。然而,边疆社区中粗暴的个人仍然受到强烈的集体责任感约束。没有成文的法律,却有天然的法则,人们遵守超越自私利益的不成文公约,其本质是《圣经》中的规则,每向荒野走一步,其重要性便加深一步。出现需要时，一个人会伸出援助之手：向朋友，向同伴，向陌生人。给予援助的人知道，将来有一天，他自己的生存也将依赖别人伸出援手。

上尉竭力将这一规则用于格拉斯，却发现其效能减弱了。"难道我没有为他尽自己最大能力？"处理他的伤口，运送他，心怀尊重等待，让他至少能得到文明的葬礼。由于亨利的决定，大家已经让集体的需要从属于一个人的需要。这么做是对的，但不能持久。在这里不能。

上尉想到过直接放弃格拉斯。其实，格拉斯的痛苦太惨重了，亨利曾闪过一个念头，不知是不是该对着他脑袋开一枪，结束他的不幸。当然上尉迅速驱散了杀死格拉斯的念头，不过他在想，不知道能不能跟伤者交流，让他明白，他不能让全队人继续冒风险了。他们可以给他找个躲避的地方，给他留下火种、武器和装备。要是他的伤势好转，可以在密苏里河上跟他们会合。上尉了解格拉斯的为人，假如他能开口说话，这会不会是他的愿望呢？他肯定不愿因为自己让其他人的生命受到危害。

不过，亨利上尉没理由让自己把这个重伤员撇下。自从格拉斯遭受熊的袭击后，就无法跟他交谈，因此无法确定他有什么样的愿望。缺乏这种明确的表示，上尉不能任意假设。他是个领导者，对格拉斯负有责任。

"但是我对其他人也负有责任。"对阿什利的投资同样负有责任。还有上尉在圣路易斯的家人。他的家人十多年来一直在期待他取得商业上的成功,但成功似乎永远像远处的大山一样遥不可及。

那天夜里,这队人分散围坐在三个小火坑周围。他们打到一头野牛犊,有新鲜兽肉要熏制,有周围的松树隐蔽,生火的信心就比较足。时值八月下旬,日落后天气很快变得凉爽,虽然不冷,不过他们感觉到,季节更迭已经开始了。

上尉站着对人们讲话。这种正式姿态暗示出,他要说的事情是严肃的。"我们需要更加抓紧时间。我需要两个人自愿陪着格拉斯。陪他待在这儿,直到他死去,体面地埋葬他,然后赶上大家。落基山毛皮公司将为留下来的风险支付七十美元。"

火堆里一颗松果迸裂,许多火星弹射到清澈的夜空中。此外,营地上一片寂静,人们都在仔细衡量眼下的局面和那个出价。不论格拉斯即将死去是多么确定无疑的事,现在讨论他的死都显得怪异。名叫吉恩·伯诺特的法国后裔在胸前划了个十字。大多数人只是呆呆地望着火焰。

好长一段时间,谁也没开口说话。人们心里想的都是那笔钱。七十美元比全年薪水的三分之一都多。从冷冰冰的经济角度看,格拉斯肯定很快就要死去。在空地上坐几天,能挣到七十美元,然后只要艰苦跋涉一个星期便能赶上队伍。当然,人们都知道,留下来会有实在的风险。十个人聚在一起是一股威慑力量。两个人就不行。假如一群印第安战士来袭……要是死了,七十美元等于零。

"上尉，我留下来陪他。"所有人闻声转过脑袋，没想到自告奋勇的竟是菲茨杰拉德。

亨利上尉拿不准该做何反应，他极其怀疑菲茨杰拉德的动机。

菲茨杰拉德看出他迟疑的原因。"上尉，我不是出于爱心，完全是为钱。要是你想让人关心照顾他，就再选个人吧。"

亨利上尉环顾散乱坐成一圈的人们。"谁还愿意留下？"布莱克·哈里斯朝火堆丢了根木棍。"上尉，我愿意。"格拉斯跟哈里斯是老朋友，让他跟菲茨杰拉德留下，这想法让人不快。

人们都不喜欢菲茨杰拉德。格拉斯理应由更好的人陪同才对。

上尉摇了摇头。"哈里斯，你不能留下。"

"你什么意思，为什么我不能留下？"

"你不能留下。我知道你是他的朋友，我很抱歉。可我需要你搞侦察。"

接下来是长时间的沉默。大多数人目光呆滞地盯着火堆。人们不安的心里都得出一个结论：不值得。不值得为钱留下。说到底，不值得为格拉斯留下。这倒不是大家不尊敬甚至不喜欢他。有些人跟安德森一样，觉得该为他过去的善意行动报答他，也体会到一种责任感。安德森心想，假如上尉要求大家保卫格拉斯的生命，情况就会不同了，但这并不是眼下的任务。现在的任务是等着格拉斯死去,然后埋葬他。不值得这么做。

亨利开始考虑,是不是把这项工作交给菲茨杰拉德独自去做。忽然,吉姆·布里杰踉踉跄跄站起身。"我留下。"

菲茨杰拉德轻蔑地哼了一声。"天哪,上尉,你不能让我跟一个只会吃肉的娃娃干这活计!要是布里杰留下,你最好付我双倍工钱,他们俩我都得照顾。"

这话让布里杰觉得像挨了几拳,又难堪又气愤,觉得浑身血液都涌到头上了。"我向你保证,上尉,我会尽职的。"

上尉没料到是这种结果。他感到,把格拉斯留给布里杰和菲茨杰拉德,跟干脆撇下这个可怜的家伙没什么区别。布里杰还是个孩子。他在落基山毛皮公司干活的一年中,证明自己既诚实又能干,不过他不能跟菲茨杰拉德匹敌。菲茨杰拉德是个唯利是图的家伙。然而,上尉转念一想,这不正是他做这个选择的出发点吗?难道他这么做不是为了花钱找代理人,不是为了买个集体责任的替代物吗?不是花钱让别人承担他自己的责任吗?他还能怎么做呢?没有更好的选择了。

"那好吧。"上尉说。"其余的人明天黎明出发。"

第 5 章
1823 年 8 月 30 日

亨利上尉率领队伍离开后,第二天晚上,菲茨杰拉德打发小伙子去找柴火,他独自跟格拉斯待在营地上。格拉斯靠一个小火坑躺着。菲茨杰拉德对他根本不理不睬。

这片空地靠着一面陡峭的山坡,上方是层叠的岩石,仿佛一双巨大的手将大块岩石一层层垒起来,还用力压整齐。

两块巨石之间的裂缝里,孤零零长着一棵扭曲的松树。

这是一棵美国黑松,当地部落用这种树干支撑帐篷。这棵松树的种子源自下面土壤肥沃的森林,几十年前,一只麻雀撬开了松果,把松子衔到空地上方高耸的位置,却不慎丢失,掉进两块巨石之间的裂缝,落在里面的泥土上,适逢及时雨,便发芽了。岩石白天吸收炎热,给萌发的树苗补充热量。这里接受不到直射的阳光,松树便横向生长,然后往上蜗行,探向天空。弯曲的树干上伸出几根多瘤的树枝,每根树枝上覆盖着几丛蓬乱的松针。下面森林里能用作帐篷支柱的松树棵棵长得笔直,有些从森林地面算起足有六十英尺高。但是哪棵都不及长在岩石缝隙中这棵松树位置更高。

上尉和其他人离开后,菲茨杰拉德的活动对策很简单:

第5章 1823年8月30日

贮存肉干,格拉斯一死,他们就迅速启程;与此同时,尽量待在远离营地的地方。

虽然他们跟大河有一段距离,但菲茨杰拉德对自己在小溪边的位置没多少信心。这条小溪直接流过这片空地,从营火留下的焦黑色明显看得出,有人在这泓泉水边待过。菲茨杰拉德唯恐这片空地是个人们熟知的营地位置。就算以前不是,如今他们这队人和那头骡子从河边来到这里,也留下了明显的踪迹。捕猎者或印第安战士如果来到靠近格兰德河的地带,准会发现他们。

菲茨杰拉德瞅了格拉斯一眼,心里带着怨恨。他出于病态的好奇心,在其他人离去那天,查看了格拉斯的伤口。喉咙上的伤口从担架上摔下来后再次闭合,但整个脖子发炎红肿。腿部和胳膊上的咬伤似乎愈合了,但脊背上深深的划伤在发炎。格拉斯大部分时间处于昏迷状态。算他走运。"这狗杂种什么时候才死呢?"

约翰·菲茨杰拉德来西部边疆是因为一段曲折的经历。他1815年在新奥尔良酒醉发疯,刺死一个妓女,从此开始流亡。

菲茨杰拉德在新奥尔良长大,父亲是个苏格兰水手,母亲是个法裔商人的女儿。他父亲干活的船十年中每年驶抵港口一次,后来这船驶向了加勒比海。每次抵达新奥尔良,就给多产的老婆留个种,给家里添个娃。菲茨杰拉德的母亲得知丈夫死讯后过了三个月，嫁给了杂货店上了年纪的老板，觉得这是养育众多儿女必不可免的大动作。她这个实用主义决定让她的大多数孩子受了益，八个孩子长到了成年，两个大儿子在老头子死后还继承了杂货店。其他儿子大半找到了正派工作，女儿嫁得十分体面。约翰却迷失了。

菲茨杰拉德从小就对暴力活动表现出习惯性的嗜好和技能。他会迅速采用拳打脚踢手段解决纠纷，十岁那年就因为用铅笔刺伤同学的腿，遭学校开除。菲茨杰拉德对父亲的水手生涯没兴趣，因为干活太辛苦，便混迹在这座港口城市的下流社会。他青少年时期在码头上厮混，打斗技能得到磨炼，经受了考验。十七岁那年，在一场酒吧打斗中，一个船夫划伤了他的脸，给他脸上留下那道钓鱼钩形状的疤痕。他此后便对刀具肃然起敬，迷上了刀，收集了一套各种尺寸和形状的匕首和剥皮刀。

在二十岁那年，菲茨杰拉德在码头旁一家酒吧爱上个年轻妓女，那是个法裔姑娘，名叫多米尼克·佩罗。尽管两人的关系基础无非是金钱，但菲茨杰拉德并没有完全领悟到多米尼克所干行当的性质。他撞见多米尼克跟一艘货船的肥胖船长缠绵，顿时怒不可遏，持刀把两个人都捅死，然后沿街逃走。他从哥哥们的店铺里偷走八十四美元，买了张船票，逆密西西比河逃向北方。

接下来的五年里，他在孟菲斯各家酒店和周围地区谋生。为得到食宿和一笔微薄的薪水，他在一家名叫金狮的酒店当酒吧招待,但他在这地方干的勾当却名不副实。他挂的是酒吧招待的头衔,正式行当却是他在新奥尔良从不曾干过的——得到认可干暴力勾当。他收拾不规矩顾客大打出手时显得特别享受,就连酒吧里粗暴的主顾也吃惊不浅。有两次,他几乎把人打死。

菲茨杰拉德的两个哥哥因数学才能成为成功的店主,他也拥有一些数学能力,就把天赋的智慧用于赌博。有一阵子,他在赌场上挥霍自己在酒店挣的一点点薪水,感到心满意足,后来赌瘾日增,开始对大赌注玩法着迷。要玩这些新游戏,就得有更多的钱,菲茨杰拉德倒不缺少放贷人。

有一次,菲茨杰拉德跟一个酒吧老板借了两百美元,那酒吧跟他干活的酒吧是竞争对手。借钱后不久,他打牌获胜,凭一手牌几张 Q,只投几十美元赌注便赢得一千美元。接下来一个星期,他放荡作乐。这次收获激发他对自己赌博技能的虚妄信心,赢取更多的贪欲愈发强烈。他辞去金狮酒店的工作,想靠打牌维生,可惜运气急转直下,一个月后就欠了放贷人杰弗里·罗宾逊两千美元。他四处躲避讨债的罗宾逊,几个星期后,两个打手抓住他,打折了他的胳膊。他们宽限他一个星期,要他支付到期的债务。

绝望中,菲茨杰拉德找到第二个放贷人,这人是个德国后裔,名叫汉斯·班格曼。他打算贷款归还第一个放贷人。可是,两千美元到手后,菲茨杰拉德突然产生个灵感:从孟菲斯逃走,在别处东山再起。第二天早上,他再次搭乘了一艘北上的船。1822年2月底,他抵达了圣路易斯。

在这座新抵达的城市待了一个月后,菲茨杰拉德听说,有两个人在酒吧里打听"脸上有道疤的赌徒"。在孟菲斯放贷人的小天地中,杰弗里·罗宾逊和汉斯·班格曼没过多久便发现了菲茨杰拉德彻头彻尾的背叛伎俩。他们俩每人出一百美元酬金,雇用了两个打手去追捕菲茨杰拉德,要杀掉他,尽可能收回给他的贷款。他们对收回自己的钱没抱多少希望,但两人都想杀死菲茨杰拉德。他们要维护自家的面子。这话很快便在孟菲斯的一家家酒吧中传开。

菲茨杰拉德陷入困境了。圣路易斯城是密西西比河上最北面的文明前哨。他不敢去南面,要是去新奥尔良和孟菲斯,等待他的是纠纷。就在那天,菲茨杰拉德听一群酒吧常客在热烈讨论《密苏里共和报》上的一则广告。他抓起报纸,看到下面的内容:

> 请有魄力的年轻男子关注。拟雇用一百名年轻男子逆密苏里河抵达其源头,抵达后,雇用期为一年、两年或三年。愿服从指挥随队前往者,请洽亨利上尉,地点:华盛顿乡铅矿。

菲茨杰拉德做了个鲁莽的决定。他从汉斯·班格曼那里偷来的钱所剩不多,便买了一件旧皮袄、一双鹿皮鞋、一支火枪。第二天他找到亨利上尉,要求参加这支捕兽毛皮队。亨利从一开始就对菲茨杰拉德感到怀疑,但可供挑选的人很有限。上尉需要一百个人,菲茨杰拉德看上去还合适。他好像跟人持刀打斗过,那就更好了。一个月后,菲茨杰拉德便乘坐在一条平底船上,向密苏里河上游驶去。

时机一到,菲茨杰拉德会立刻离开落基山毛皮公司,但他喜欢上了西部边疆的生活。他发现,自己玩弄刀具的技能在这里扩展到了其他武器上。菲茨杰拉德没有真正林地居民追踪猎物的技能,但他的枪法极好。最近在密苏里河岸遭围攻时,他曾凭借狙击手的耐心击毙两个阿里卡拉族印第安人。亨利手下的很多人害怕与各种印第安人作战,可菲茨杰拉德却喜欢遭遇印第安人,甚至见了他们就心头发痒。

菲茨杰拉德朝格拉斯瞅了一眼,目光落在那个伤者身旁的安斯特枪上。他环顾一圈,确信布里杰没有回来,就抓起那支火枪。他把枪举到肩头,目光顺着枪管望去。他喜爱这枪贴合自己身体的感觉,喜爱上面的准星标尺。标尺上的叉口宽阔,可以迅速看到目标。这枪比较轻盈,可以让装在枪膛里的弹丸保持稳定。他举着枪来回瞄准,时而上,时而下,最后瞄准了格拉斯。

菲茨杰拉德再次想到,用不了多久,这支安斯特枪就归他所有了。他们从来没跟上尉说过这事,但是,留下来陪格拉斯的是他,谁比他更有权得到这枪?当然,他比布里杰更有权。捕兽人都喜爱格拉斯的这支枪。七十美元微不足道,根本弥补不起留下来的风险代价。菲茨杰拉德留下,为的就是得到这支安斯特枪。这枪要是给了一个娃娃,那简直是糟蹋了。再说,布里杰得到威廉·安德森那把火枪,已经乐不可支了。可以给他其他零碎——比如格拉斯那把刀。

菲茨杰拉德仔细考虑着自己的计划,从他自告奋勇留下陪格拉斯,心里就盘算好了这个计划,如今这计划每时每刻都让他觉得刻不容缓。"格拉斯多活一天少活一天有什么区别?"可是在另一方面,菲茨杰拉德知道得很清楚,一天的时间对自己活命的希望至关重要。

菲茨杰拉德把安斯特枪放下。格拉斯脑袋旁边有一件沾满污血的衬衫。"只要把这件衬衫捂在他脸上,几分钟就完事了,明天早上我们就能上路。"他又朝那支火枪瞅了一眼,在地上铺的橘黄色干松针衬托下,深棕色的枪托显得十分醒目。他探出手去拿那件衬衫。

"他醒了吗?"布里杰两条胳膊抱着一大捆木柴,站在他身后。菲茨杰拉德大吃一惊,有一阵子没说出话来。"天哪,孩子!你再敢这么吓唬我,我向上帝发誓,非把你砍倒不可!"

布里杰把木柴丢下,走向格拉斯。"我刚才在想,大概咱们该给他喂点肉汤。"

"布里杰,你的心可真好。给他灌点肉汤,没准他能维持一个礼拜,明天准死不了。这让你睡得安心吗?你怎么想的?你以为给他喝点汤,他就能起身,从这儿走出去?"

布里杰一时说不上话来,过后才嘀咕:"你好像想要他死。"

"当然我想要他死!看看他,他也不想这么活着!"菲茨杰拉德停顿一下,等小伙子理解这话的含义。"布里杰,你上过学吗?"菲茨杰拉德这是明知故问。

小伙子摇了摇脑袋。

"那我教你一点算术课吧。亨利上尉和其他人没有格拉斯的拖累,现在每天大概要走三十来英里。就算咱们比他们跑得快,比方说,咱们每天跑四十英里。布里杰,你说四十减去三十等于多少?"小伙子瞪着眼睛,毫无表情。

"我告诉你得数吧。十。"菲茨杰拉德伸出两只手的手指,做了个嘲弄的手势。"有这么多呢,小伙子。不论他们领先多少,我们要追,每天只能拉近十英里。他们已经走到我们前面一百英里的地方了。布里杰,我们要赶上,就得十天。这还得假设他今天就死,我们马上就去追赶。十天中还可能遭遇到苏族印第安人。你明白了没有?我们在这儿每待一天,就得追赶三天。要是苏族人干掉你,小伙子,你的模样比格拉斯还糟糕。你见过被剥掉头皮的人没有?"

布里杰什么也没说,不过他见过被剥掉头皮的人。亨利上尉把两个死去的捕兽人送回营地时,他就在大瀑布城附近,那两个人是被黑脚族杀害的。那两具尸体布里杰如今还历历在目。上尉把他们肚皮朝下捆在骡子背上驮回来。割断绳子后,他们掉在地上,身体硬梆梆的。捕兽人们围拢过来,早上还一起围在篝火旁的同伴,竟变成残缺不全的死尸,大家难以置信地注视着。尸体不仅被剥去了头皮，鼻子、耳朵被割掉，眼珠都被挖出。在布里杰的记忆中，没了鼻子看上去不再像面孔，更像是骷髅。两个人都是赤裸的，私处也被割掉了。两具尸体的脖子和手腕有道界限，露在外面的皮肤是棕色的，像马鞍皮革一样坚韧，身体其余部分却白得像丝绸。看上去几乎有点滑稽。假如不是这么恐怖，人们没准会拿皮肤的差异开玩笑。当然啦，谁也没笑。布里杰洗澡的时候总是想到这事，奇怪没有露在外面的皮肤白皙得像丝绸，娇嫩得像婴儿。

布里杰竭尽努力，想要反对菲茨杰拉德，可他根本没有反驳的能力。这次并不是缺乏言辞，而是缺乏理由。要谴责菲茨杰拉德的动机是容易的，他说过，他是为了钱。布里杰心想，自己的真正动机是什么？并不是为了钱。把数目加在一起，加上他的正常薪水本来就多得自己从来没见过。布里杰愿意相信，自己的动机是忠诚，是对捕猎队同伴们的忠诚。他当然尊敬格拉斯。格拉斯在许多细微的场合用心照顾他，教导他，保护他，避免让他难堪。布里杰觉得欠格拉斯的人情。但这能维持到什么程度？

小伙子记得，他主动提出留下陪格拉斯时，大家露出的惊讶和赞赏目光。这跟放哨那天夜里出事后人们的轻蔑和愤怒多么不同啊。他记得大家出发时上尉拍他的肩膀，做了个简单的手势，让他体会到一种亲切感，好像他头一回值得在大伙中间得到个位置。想要弥补自己受损的自尊心，这不正是他待在这片空地的原因吗?这其实不是在照顾另一个人,而是在照顾自己。难道他跟菲茨杰拉德一样,想要趁人之危自己获益?不管人们怎么说菲茨杰拉德,反正他留下的原因是真诚的。

第6章
1823年8月31日

第三天早上,布里杰独自待在营地上,花费了好几个小时修补他的鹿皮鞋。在长途跋涉中,两只鞋都磨出了洞。他的两脚也让地面刮擦得伤痕累累。小伙子很高兴有机会补鞋子。他从队友出发前留下的生毛皮上割下一块,用锥子在边缘扎出小孔,用新的兽皮换下鞋底。缝线不整齐,不过线拉得很紧。

布里杰欣赏自己的手工艺结果时,目光落在格拉斯身上。只见一群群苍蝇在伤口嗡嗡乱飞,他注意到,格拉斯的嘴唇张开,显得口渴难耐。小伙子心里再次产生怀疑:难道自己的道德水准高于菲茨杰拉德?布里杰在自己的大铁皮杯里灌满清凉的河水,靠向格拉斯的嘴边。水激发出不自觉的反射,格拉斯开始喝水。

格拉斯喝完后,布里杰感到的却是失望。他两眼望着格拉斯,为自己能帮上忙感觉不错。当然,菲茨杰拉德是对的。格拉斯毫无疑问要死了。"但是,难道我不该尽可能帮助他?难道不该在他临终前起码给他点安慰?"

布里杰的母亲会利用各种植物的治疗作用。有很多次,

第6章 1823年8月31日

他后悔当时没有多留意妈妈是怎么做的,只记得妈妈从树林里回来,篮子里装着不同的花朵、草叶和树皮。不过他知道一些基本的方法。他在林间空地边缘发现了要找的东西:一棵松树涌出糖浆般的粘稠树胶。他用自己锈渍斑斑的剥皮刀刮那些树胶,弄到大量树胶后回来跪在格拉斯身旁。小伙子首先对付他腿上和胳膊上的伤口,这是灰熊牙齿深深咬进去的伤口。伤口周围仍是青紫色,但皮肤本身看来已经在愈合。布里杰用食指把树胶涂抹在伤口里和皮肤周围。

接着,他把格拉斯扳成侧卧姿势,检查背上的伤口。那次担架摔在地上时,粗粗缝合的伤口已经绷开,有再次出血留下的痕迹。但是,格拉斯背部的绯红色并不是出血造成的,而是感染。五道平行的伤口几乎从上到下贯穿了他的脊背。伤口中央有黄色的脓液,边缘肿胀发亮的皮肤是火红色。伤口的气味让布里杰联想到酸臭的牛奶。他拿不准该怎么办,只好在整个受伤的脊背上涂抹树胶,还为收集更多的树胶来回跑了两趟。

最后,布里杰开始应付格拉斯脖子上的伤口。上尉缝的线仍然完好,不过小伙子认为,缝合这个伤口只能是掩盖皮肤下面的致命伤。格拉斯在昏迷中继续发出沉重的哮喘声,好像机器零件破裂发出的嘎嗒声。布里杰再次走向松林,这次要找一棵松动的树皮。找到后,用刀撬下外皮,把里面的嫩皮装在帽子里。

布里杰再次用铁皮杯舀上泉水,放在木炭火上,沸腾后把松树皮投进去,用刀柄的圆头捣,直到杯子里的浆液变成泥浆一样粘稠润滑的膏液。他等膏液晾得稍凉一点,然后涂抹在格拉斯的脖子和划开的伤口上,一直抹到肩膀外面。接下来,布里杰走过去,从自己的小包里取出一件替换用的衬衫,撕成绷带覆盖药膏,把格拉斯的头扳起来,在他脖子后面紧紧系了个结。

布里杰扶着格拉斯的脑袋,轻轻放回去靠在地面上,发现格拉斯正睁开眼睛望着自己,不由吃了一惊。只见那双眼睛明亮清澈,目光炯炯,与残破的身体相比,显得很奇怪。布里杰盯着他的眼睛,探索着解读格拉斯明显打算表达的意思。"他要说什么?"

格拉斯两眼盯着小伙子看了足有一分钟,才再次闭上眼睛。在清醒的那一瞬间,格拉斯的敏感显著增强,仿佛突然意识到自己身体运作的秘密。小伙子的努力提供了局部的缓解。稍有点刺痛感的松树树胶具有药用效果,热药膏让他喉咙获得湿润的舒适感。格拉斯同时还感到,自己的身体正调集力量,投入另一场决定性的战斗,并不是表面上的,而是深层的战斗。

等到菲茨杰拉德返回营地,下午斜阳的阴影已经拉长,天空出现黄昏时分的晚霞。他肩膀上扛着猎捕到的一头雌鹿。他已经在猎捕现场做过处理,划开脖子除去内脏。他把鹿丢在一个火堆旁,那鹿不自然地瘫成一堆,与活着时生龙活虎的优雅姿态完全不同。

第6章 1823年8月31日

菲茨杰拉德盯着看格拉斯伤口上新包扎的绷带,不由拉下脸来。"你是白费工夫。"他停顿了片刻。"要是你不浪费我的时间,我也不责怪你。"

布里杰没理睬他的批评,不过,他感觉自己的脸涨红了。

"小伙子,你多大了?"

"二十。"

"你这个满嘴谎话的小杂种,说话还是娃娃声呢。我敢打赌,除了你妈妈,你从没见过其他女人的奶头。"

小伙子把头扭向一边。他憎恨菲茨杰拉德,这家伙就像只猎犬,一下子就能闻出别人的弱点。

菲茨杰拉德享受着布里杰的不安,好像在从肉食中吸收营养。他笑了。"怎么!你从来没找过女人?我说对了吧,小伙子?怎么啦,布里杰,出发离开圣路易斯前,你没花两块钱找个妓女?"

菲茨杰拉德身躯高大,此刻很舒坦地坐在地上。"没准你不喜欢女孩?该不是个同性恋吧,小伙子?大概我该仰面躺下,让你夜里跟我亲热。"布里杰还是什么话都不说。

"没准你原本就是个阉人。"

布里杰不由自主跳起身,抓起火枪,扳开枪机,把长长的枪管指向菲茨杰拉德的脑袋。"你这个狗崽子,菲茨杰拉德!再敢说一个字,就轰掉你的脑袋!"

菲茨杰拉德瞪着火枪黑魆魆的枪口,呆住了。他长时间一动不动,两眼只盯住枪口。后来,他的两只黑眼珠慢慢转过去，仰望着布里杰的眼睛，嘴角跟脸上的疤痕一起弯曲，渐渐浮出个微笑。"哎呀呀，真了不起，布里杰。原来你撒尿用不着蹲下。"

他让自己说的笑话逗得扑哧一笑，然后抽出刀，动手宰割那头鹿。

营地上一片寂静，布里杰开始意识到自己的喘气声沉重，还能感觉到自己的心跳加快了。他把枪放下，枪托墩在地上，自己也蹲坐下来。他忽然感觉疲惫，就在肩膀上裹了条毯子。

几分钟后，菲茨杰拉德说："嘿，小伙子。"

布里杰抬头看了一眼，没答应。

菲茨杰拉德随手用血淋淋的手抹了一下鼻子。

"你那支新火枪没装燧石打不响的。"

布里杰低头看了看自己的火枪。见枪机上真的没装燧石。

他又一次涨红了脸，不过这次是既恨菲茨杰拉德，又恨自己。菲茨杰拉德压低声音笑起来，继续用那把长刀熟练地干着活儿。

说实话，吉姆·布里杰那年才十九岁，身子骨又小，看上去还没到这个年龄。他出生在 1804 年，恰好跟刘易斯与克拉克远征*是同一年，吉姆的父亲受他们返回后的激越情

---

* 1804 年至 1806 年间由杰斐逊总统发起的首次横越大陆西抵太平洋沿岸的往返考察活动。领队是美国陆军梅里韦瑟·刘易斯上尉和威廉·克拉克少尉，此次远征因此得名。——译注

绪鼓舞,1812年离开弗吉尼亚州,去西部冒险。

布里杰一家在圣路易斯附近名叫六哩牧场的一个小农场上定居。吉姆当年才八岁,那趟旅程对他可真是一场大冒险,一路马车颠簸,晚饭靠猎物,睡觉在露天。在新农场上,吉姆有了一片四十英亩大的游戏场,有草地,有树林,有小溪。他们在新地产上的第一个星期,吉姆发现了一眼小泉水。他清楚记得自己当时十分兴奋,把父亲带到那个渗出水的隐蔽地方,后来他们在那个地方建了个泉水屋。他为此非常得意。吉姆的父亲从事许多行当,还涉足考察。吉姆常常跟着父亲跋涉,这进一步树立起他对探险的兴趣。

到了十三岁,布里杰的少年时代戛然而止。在同一个月中,父亲、母亲、哥哥全都死于一种热病。吉姆忽然担负起了照顾自己和妹妹的职责。一位上了年纪的姑姑来照顾他妹妹,但家里的经济担子落在吉姆肩上。他接受了一条渡船老板给的工作。

布里杰青少年时期,密西西比河上交通繁忙。南方制造的各种产品逆河运向北方,供应繁荣发展的圣路易斯城,货船将边疆出产的种种原材料源源运向下游。布里杰听说过新奥尔良那座大城市,还听说过更远的外国港口。他见过粗犷的船夫,那些人单凭强健的体力和毅力,将船只拉向上游。他跟车夫们交谈过,那些人经陆路从列克星敦和特雷霍特*

---

* 列克星敦是肯塔基州中部城市,特雷霍特是印第安纳州中西部城市。——译注

运来各种产品。他看到过蒸汽船，那是大河的未来，汽船喷着白雾，船轮翻卷打水逆流而上。

然而，激发起吉姆·布里杰想象力的不是密西西比河，而是密苏里河。距离他干活的渡口仅仅六英里之外，这两条大河汇合成一条河，西部边疆狂野的河水汇入这条日夜流淌的平庸河水。这是新与老的汇聚，已知和未知的糅合，文明与荒野的混杂。布里杰盼望的一个罕有时刻到了：毛皮商人和旅行者们将光滑的麦基诺平底船系在渡船码头，有时候甚至露宿一夜。他们讲述着野蛮的印第安人、丰富的猎物、永恒的大平原和高耸的山脉，布里杰感到非常新奇。

西部边疆成了布里杰心中的渴望，那是他只能意会不可言传的目标，像磁石一样，不由分说要把他拉向那个听说过却没有见过的地方。一天，布里杰的渡船上来了个传教士，骑着的骡子脊背都凹陷了。那人问布里杰，是不是领悟到了上帝赋予他生活中的使命。布里杰脱口而出："走进落基山。"传教士立刻变得兴高采烈，鼓励小伙子考虑向野蛮人传教。布里杰无意将耶稣介绍给印第安人，不过那次交谈却在他心中打下了烙印。小伙子开始相信，向西进发并不仅仅是追求某种新奇的东西，而已经成为他心灵中的一部分，是个生活中缺少的一部分，只有遥远的大山或平原才能使他的生活变得完整。

尽管心中怀着想象中的未来图景，布里杰却撑着他的渡船，终日来回往返。有动机却没有行动，停留在两岸渡船码头的固定位置,从来没有冒险离开过一英里。这是个与他想象生活对立的点,可他想象中的生活却是在未知的领域漫游探索,永远不走重复路线。

撑船摆渡一年后,布里杰做出个欠思考的鲁莽决定,在圣路易斯一家铁匠铺当了学徒,他认为这是向西部进发迈出的一步。那位铁匠待他很好,甚至给他一笔不错的薪水,让他交给妹妹和姑姑。但学徒期的条件是清楚的——五年劳务。

尽管这份新工作未能让他走进蛮荒地带,但至少在圣路易斯能听到大量西部蛮荒故事。五年间,布里杰一直沉浸在西部传说故事中。平原旅客来给马钉掌子或修理捕兽夹,布里杰便努力克服自己的羞怯,打听他们的旅行见闻。问他们去过什么地方,见过什么事物。小伙子听说过约翰·科尔特赤手空拳逃脱追捕的故事,当时一百个黑脚族印第安人紧紧追赶,要剥他的头皮。他像圣路易斯的所有人一样,对曼纽尔·利萨和舒托兄弟等成功商人的琐细情况了如指掌。最让布里杰激动的事情,是偶尔亲眼见到他心目中的英雄。安德鲁·亨利上尉每个月来一次铁匠铺,给他的马钉掌子。布里杰总是自告奋勇干这个活儿,为的是找机会跟上尉交谈几句。他每次与亨利匆匆见面,就像重申自己的信仰,仿佛这是一种有形的表现,否则自己的愿望就只能存在于传说故事中。

布里杰学徒期满是在1822年3月17日,这天恰逢他十八岁生日，又逢罗马历3月15日，当地戏班子便上演了莎士比亚的剧作《尤利乌斯·恺撒》。布里杰花了两毛五买了张票。长时间的演出没引起他多大兴趣，演员身穿长袍显得很傻，布里杰看了很久都拿不准演员们说的到底是不是英语。不过他喜欢舞台上的场面，后来他渐渐对那种不自然语言的韵律产生了感觉。一位英俊的演员嗓音低沉，宏亮的声音念出的台词让布里杰终生难忘：

  人间大小事，有其潮汐，
   把握涨潮，则万事无阻……

三天后，铁匠把《密苏里共和报》上那则广告的信息告诉布里杰。"请有魄力的年轻男子关注……"布里杰认为，自己生活中的涨潮来了。

  第二天早上，布里杰醒来时，见菲茨杰拉德正俯身看格拉斯，一只手压在伤者的额头上。

"你做什么呢，菲茨杰拉德？"

"他发烧已经有多久了？"

布里杰迅速来到格拉斯身旁，摸他的皮肤。他烫得像是要冒蒸汽，浑身淌着汗水。"我昨天夜里检查过，他当时看上去没事的。"

"可他现在有事了。这是死亡前的汗水。这狗崽子终于要断气啦。"

布里杰呆呆地站着，心里既感到不安，又有一丝安慰。

格拉斯开始浑身颤抖。看来菲茨杰拉德说得没错。

"听着,小伙子,咱们该准备行动了。我要去格兰德河侦察一下。你把浆果装上,把鹿肉捣散。"

"格拉斯怎么办?"

"他怎么办?咱们在营地待了几天,你倒成了医生?现在咱们根本没辙。"

"我们可以做该做的事——等在他身边,他死后埋葬他。这是我们跟上尉达成的协议。"

"要是你感觉好点,就挖个坟墓!真见鬼,再给他建个该死的祭台!不过你给我听好了,要是我回来你还没把肉打包好,我就用鞭子抽你,让你感觉比他还难受!"菲茨杰拉德抓起自己的火枪顺着小溪走了。

这天是典型的九月初的天气,阳光明媚,早上凉,下午热。小溪汇入大河的地方地势平坦,潺潺溪水横过一道沙坝变得宽阔,接着汇入奔腾的格兰德河。菲茨杰拉德的目光注意着毛皮捕兽人留下的散乱足迹,已经四天了,足迹依然明显。他朝上游观望,见一只鹰栖息在一棵光秃秃的死树上,模样像个哨兵。不知什么东西惊动了这只大鸟,它展开有力的双翅扇动几下,飞腾起来,以一边翅膀为轴心灵巧地转了个弯,朝上游飞去。

一阵尖利的马嘶声划破早晨的寂静。菲茨杰拉德连忙转了个身。早晨的阳光正好投在河面上,刺眼的光芒与水花形成光影共舞的海洋。菲茨杰拉德逆着光线眯缝起眼睛,看出几个骑马的印第安人轮廓。他连忙趴在地上。"他们看见我没有?"他在地上趴了一会儿,大气都不敢出。他朝一片矮小的柳树丛爬去,那是附近唯一可隐蔽的地方。他凝神细听,再次听到马嘶声,但没听到马队冲锋的践踏声。他检查自己的武器,确保火枪和手枪都装填了火药弹丸,然后脱下狼皮帽子,抬起头透过柳树望去。

大约两百码外有五个印第安人,他们在格兰德河对岸。只见四个骑在马背上的人形成个散漫的半圆形,围在中间的第五个人正鞭打一匹慢吞吞的花斑马。两个印第安人在笑,看上去他们在一心一意驯服那匹马。

其中一个印第安人戴着老鹰羽毛制作的完整头饰。菲茨杰拉德这时距离他们足够近,能清楚看到他胸前挂着一串熊爪尖做成的项链,辫子里编进了水獭毛皮。三个印第安人背着枪,另外两个挎着弓。这些人和马身上都没有涂抹作战标志,菲茨杰拉德便认为,他们只是来打猎。他拿不准这些人属于哪个印第安族,不过他的受雇知会中提到,这个地区的任何印第安人都应视作对捕兽人有敌意。菲茨杰拉德估计,他们这时刚好在火枪射程以外。不过,假如他们发起冲锋,这种情况会迅速改变的。假如他们来了,他可以用火枪射中一个,用手枪射中另一个。如果涉水渡河减慢他们的速度,他可以给火枪重新装填火药和弹丸。"只能发射三枪,却有五个目标。"他不喜欢冒这种险。

菲茨杰拉德肚皮贴在地面上,缓缓朝小溪旁柳树较高的隐蔽处爬去。他从捕兽队踩出的小径爬过,心里咒骂着,人们踩出的这条小径明显会暴露他们的位置。爬到较粗的柳树跟前,他再次转身,见那些印第安人仍然全神贯注对付那匹烈马,这才放了心。不过,他们只需片刻工夫就能到达小溪汇入大河的河口。到时候,他们会注意到这条小溪,然后发现人们留下的足迹。"该死的脚印!"简直像个指向小溪的箭头。

菲茨杰拉德从柳树旁爬到松树林。他回头最后朝那群印第安人看了一眼。那匹活蹦乱跳的花斑马已经稳下来,那五个人这时继续沿河而上。"必须马上离开。"菲茨杰拉德沿小溪跑完那一小段路,来到营地。

布里杰正用一块石头捣鹿肉,突然看见菲茨杰拉德气喘吁吁冲进这片开阔地。"有五个印第安人沿格兰德河来了!"菲茨杰拉德动手匆匆把几件自己的东西塞进包里。他猛然抬头,目光中带着强烈的恐惧,接着变成了愤怒。"小伙子,赶紧行动!他们马上就沿咱们这条小路过来了!"

布里杰将鹿肉塞进自己的生牛皮包,把背包和随身包挎在肩膀上,转身抓火枪。他的枪靠在一棵树干上,旁边是格拉斯那支安斯特枪。"格拉斯。"逃跑的意味突然像一记耳光,打得小伙子完全清醒过来。他低头看着这名伤者。

这天上午,格拉斯头一回睁开了眼睛。就在布里杰低头看的时候,那双眼睛起初露出呆滞神色,好像沉睡刚醒,一脸莫名其妙的表情。格拉斯看的时间越长,他的两眼似乎就越有神。等到两眼都盯着布里杰的眼睛后,显然格拉斯完全清醒了,像布里杰一样估计到了印第安人来到河边的完整意味。

在这个紧急时刻,布里杰浑身的毛孔似乎都在怦怦乱跳,然而,布里杰觉得,格拉斯的目光好像传递出一种安详的平静感。"理解?原谅?要么就是我愿意相信的事情?"小伙子的目光注视着格拉斯,负疚感像犬牙一样紧紧咬着他的心。"格拉斯会怎么想?上尉会怎么想?"

"你能肯定他们沿小溪跑来了?"小伙子的声音变得沙哑。在这个需要力量的时刻,他恨自己缺乏自制能力,表现得太虚弱。

"你想等在这儿看个明白?"菲茨杰拉德跑到火坑旁的晾肉木架旁,把剩下尚未晾干的鹿肉塞进自己的牛皮囊。

布里杰再次朝格拉斯望去。伤者干裂的嘴唇在动,竭力想说话,可惜喉咙发不出声音。"他想说话呢。"小伙子单腿跪倒在伤者跟前,设法看明白他的意思。格拉斯抬起一只手,颤抖的手指指向他的安斯特火枪。"他想要他的火枪。他想要咱们把火枪给他。"

小伙子的脊背猛然感觉到一阵疼痛,他让人狠狠踢了一脚,脸朝下趴在地上。他手膝并用爬起来,抬头望着菲茨杰拉德。菲茨杰拉德歪戴着狼皮帽子,脸上露出怒气。"见你的鬼,快走!"

布里杰连忙站起身,惊得瞪大了眼睛。他眼睁睁看着菲茨杰拉德走向格拉斯。格拉斯仰卧着，身旁堆放着几件属于他的东西：一只装杂物的小包、一柄鞘上镶嵌着珠子的刀、一把斧头、一支安斯特火枪、一个牛角火药筒。

菲茨杰拉德弯腰抓起格拉斯的小包翻找，掏出燧石和弹丸，塞进自己皮背心的口袋，抓起牛角火药筒，挂到肩上，把斧头插进自己宽宽的皮带。

布里杰望着他，不解地问："你这是干嘛？"

菲茨杰拉德再次弯腰，抓起格拉斯的刀，扔给小伙子。"拿着。"布里杰接住，瞪大眼睛看着手中的刀鞘，露出恐怖神色。最后只剩下那支火枪了。菲茨杰拉德抓起枪，迅速查看一下，见枪里填装了火药弹丸。"对不起啦，格拉斯老伙计。这些东西你一样也用不着了。"

布里杰愕然了。"咱们不能不给他留下装备就把他撇在这儿。"

戴狼皮帽子的人匆匆抬头看了一眼，就走进树林中不见了。

布里杰低头看看手中的刀，又看看格拉斯。格拉斯两眼直勾勾地盯着他的眼睛，忽然变得像风箱鼓起的火焰一样有生气。布里杰左右为难，内心中两种情绪冲突着，不知该如何行动。最后，一种情绪忽然占了上风：他害怕了。

小伙子转身逃进树林里。

第 7 章
1823 年 9 月 2 日早晨

白昼的光亮出现了。格拉斯不动也能看出天亮了,此外,他对时间没有任何概念。他躺在前一天倒下的地方。愤怒中,他爬到了空地边缘。他发着高烧,再也爬不动了。

熊撕裂了他体表的肌肤,如今,高烧正从体内撕扯他。格拉斯仿佛感到他整个身体都要给掏空了。他控制不住浑身的颤栗,渴望烤火取暖。他环顾营地,见几个火坑没有一个在冒烟。没有火焰,没有温暖。

他不知道能不能起码先爬回自己那条破毯子旁,就尝试着爬动。他试图调动身体的力量,但身体的回答却像辽阔峡谷传回的微弱回声。

他活动了一下,胸腔深处某个地方一阵刺痛,感觉要咳嗽,他连忙收紧腹部肌肉,忍着避免咳嗽。腹部肌肉早先收紧过无数次,已经感觉酸疼,尽管他努力避免,但咳嗽还是爆发出来。格拉斯疼得直皱眉头,咳嗽带来的疼痛好像在向外拽一根深深扎在嗓子里的鱼钩,仿佛内脏都要统统从喉咙里撕扯出来。

咳嗽带来的疼痛减轻后,他再次专心想着那条毯子。

第7章 1823年9月2日早晨

"我非得保暖不可。"格拉斯用尽全身力气才把头抬起来。毯子在大约二十英尺开外。他翻了个身,从侧卧变成俯卧,把左臂伸到身体前面,弯曲起左腿,然后伸腿向后蹬。他用一条完好的胳膊和一条能动弹的腿推着身体前进,要横过这片空地。这二十英尺感觉就像二十英里,中途停下来休息了三次。每次呼吸,喉咙里都发出粗砺的嘶嘶声,他再次感觉到脊背的伤口在突突跳动。终于爬到能抓住毯子的距离,他伸手拉过毯子,盖在自己肩膀上,身体渐渐被哈德逊湾牌羊毛毯的实在温暖包裹其中。随后他就失去了知觉。

整个漫长的上午,格拉斯的身体一直在跟伤口感染做斗争,时而清醒,时而失去知觉,介于两者之间的是一种混沌状态,对周围环境的感觉好像随意翻开一本书,从一个故事中扫视到几个情节,却不能把情节串成完整的故事。他清醒的时候,渴望再次入睡,为的是缓和疼痛的感觉。每次睡着前,却都会产生一种可怕的想法,唯恐再也不会醒来。"这就是死亡前的感觉吧?"

格拉斯不知道自己在那里躺了多久,后来一条蛇出现了。那蛇几乎是随意从树林里游动到空地上,他观望着,心中既怀着恐惧又感到着迷。蛇在空旷的地面上停顿了片刻,不停地伸缩着舌头探测空气,保持着一丝警惕。不过这蛇本质上是捕食动物,追捕猎物显得自信。蛇再次游动,蜿蜒前行并突然加速,速度快得惊人,径直朝他扑来。

格拉斯想要翻个身闪开,但不可能躲开蛇行的方式。格拉斯记起一个告诫,要他见了蛇保持不动。他一动也没动,不过并非有意做出这种选择,而是身体无法移动。那蛇在距离他的脸几英尺外停住了。格拉斯尽量模仿蛇不眨巴的眼睛,回瞪着它。他不是蛇的对手。那蛇的黑眼睛就像瘟疫一样不可通融。他着迷地望着,只见那蛇缓缓地蜷成个完美的圆盘,整个身子都做好准备,伺机向前发动攻击。蛇的舌头一伸一缩,测试着,探索着。在圆盘中央,蛇尾巴开始前后震动,发出咔嗒声,好像个节拍器,在计算死亡前的短暂时刻。

第一次攻击实在太快了,格拉斯根本没时间畏缩躲闪。他低头盯着看,目光中露出恐惧。那响尾蛇的脑袋弹射过来了,它嘴巴大张,露出滴着毒液的尖牙。尖牙咬进格拉斯的小臂,毒液注射进他的身体,他疼得惊叫起来。他晃动胳膊,但尖牙咬着不放,蛇的身子随着格拉斯的胳膊在空中甩动。最后,蛇落下来,长长的身体垂直冲向格拉斯。格拉斯没来得及翻身躲开,蛇已经再次蜷缩起身子发动进攻了。这一次,格拉斯无法惊叫。蛇的毒牙咬进了他的喉咙。

格拉斯睁开眼睛。太阳从头顶直射下来,只有在这个角度,阳光才能射在这片空地的地面上。他小心翼翼翻身侧卧,避开刺眼的光线。十英尺开外,一条六英尺长的响尾蛇直挺挺趴在地上。一个小时前,它刚吞食过一只小白尾灰兔。此时,那只小兔正顺着蛇的消化道缓缓移动,蛇的身体有一段成了个鼓胀的大团块。

格拉斯在惊恐中看了看自己的胳膊。上面并没有蛇牙

第 7 章　1823 年 9 月 2 日早晨

咬过的痕迹。

他小心翼翼摸了摸自己的脖子,以为会摸到一条向他发起过进攻的蛇。什么也没有。宽慰感顿时涌遍全身,他这才意识到,那条蛇不过是他噩梦中想象出来的——至少遭蛇咬是想象出的情节。他再次把目光投向那条蛇。这时它正在消化自己的猎物,行动十分迟钝。

他的手从喉咙摸到脸上,感觉到出过大汗后粘稠咸湿的汗水,不过他的皮肤是凉爽的。高烧已经消退了。"水!"他的身体在呐喊,要他喝水。他拖着身子爬到泉水边。他撕裂的喉咙仍然只能容他每口咽下微量的水,尽管这么一点点咽水仍然引起疼痛,不过清洌的水感觉就像补药,补充着身体的需要,清洁着他的残躯。

休·格拉斯非凡的生命之初十分平凡。他是家里的长子,母亲名叫维多利亚·格拉斯,父亲叫威廉·格拉斯。父亲是个从英国来到费城的砌砖工匠。在十八世纪和十九世纪之交,费城发展迅速,砌砖工匠不发愁找不着活儿。威廉·格拉斯从来没挣过大钱,不过稳稳当当养育了五个孩子。威廉以砌砖工匠的眼光看待自己对孩子们的职责,认为应该给他们的生活打下坚实基础。他供孩子们接受了正式教育,认为这是自己毕生的最高成就。

休表现出相当出色的学术才能,父亲便鼓励他考虑从事法律职业。不过,戴白色假发抱发霉书籍的律师引不起他的兴趣。他有自己酷爱的事业——地理。

　　罗斯索恩父子船运公司有个营业处跟格拉斯家在一条街上,营业厅里矗立着一个费城少见的大地球仪。休每天放学回家途中,都要在这里驻足,转动地球仪,手指在世界的大洋和山脉间探索。营业厅墙壁上挂着一幅幅彩色地图,上面标出当时的主要船运航线。细细的线条穿过辽阔的大洋,将费城与世界各大港口连接起来。休喜欢想象这些细线两端的地方和人民:从波士顿到巴塞罗那,从君士坦丁堡到中国。

　　威廉愿意让儿子享有一些自主权,鼓励休考虑从事地图绘制事业。但是在休看来,仅仅绘制地图未免太消极了。让休感到着迷的不是一些地方的抽象表现,而是那些地方本身,更让他着迷的是地图上标着未知地域的广袤区域。当年的地图绘制师在这些未知地域画上空想的可怕怪兽。休想知道这种怪兽是真实存在,还是地图绘制人捏造的。他向父亲询问,父亲说:"谁也不知道。"父亲的目的是恐吓儿子,让他转向更加实际的方向。这个策略没有奏效。休在十三岁那年称,他的目标是当一艘船的船长。

　　1802年,休年满十六岁了。威廉害怕这孩子逃跑离家去航海,便顺从了儿子的愿望。威廉认识罗斯索恩父子船运公司一艘护卫舰的荷兰裔船长,请求他让休在船上当个侍者。这位船长名叫约齐亚·范·阿芩。船长自己没有子女,便对休认真负起教养职责,在十年间将海上的种种知识教授给他。船长1812年去世的时候,休已经升到大副的位置。

第 7 章　1823 年 9 月 2 日早晨

1812 年战争*阻隔了罗斯索恩父子船运公司与英国的传统贸易。公司迅速转变方向,从事危险却有利可图的新业务——偷越封锁线。在战争年代,休驾驶护卫快艇避开英国的战舰,从加勒比海到被封锁的美国港口运输朗姆酒和蔗糖。1815 年战争结束时,罗斯索恩父子船运公司保持着加勒比地区的业务,休升任为一艘小货船的船长。

休·格拉斯三十一岁那年夏天,遇到了十九岁的伊丽莎白·范·阿芩。伊丽莎白是他那位恩师船长的侄女。这年 7 月 4 日,罗斯索恩父子船运公司组织了独立日庆祝活动,人们跳集体排线舞,饮古巴朗姆酒。那种舞的风格不利于交谈,不过,在兴奋的旋转舞步之间他们还是匆匆谈了很多话。格拉斯感觉到,伊丽莎白有一些与众不同的品质,既自信又喜爱挑战。他不由自主彻底为她倾倒了。

第二天,他去拜访她,后来,只要他的船在费城停靠,便会去拜访。她富有旅行经验,受过教育,乐于谈论异域的人民和地方。他们可以用简略的语言交谈,彼此能完全领会对方的想法。听了对方的故事,会发出开朗的笑声。格拉斯感觉离开费城的日子是一种折磨,看到早晨的太阳,他想到的是她明亮的眼睛,月光洒在白帆上,让他联想到她白皙的肌肤。

---

* 美国与英国之间发生于 1812 年至 1815 年的战争,是美国独立后第一次对外战争。——译注

1818年5月一个明媚的日子,格拉斯返回费城。他制服胸前口袋里装着个天鹅绒小包,里面装着一条项链:精致的黄金链子上镶嵌着一颗闪亮的珍珠。他赠给伊丽莎白,请求她嫁给他。他们计划在这年夏天成婚。

一个星期后,格拉斯动身去古巴。因一百桶朗姆酒耽搁交货引起了争讼,得等待当地判决,他一时离不开哈瓦那。一个月后,罗斯索恩父子船运公司的另一艘船抵达哈瓦那,捎来母亲的一封信,告诉他父亲去世的噩耗。母亲求他立刻返回费城。

休知道,朗姆酒的争讼很可能要拖几个月。在等待的时间里,他可以返回费城,处理好父亲的财产,然后返回古巴。假如哈瓦那处理法律诉讼的速度比较快,他的大副可以驾船返回费城。格拉斯在那个星期驶往巴尔的摩的一艘西班牙商船博尼塔·莫雷纳号上定了舱位。

结果,那艘西班牙商船根本就没有驶入麦克亨利堡的堤岸,格拉斯从此再也没见到费城。船驶离哈瓦那一天后,海平面上出现一艘没有悬挂旗帜的船。博尼塔·莫雷纳号的船长试图躲避,但他的船速度缓慢,无法跟海盗的快船匹敌。海盗船赶上商船后,开炮射击,葡萄霰弹打死商船甲板上的五个水手。船长降下船帆。

船长以为,投降可保住性命。结果事与愿违。

二十个海盗登上了博尼塔·莫雷纳号。海盗首领是个黑白混血儿,镶一口金牙,脖子上挂着金项链。他朝笔直站

第7章 1823年9月2日早晨

在后甲板的船长走去。

这混血儿从皮带上拔出手枪，直截了当朝船长的脑袋开了一枪。船员和旅客惊呆了，站在那里等候自己的命运。休·格拉斯站在人们中间，望着那艘海盗船和他们这艘船。海盗们混杂使用克里奥尔语、法语和英语。格拉斯听得出，他们是路易斯安那州巴拉塔利亚人，效命于海盗吉恩·拉菲特那个日渐膨胀的犯罪集团。

1812年战争前，吉恩·拉菲特就在加勒比海上袭扰多年。美国人并不在意，因为他的目标主要是英国人。1814年，拉菲特找到了机会，要惩治他痛恨的英国佬。英国少将爱德华·帕肯汉爵士率领六千名滑铁卢老兵包围了新奥尔良。美国陆军指挥官安德鲁·杰克逊将军发现敌人兵力是自己的五倍。正在危急关头，拉菲特提出，愿意率自己的巴拉塔利亚喽啰效力。杰克逊顾不上请求上级批准。拉菲特和他的人在新奥尔良战斗中作战勇敢。美国取胜后，杰克逊兴奋中恳请彻底赦免拉菲特早先犯下的罪过，麦迪逊总统立刻批准了。

拉菲特无意放弃他选定的职业生涯，不过他体会到了政府赞助的价值。墨西哥当时正与西班牙作战。拉菲特在加尔维斯顿岛建起自称为坎佩切的巢穴，主动提出愿为墨西哥城效劳。墨西哥人认可了拉菲特和他的一支海上小部队，授权他攻击一切西班牙船只。拉菲特因而得到了在海上掠夺的官方许可。

这种安排的冷酷现实如今在休·格拉斯的眼前展现了。两名船员走过去帮助受了致命伤的船长，结果双双遭到枪杀。船上的三名妇女被带上海盗船，其中一位还是个上了年纪的寡妇，海盗船上船员嘻皮笑脸欢迎她们。一帮海盗下底舱查看船货，另一帮开始逐个评价船员和乘客。两个老人和一个肥胖的银行家被扒光了衣服推下大海。

那个混血儿会讲西班牙语和法语。他站在被俘的船员面前，向他们解释眼前的选择。凡是愿意宣布断绝与西班牙关系的人，都可以加入吉恩·拉菲特的队伍。不愿意的，就得随他们船长而去。十二个剩下的水手选择跟随拉菲特，六个被带上海盗船，剩下的六个留在博尼塔·莫雷纳号上加入海盗的队伍。

虽然格拉斯几乎一句西班牙语都听不懂，可他理解了混血儿那道最后通牒的主要意思。混血儿抓着手枪走到他面前时，格拉斯指着自己说了个法语字眼：水手。

混血儿盯着他，默默评价着，嘴角浮出一丝得意的假笑，用法语说："Ah bon? Okay, monsieur le marin, hissez le foc."*

格拉斯拼命搜索记忆的每一个角落，想回忆起学过的基本法语。

他根本不知道 hissez le foc 是什么意思。不过在这个环境中，他很清楚，要通过混血儿的这个测试，必须孤注一掷。

---

* "真的？那好，水手先生，升起三角帆。"——译注

他假定这项挑战要证实他是不是个水手,就自信地跨步走到船舷,伸手去拉让船受风的三角帆绳索。

"干得不错,水手先生。"混血儿操着法语说。

当时是1819年8月。休·格拉斯成了个海盗。

格拉斯又朝菲茨杰拉德和布里杰逃走的林间小径看了一眼。他下巴翘起,模样好像在思索他们做过的事情,内心再次涌起一阵渴望,想要追上去狠狠打他们。不过,这一次,他也感到了身体的虚弱。自从遭到熊攻击以来,他的头脑第一次变得清醒了,开始警觉地评估自己的状况。

格拉斯检查自己的伤口,不由深感惊恐。他伸出左手,顺着头皮伤口摸索。他在泉水的水洼里瞥了自己面孔一眼,发现大熊几乎整个剥开了他的头皮。虽然他并不是个爱虚荣的人,可他的模样让他觉得仿若隔世。要是活下来,他觉得这些伤疤没准反倒能得到同行一定程度的尊敬呢。

让他实在担心的是喉咙。他只能在泉水旁看个模糊的倒影,看不到喉咙上的伤口,只好小心翼翼用手指探索。布里杰涂敷的药膏已经在前一天短短的爬行中蹭光了。格拉斯触摸着伤口,欣赏亨利上尉粗陋的外科手术技能。遭到袭击后,上尉给他治疗的几个瞬间他朦胧记得,不过具体情况和时间顺序他浑然不知。

他向下弯曲脖子,看到了熊爪划开的伤口从肩膀延伸到喉咙,深深割裂了胸脯和上臂的肌肉。布里杰用的松脂封住了创口,表面上看着还算健全,不过肌肉的剧痛让他无法抬起右臂。松脂让他想起了布里杰。他记得起小伙子护理他伤口的活动。然而,让他牢牢记在心里的不是布里杰护理他的伤口,而是他看到布里杰从空地边缘回头望向自己的那一眼,手里拿着偷走的刀。

他望着那条蛇,心想:"天哪,要是我那把刀在身边该多好。"那响尾蛇还没有移动。他克制住自己,不再想菲茨杰拉德和布里杰。"暂时不想。"

格拉斯目光扫视自己的右腿。布里杰用药膏涂抹在他大腿的几道伤口上。这些伤口看上去也显得比较健全。他动作谨慎,慢慢伸直这条腿。腿僵硬得像尸体。他试着稍稍侧一下身,把身体重量稍稍移向这条腿,接着把整个重量都压上去。几道伤口立刻传回一阵剧痛。显然,这条腿根本不能承重。

最后,格拉斯用左臂摸索着检查脊背上深深的伤口。他用手指触摸到那五道平行的伤口,触摸到松树树脂、缝线和结痂。他看看自己的手,见手上也沾着鲜血。平行的伤口从臀部到背部,越往上伤口越深。最深的伤口在两个肩胛骨之间,可惜他的手摸不着。

完成自我检查后,格拉斯得出个冷静的结论:自己毫无防御能力。假如让印第安人或野兽发现,他完全无法奋起抵抗。他不能待在这片空地上。他拿不准自己在这个营地待了多久,但他知道,这个地区的印第安人都熟悉这泓隐蔽的

第 7 章 1823 年 9 月 2 日早晨

泉水。格拉斯不知道为什么印第安人前一天没发现他,不过他清楚,自己的幸运不可能维持很久。

尽管有遭遇印第安人的危险,格拉斯并不想远离格兰德河。这里不但有水源和食物,而且是个辨认方向的坐标。不过,有一个问题需要认真思考:向上游挪动,还是向下游挪动?尽管格拉斯心里想要立刻动身追捕背叛他的家伙,可他知道,这是个荒唐的想法。他手无寸铁困在一个危机四伏的地方,发着烧,挨着饿,身体虚弱,不能行走。

一想到需要退避躲藏,他就感到痛苦,哪怕是暂时躲藏也让他无法忍受。但是,格拉斯清楚,眼下没什么实在的选择。布雷佐堡贸易站在下游三百五十英里的白河与密苏里河交汇处。假如他能抵达那里,就能给自己补充给养,然后开始认真追捕。

"三百五十英里。"一个健康的人在好天气下走完这段旅途也得两个星期。"我一天能爬多远?"他不知道,但他不打算待在一个地方不动。他的胳膊和腿看来没有红肿,他便假定会慢慢好转。他要先爬行,以后身体渐渐恢复,就拄根棍子直立行走。哪怕一天只能走三英里也行。把三英里撇在身后,总比留在前面不走要好。再说了,行动才会增加找到食物的机会。

那个混血儿指挥着他抢来的西班牙船向西航行,要驶向加尔维斯顿湾,抵达拉菲特在坎佩切的海盗基地。在新奥尔良以南一百英里的海面上，他们借助博尼塔·莫雷纳号的西班牙国旗作伪装，将另一艘西班牙商船卡斯特拉纳号引诱到大炮的射程内，袭击了这艘商船。那个混血儿在新掳掠的船上再次上演他对船员乘客的野蛮分类。不过这次情况紧急，炮弹炸开了卡斯特拉纳号吃水线下方，船正在下沉。

海盗们的运气泡汤了。卡斯特拉纳号那次航行是从西班牙塞维利亚运送一船的轻武器到新奥尔良。假如他们在船沉没前卸下那些枪支，有望赚取巨大的利润，拉菲特本来会非常得意的。

到1819年，向得克萨斯移民开始形成规模，吉恩·拉菲特在加尔维斯顿岛的海盗飞地不断为之供应物资。从格兰德河到萨宾河，城镇如雨后春笋般建起，所有城镇都需要物资供应。拉菲特获得商品的特殊方法越过了中间商，干脆把中间商彻底挤出去了。有了超越传统贸易的竞争优势，坎佩切繁荣兴旺，变成了一块大磁铁，吸引各种走私者、奴隶贩子、歹徒以及寻求非法贸易环境的各色人物。得克萨斯的地位尚未明确，这有助于外国势力干预。庇护坎佩切的海盗，他们袭击西班牙船只让墨西哥受益，而西班牙势力太弱，没有能力向他们发起挑战。当时，美国愿意睁一只眼闭一只眼。毕竟拉菲特并不侵扰美国船只，况且他在新奥尔良战斗中还是个立过功的英雄。

虽然海盗并没有给休·格拉斯戴上枷锁，但他发现自己完全成了吉恩·拉菲特犯罪集团的囚徒。在船上，只要有叛

第7章 1823年9月2日早晨

乱企图,就会遭处死。他多次参与袭击西班牙商船,但他无疑绝对不赞成海盗的做法。格拉斯避免亲手杀人;至于其他行动,他心里认为,根据事实需要,原则上是正当的。

在坎佩切上岸后,格拉斯也没有逃走的合理机会。拉菲特主宰着那座岛。海湾对面的得克萨斯大陆上,占支配地位的居民是卡兰卡瓦族印第安人,那可是臭名昭著的食人族。在卡兰卡瓦人的领地之外,还住着唐卡瓦族、科曼奇族、基奥瓦族和奥塞奇族印第安人。这些印第安人全都对白人怀有敌意,只是不太可能把他们吃掉。分散的文明开化区域居住着数目众多的西班牙人,只要有人从海岸走来,就有可能被当成海盗给绞死。墨西哥土匪和得克萨斯民团更增加了大陆的复杂成分。

毕竟文明世界对海盗城邦繁荣的容忍是有限度的。最重要的是,美国决定与西班牙改善关系。这一外交努力让不断袭扰西班牙船只变得更加困难,因为袭击往往是在美国领海上。1820年11月,受麦迪逊总统委派,拉里·科尔尼上尉指挥以企业号军舰为首的一支舰队驶往坎佩切。科尔尼上尉给拉菲特指出两条道路:要么撤出这个岛,要么让炮火炸得粉碎。

吉恩·拉菲特也许算是个侠盗,但他更是个实用主义者。他将掳掠来的赃物尽可能多地满满装了几船,纵火把坎佩切烧得火光冲天,率领自己的海盗船队远航而去,从此销声匿迹,再也没有出现在历史记载中。

在那个 11 月的夜晚,休·格拉斯站在坎佩切混乱的街道上,就自己未来的生活道路做了个唐突的决定。他无意跟随海盗的船队。他曾经向大海敞开胸怀,认为大海就是自由的同义词,后来,大海在他眼中不过是困在几艘小舰船上。他决定转到新的方向。

通红的火光铸造了坎佩切最后一夜的末日辉煌。人群在散乱的楼宇间蜂拥穿梭,碰到凡是有价值的东西就随手抓走。这座岛屿从不缺少的烈性酒没人理睬,酒浆到处横流。抢夺赃物引发的纠纷一律迅速开枪解决,城里到处传来断断续续的轻武器发射的爆裂声。奇怪的传言称,美国舰队马上就要向城里开炮。人们争先恐后拼命挤上正要启航的船只,船上的水手刀枪并用,击退带不上的追随乘客。

格拉斯正在思索着该上哪儿去的时候,跟一个名叫亚历山大·格林斯托克的人撞了个满怀。格林斯托克像格拉斯一样,也是个被掳来的囚徒,他的船遭海盗劫掠后,被强征服劳役。最近一次在墨西哥湾劫掠时,格拉斯曾与他一道出海。格林斯托克说:"我知道南岸上有条小船。我要划船去大陆。"眼下的各种选择中,前往大陆的风险看来最小。格拉斯和格林斯托克择路穿城而过。前面一条狭窄的小路上,三个全副武装的人赶着一辆马车迎面而来,车上乱堆着木桶和板条箱。一个人鞭打拉车的马匹,另外两人在车顶护卫着抢来的赃物。车轮撞了块石头,一个板条箱滚落在地上摔破了。车上的人顾不上收拾,急着去赶他们的船。

第7章 1823年9月2日早晨

板条箱上写着"宾夕法尼亚州库兹敦"。箱子里装着许多新火枪，生产商是约瑟夫·安斯特的军械厂。格拉斯和格林斯托克简直不敢相信自己有这么好的运气，他们每人抓起一支枪，穿过几座没有烧成灰烬的楼房，最终找到了弹丸、火药和几件可以跟人做交易的小玩意儿。

他们花了大半夜，划船绕过岛屿东面，接着穿过加尔维斯顿湾。起伏的海面反射着那个匪窟燃烧的火光，好像整个海湾都起了火。他们能清楚看到庞大的美国舰队的轮廓，也能看到拉菲特正逃走的船队轮廓。他们划到距离大陆海岸只有一百码的地方，只听到岛上发出巨大的爆炸声。格拉斯和格林斯托克回头望去，看到吉恩·拉菲特的住宅兼军械库腾起巨大的蘑菇状火团。他们划完最后几码，跳进海湾浅浅的拍岸浪潮中。格拉斯涉水上岸，将大海永远抛在身后。

两个人没有计划，也没有目的地，便缓缓沿着得克萨斯的海岸走去。他们确定路线的原则主要是避免与人接触，而不是主动找人。他们一路提心吊胆，害怕遭遇卡兰卡瓦人。在海滩上，他们觉得自己暴露了，在浓密的甘蔗林和河口的滩涂，他们不敢深入陆地。他们既担心遭遇西班牙部队，也害怕美国舰队。

跋涉了七天之后，远处出现一个小小的路标，上面写着纳卡多奇斯城。毫无疑问，美国袭击坎佩切岛的消息已经传开。照他们猜想，当地人见了从加尔维斯顿来的任何人，都会当成逃跑的海盗，有可能见一个绞死一个。格拉斯知道，纳卡多奇斯城是西班牙飞地圣安东尼奥的起点。他们决定避开这个镇子，取道内陆地区。他们希望，离开海岸后，人们对坎佩切岛的事件了解得少一些。

他们的希望落空了。六天后他们抵达圣安东尼奥，立刻让西班牙人抓了起来。在令人窒息的牢房里关押一个星期后，两个人被带到当地治安官胡安·帕拉西奥·德·勒森蒂少校面前。

帕拉西奥少校望着两人，眼睛中露出倦意。他是个幻想已经破灭的军人，本以为自己会做个征服者，结果他知道那场战争西班牙肯定会吃败仗，在战争行将结束时，自己在一个尘土漫漫死气沉沉的地方做了个地方官。帕拉西奥少校看着眼前这两个人，认为最稳妥的办法是下令绞死他们。这两个人背着枪，只有穿在身上的衣服，从海岸边朝北面走来，他认为他们不是海盗就是间谍。不过两个人都声称，自己是搭乘西班牙商船旅行时遭拉菲特劫持的。

帕拉西奥少校这天没有绞死人的兴致。两个星期前，他曾对一个年轻西班牙士兵判了死刑，因为那士兵值勤时睡觉，他是按法律做出判决的。但是，绞刑让他感到深深的沮丧，过去一个星期，他在向当地神父忏悔中度过了大部分时光。他盯着看这两个囚徒，倾听他们的故事。难道是真的？他如何确信呢？而且他不知道该遵照哪国的授权夺取他们的生命。

帕拉西奥少校提出，与格拉斯和格林斯托克做一笔交

第7章 1823年9月2日早晨

易。他们可以自由离开圣安东尼奥，条件只有一个——旅行到北方。假如他们走向南方，帕拉西奥担心其他西班牙部队会逮捕他们。他最害怕因赦免海盗受谴责。

两人都对得克萨斯了解极少，不过格拉斯突然感到激动不已，因为他终于可以不靠指南针在这片大陆内地漫游了。

就这样，他们动身朝东北方向走去，认为用不了多久便能走到密西西比河。格拉斯和格林斯托克跋涉了一千多英里，总算在得克萨斯的辽阔平原上发现了生机。这里的猎物很多，包括成千上万头野牛，所以食物基本不是个问题。危险是一片接一片的领地属于有敌意的印第安人。他们漫步穿越卡兰卡瓦人的领地未受袭击，又成功躲过了科曼奇人、基奥瓦人、唐卡瓦人和奥塞奇人。

他们到了阿肯色河后，开始走背运了。他们刚射杀了一头野牛犊，准备宰割，这时二十个骑在马背上的波尼族印第安人闻声赶来，从一个小山丘后出现了。四野是空旷的大平原，连一块可以藏身的石头都没有。他们没有马，逃走无望。格林斯托克慌乱中举枪射击，打倒一匹冲来的马。片刻之后，三支箭射穿他的胸膛，他倒地而亡。一支箭射中了格拉斯的大腿。

格拉斯甚至没有举起枪，像着了魔一样望着十九位骑士包围住他。他看见那匹领头马痛苦倒地，黑尾巴扬起来指向天空，但他几乎没感觉到印第安人大棒上的圆石头砸在他脑袋上的疼痛。

格拉斯苏醒后,见自己在波尼人的村子里,脑袋一阵阵疼痛,脖子被捆在一根木桩上。他们捆绑着他的手腕和脚踝,不过他双手可以活动。一群孩子站在他周围,见他睁开眼睛,兴奋得叽叽喳喳嚷叫。

一个头发梳理得直挺挺向上竖起的年长酋长朝他走来,盯着眼前这个陌生人。他没见过几个白种人,眼下就是一个。这位酋长名叫"脚踢公牛",他说了几句格拉斯听不懂的话,聚在周围的波尼人听了发出一片呼喊嗥叫,显得极为兴奋。格拉斯待的地方在一个村庄中心的大片圆形空地边缘。他渐渐看清楚后,注意到圆形空地中央有一堆仔细堆放的木柴,他立刻猜出了波尼人欢呼的原由。一个老妇人朝孩子们呼喊。孩子们全都跑开,波尼人分散开,准备火祭仪式。

格拉斯心中评估自己眼前的形势,眼前看到的营地有重影,只有眯缝起一只眼或者干脆闭上一只眼,影像才合二为一。他低头看看自己的腿,见波尼人已经替他拔出了那支箭。箭射得不深,不过,假如他试图逃跑,伤口疼痛肯定会减缓奔跑速度。总之,他眼睛看不清楚,几乎不能行走,更不用说奔跑了。

他拍了拍衬衫前面的口袋,见那一小罐朱砂颜料并没有丢失。这是他逃出坎佩切途中随手抓来打算跟人做交易的一件小玩意儿。他歪向一侧,避免让人看到自己的动作,然后把小盒掏出打开,朝里面的颜料粉吐了口唾沫,用手指搅拌。接着,他把颜料涂在自己脸上,仔细把露在外面的皮肤

第7章 1823年9月2日早晨

都涂满,从额头到衬衫领子上方的脖子都涂成红色。他还把掌心也涂上浓浓的红色。接着他把小罐子盖上,丢在脚下的沙土中用脚埋藏起来。完成后,他翻了个身,肚皮朝下,脸藏在臂弯里。

他一直保持着这个姿势,等他们来,听着他们准备死刑的激动呼喊。夜晚降临了,规模巨大的篝火照亮了这片波尼人的营地中心。

格拉斯根本拿不准,不知道自己准备的行动让他们觉得是某种临终象征,还是真能产生希望的效果。他听说,大多数野蛮人都迷信。无论如何,效果十分富有戏剧性,结果救了他的命。

两个波尼族勇士和酋长"脚踢公牛"走来,要送他上火堆祭祀。他们见他脸朝下趴着,认为他害怕。"脚踢公牛"割断捆在木桩上的绳索,两个勇士一人托一只肩膀,要把他拉起来。格拉斯顾不上大腿的疼痛,猛然跳起身,脸朝向酋长、两个勇士和聚集在一起的全族人。

站在他面前的整个波尼族顿时目瞪口呆。格拉斯面部完全是血红色,仿佛脸上的皮肤被彻底剥掉了。两眼的眼白在火光照耀下反射出光芒,好像秋天的月亮。大多数印第安人从未见过白人,他的一脸大胡子更让他们觉得像一头魔兽。格拉斯伸出手掌拍一个勇士,在他胸膛上留下个朱红色的手印。整个族人倒抽一口冷气,发出一片惊呼。

有好长一阵子,空地上鸦雀无声。格拉斯瞪视着波尼人,波尼人也回瞪着他。格拉斯为自己玩的把戏竟然奏效稍感吃惊,拿不准下一步该怎么做。想到某个印第安人可能突然恢复镇定,他心中一阵惊慌,决定开始高声呼喊。一时想不出该喊些什么,他突然高声喊叫着背诵《主祷文》:"我们在天之父,愿人都尊你的名为圣……"*

酋长"脚踢公牛"瞪大两眼,彻底不知所措了。以前他见过几个白人,但这个人显然属于某种巫师,要不就是个魔鬼。现在,这个人的奇怪诵唱显然置整个族人于某种魔咒之中了。

格拉斯继续激昂地高声呼喊:"国度,权柄,荣耀,全是你的,直到永远。阿门!"

这个白人终于停止了呼喊。他气喘吁吁地站在那里,像一匹累垮的马。酋长"脚踢公牛"环顾周围,他的同胞一会儿望着他,一会儿望着那个疯狂的魔鬼。酋长"脚踢公牛"能感觉到族人心里在责怪他。看看他给大家带来了什么?现在必须改变行动方向了。

酋长缓缓走向格拉斯,在他正对面停下脚步。酋长双手伸向自己脖子,摘下挂着两只鹰爪的项链,套在格拉斯脖子上,盯着这个怪人的眼睛,露出诧异神色。

格拉斯环顾自己面前的一圈人。在靠近篝火的中心位

---

* 《马太福音》第 6 章 9—13 节的经文。译文取自中文版《圣经》(中国基督教协会,南京,1998 年)。——译注

第7章 1823年9月2日早晨

置,摆放着一排四把柳条椅子。显然,这是供火祭仪式观礼的前排坐椅。他一瘸一拐走过去,在一把椅子上坐下。酋长"脚踢公牛"说了几句话,两个女人连忙去端来食物和水。接着他又对那个胸膛上有朱红掌印的勇士说了几句话。那勇士跑走,回来时端着安斯特火枪,放在格拉斯面前的地上。

格拉斯在波尼族生活了将近一年,活动在阿肯色河到普拉特河之间的平原上。"脚踢公牛"克服了最初的沉默寡言,他将这个白人收为义子。格拉斯离开坎佩切后,凡是长途跋涉中没有了解到的野外生存技能,都在那一年向波尼人学到了。

到了1812年,零散的白人开始在普拉特河与阿肯色河之间的平原上旅行。那年夏天,格拉斯与十个波尼人一道捕猎时,途中遇到两个赶着马车的白人。格拉斯要他的波尼人朋友待着别动,自己策马缓缓上前。那两个人是联邦代理人,是由美国印第安人事务主管威廉·克拉克派出的。克拉克想邀请周围所有印第安部族的酋长到圣路易斯。为了表示政府的善意,马车上载着各种礼物——毛毯、缝纫线、刀具、铸铁锅等。

三个星期后,格拉斯陪同"脚踢公牛"来到圣路易斯。

圣路易斯位于边疆地带,格拉斯在这里感受到两种力量在拉他。一种力量来自东部,让他再次感到自己与文明世界的强有力纽带——维系着伊丽莎白和他的家人,维系着他的职业和他的过去。另一种力量来自西部,让他感受到未知领域的诱人魅力,那里有无法比拟的自由,是一个新的开端。格拉斯向费城寄出三封信,一封给伊丽莎白,一封给他妈妈,一封写给罗斯索恩父子船运公司。等待回复的过程中,他得到了一份密西西比船运公司职员的工作。

六个月后,他才收到回音。1822年3月初,他兄弟的一封信寄到了。信上说,他们的母亲去世了,父亲去世刚刚一个月,母亲便随之离去。

信上还有更多消息。"我有责任告诉你一个难过的消息,你亲爱的伊丽莎白已经去世。一月份,她感染了一种热病,虽然她努力跟病魔搏斗,但没能恢复。"格拉斯瘫倒在椅子上,脸变得惨白,感觉要呕吐。他接着读下去:"她埋葬在靠近母亲坟墓的地方,希望你知道这事稍感安慰。还应该告诉你,她对你的忠心从来没有动摇过,甚至我们全都相信你已经不在人世时,她也没有动摇。"

3月20日,格拉斯到密西西比船运公司的时候,见一群人围着看《密苏里共和报》上的一则广告。威廉·阿什利要招募一支毛皮队伍,奔赴密苏里上游捕兽。

一个星期后,罗斯索恩父子船运公司的来信送到了,公司提议,任命格拉斯为一艘快船的船长,在费城到英国利物浦之间执行新任务。4月14日晚上,他最后一次读过这封提议书,便把它丢进炉火,望着火苗吞噬了他与以前生活的最后一丝有形联系。

第二天早上,休·格拉斯签约加盟亨利上尉和落基山毛

第7章 1823年9月2日早晨

皮公司。格拉斯那年已经三十六岁,不再觉得自己是个年轻人了。他并不认为自己是个什么也不会损失的人,这一点与年轻人不同。他决定走向西部,这并不是个鲁莽的决定,也不是被迫做出的。他就像选择生活道路一样经过了深思熟虑。然而,他对自己的反应又无法做出解释,也不能用词语讲清楚原委。那是一种只能意会却无法言传的事情。

他在写给弟弟的信中说:"这种活动的吸引力太强烈了,我以前的生活中从来没有任何事情能与之相提并论。我保证我做这事是正确的,不过我无法准确告诉你原因。"

第 8 章

1823 年 9 月 2 日下午

格拉斯再次长时间看着那条响尾蛇,见它仍然懒洋洋趴在地上消化肚子里的食物,模样像是精疲力竭了。格拉斯逐步清醒的过程中,那蛇始终没有动一下。"食物。"格拉斯一点点呷过泉水后,感觉不渴了,但他突然深深感觉到饥饿的苦楚。他不知道从上次吃过东西到现在已经多久,但他因缺乏营养双手都在颤抖。他抬一下头,感觉空地在绕着他慢慢旋转。

格拉斯小心翼翼朝那条蛇爬去,刚才噩梦中的景象还让他感到恐惧。爬到距离蛇六英尺以内时,他停下来,捡起一块核桃大的石头,用左手把石头送出去。石头弹跳着朝蛇滚去,撞在它的身体上。那蛇并不移动。格拉斯捡起一块拳头大的石头,爬到能探到它的距离。太晚了,那蛇开始懒洋洋地向藏身的地方爬动。格拉斯连忙用石头猛砸它的脑袋,一下又一下,直到确信它死了才罢手。

杀死响尾蛇后,格拉斯面临的下一个挑战是如何掏干净它的肚子。

他环视这片营地,见他的随身包丢在靠近空地边的地方。他朝随身包爬过去，倒出里面剩下的东西：几片弹丸垫布、一把剃刀、挂着一对老鹰爪子的珠子项链，还有那根六英寸长的灰熊爪。格拉斯抓起熊爪，看着上面干涸的血渍，又把它放回包里，心里感到纳闷，不知道是怎么留在包里的。他拿起那几片弹丸垫布，觉得可以用来当引火绒，心里又一次为垫布不能用于本来的用途感到难过。剃刀是个真正有用的发现。刀刃太薄，不能当作武器，却能派好些用场。眼下可以用来给蛇剥皮。他把剃刀丢进随身包，甩到背上，爬回蛇旁边。

苍蝇已经开始围着血淋淋的蛇脑袋营营乱飞。格拉斯却对蛇表示出敬意。他曾见过一条被咬断的蛇，那蛇的牙齿还死死咬在死狗的鼻子上。想起那只不幸的狗儿，他把一根长棍子横放在蛇的脑袋后面，用左腿压住。他的右臂一活动肩膀就一阵剧痛，不过右手能正常活动。他用右手抓住剃刀，把蛇头割下，用那根棍子把蛇头甩到空地边缘。

他从蛇脖子向下划开肚子，刀片很快就钝了，每割一英寸，刀就变得更钝。他总算设法把整条蛇都剖开，到排泄口有将近五英尺长。蛇肚子剖开后，他把蛇肚皮朝上，掏出内脏丢在一旁，接着从蛇脖子开始，用剃刀把它鳞片状的皮与肌肉剥离开。亮闪闪的蛇肉展现在他眼前，对他的饥饿是个极大的诱惑。

他的牙齿咬下去，撕扯蛇的生肉，仿佛那是一穗玉米。终于撕下一片，他嚼着有弹性的肉，但牙齿很难嚼碎。他除了饥饿什么都不记得了,在吞咽时犯了个错误。大块生肉穿过他受伤的喉咙,就像石头一样坚硬。他疼得干呕起来,接着又咳嗽,一时以为这团肉要把自己噎死了。幸好,肉终于咽进食道。

得到这次教训后,这天剩余的白昼时光中,他用剃刀把肉割成小片,用两块石头捣碎纤维状的肌肉,每吃一口,就喝一口泉水。这是一种很费力气的吃法,吃到蛇尾巴时,仍感到饥饿。这让他感到不安,因为他相信下一餐不会这么轻易送到嘴边。

借着白昼的最后光亮,他检查蛇尾巴上的响尾。共有十节。这种蛇每年会增长一节。格拉斯还从来没见过十节响尾的大蛇。"真够漫长的,十年呢。"格拉斯想着这条蛇,它存活于世,野性的力量旺盛了十年,到头来在一个不容出错的环境中暴露了片刻,这个小错铸成了死亡的大祸,心脏还没停止跳动,就被吞掉了。他把响尾割下来,像触摸念珠一样把玩着。过了一会儿,他把响尾丢进自己的随身包。以后看见,可以记起这次经历。

天黑了。格拉斯用毯子裹住身子,弓起脊背,渐渐睡着了。

他从不安稳的睡眠中醒来,感觉又渴又饿,每一道伤口都像刀割般疼痛。

"到基奥瓦堡有三百五十英里。"他的理性不许他多想,不能想那个总距离。"每次一英里。"他将格兰德河确定为第一个目标。捕猎队离开大河拐到这泓泉水边时,他昏迷不醒,不过听了布里杰和菲茨杰拉德的讨论,他猜想,大河离这儿不远。

格拉斯把哈德逊湾牌毛毯从肩头拉下,用剃刀从毛毯上割下长长的三条,把第一条缠在没受伤的左膝上。爬行需要个护垫。另外两条分别缠在两个手掌上,手指要露在外面。他卷起毯子剩下的部分,用随身包长长的背带绕在毯子两头,检查了一遍,系上随身包的盖子。然后,他把包和毯子挎在背上,背带绕在两肩,双手可自由活动。

格拉斯在小溪边长时间饮水后,开始爬行。其实这算不上全身爬行,只是拖着半个身子挪动。他可以用右臂保持平衡,不过不能支撑重量。他的右腿只能拖在身后。他曾试着活动这条腿的肌肉,弯曲了又伸直,腿还是僵硬得像根木棍。

他尽最大努力保持着爬动节奏,把右臂像起重臂一样扬起来,全身向左侧卧,伸长左臂爬,收回左腿蹬,僵硬的右腿拖在身后。一下又一下,一码又一码。他停下好几次,调整毛毯和随身包的位置。抽搐式的活动一再把背带扯松。最后,他找到了固定行包的一套正确打结方式。

有一阵子,缠在膝盖和手掌上的毛条保持正常,不过经常需要重缠一遍。他没有考虑右腿拖在后面的影响,脚上穿的鹿皮鞋能保护脚,却保护不住脚踝。爬了不到一百码,脚踝就擦伤了。他停下来,从毯子上割下一条布料,包裹住脚踝跟地面摩擦的部位。

沿着小溪爬向格兰德河几乎让他花费了两个小时。

爬到河边时,不习惯的笨拙活动让他两腿和两条胳膊都感到疼痛。他望着捕猎队留下的旧痕迹,奇怪他们凭了什么天意,才没让印第安人发现。

其实,明显的原因就在对岸,不过他这时根本看不见。假如他能渡过河,就会发现,在一片唐棣树丛中到处有巨大的熊掌印。同样清晰的是五匹印第安矮种马的马蹄印。从印第安人手下救了他性命的竟是一头大灰熊,假如格拉斯知道,他绝对不会赞赏这种巧合。那头熊像菲茨杰拉德一样,也发现了格兰德河附近那片长着浆果的地方。五个阿里卡拉勇士骑马朝上游奔来时,那头灰熊正在暴食浆果。原来,花斑马是闻到熊的气味才受了惊吓。熊闻到异常气味,看到五个骑在马背上的印第安人,便拖着笨重的身体跑进树丛。五个猎手紧跟在它身后冲过去,根本没注意对岸有其他人留下的痕迹。

格拉斯从松树林的隐蔽处爬出来,眼前的景色豁然开朗,辽阔的平原上只有几座孤零零的起伏山丘和散布的几丛杨树。沿岸茂密的柳树阻碍了他向前爬行,却没怎么遮拦住正午前炎热的阳光。一串串汗水顺着他脊背和胸脯流下,汗水中的盐分渗进伤口,让他感到刺痛。他在清凉的泉水小溪中又喝了一阵水,边吞咽边朝上游望去,最后一遍考虑直接追赶捕猎队的想法。"现在还不行。"

他的决心就像炽热的铁,不得不耽搁的沮丧像泼在上面

第8章 1823年9月2日下午

淬火的水，让他的决心变得更加坚定，更加不可改变。他发誓要活下去，即使不为别的，也要为报复背叛他的人。

那天，格拉斯又爬行了三个多小时。他估计，已经爬行了两英里。格兰德河两岸地形多变，有的地方是长长的沙岸，有的地方草丛遍布，有的地方是岩石。假如他能站起身，就能涉过经常遇到的浅水区，利用比较容易走的地形。

但是格拉斯不能选择涉水，他只能爬行，只好利用河的北岸。岩石对他尤其困难。等到他停下来时，毛条衬垫已经磨成碎片，虽然保护他没受擦伤，却未能防止挫伤。他的膝盖和手掌碰得青一块紫一块，一碰就疼。左臂上的肌肉开始痉挛，他也再次因缺乏食物而浑身虚弱颤抖。他原先的预料没错，肉食不会轻易送上门来。眼下，他的食物只能取自植物。

格拉斯与波尼人一起生活的过程中，熟识了广阔平原上的各种植物。凡是地势平坦有沼泽静水洼的地方，就长着茂盛的香蒲草，这种草四英尺长的绿色纤细茎秆上长着毛茸茸的棕色蒲棒。格拉斯用一块木片挖出茎笋，剥去外皮，吃里面的嫩笋。香蒲浓密处蚊子众多。成群的蚊子不停地绕着他脑袋、脖子和胳膊上暴露的皮肤乱飞。他饥饿难耐拼命挖香蒲根茎，顾不上蚊子叮咬。最后，饥饿暂且平复，至少吃了个半饱时，他才开始讨厌蚊子叮咬。他朝下游爬了一百码，虽然根本无法逃避蚊子叮咬，不过离开静水洼的沼泽，蚊子数量大为减少了。

格拉斯朝格兰德河下游爬行了三天,沿途一直有茂密的香蒲草。他还发现了几种他知道能吃的植物——洋葱、蒲公英,就连柳树叶也能吃。他两次碰巧发现了浆果,每次都停下来吃个饱,摘浆果把手指都染成了紫色。

然而,他并没有找到身体渴望得到的食物。遭受灰熊攻击已经过了十二天。他让队友抛弃前,只喝过两次肉汤。后来,那条响尾蛇就是他吃过的唯一真正的食物。浆果和草笋或许能让他维持几天,不过格拉斯知道,要想让身体复原,重新站起来,只有肉食才能提供所需的丰富营养。那条蛇是他偶然的运气,不可能再次遇到了。

不过他认为,待着不动,就不会有运气。第二天早上,他要再次爬行。假如运气不来找他,他就要尽最大努力去找运气。

第 9 章

1823 年 9 月 8 日

没等他看到野牛的尸体,就闻到了臭味。而且他也听到了。至少他听到云团般绕着大堆毛皮和骨头打转的苍蝇。虽然食腐动物已经把肌肉吃了个精光,但野牛的肌腱仍然把骨架紧紧拉在一起,基本保持完好。毛茸茸的巨大脑袋和黑色的牛角让它保持着仅有的尊严,不过,这一点点尊严也受到了毁坏,鸟类啄去了它的眼珠。

格拉斯看着这头野兽,并没有感觉恶心,只感到失望。其他动物击败了他,夺走了这个潜在营养源。这地方布满了各种不同的动物踪迹。格拉斯猜想,这头野牛已经死掉四五天了。他望着这堆骨头,一时开始想象自己的末日——骨头铺洒在这片荒原上被人遗忘的角落,身上的肉被吃干净,连腐肉也让喜鹊和土狼啄掉啃光。他想起了《圣经》上的一句:"尘归尘,土归土。"难道这当真是他的下场?

他的思绪很快便转向更加实际的考虑。他见过饥饿的印第安人把兽皮熬成胶状的肉糊食用。他也很想尝试,只是没有煮水用的容器。他产生了另一个想法。野牛尸体旁有块人脑袋大小的石头。他用左手托起石头,笨拙地投向一排比较小的牛肋骨。一根骨头折断了,格拉斯爬过去捡起断裂下来的骨头。他想要的骨髓已经干了。"我需要砸粗骨头。"

野牛的一条前腿跟身体分离开了,从牛蹄到整个骨头都是光秃秃的。他把骨头放在一块平坦的石头上,用另一块石头砸。骨头终于让他砸裂,接着被砸断了。

果然不错,粗骨头中仍然有骨髓,只是变成了绿色。回想起来,当时单凭那种气味也知道不该吃,可惜当时饥饿战胜了理智。他顾不上为那种苦涩味道担心,从骨头里吸吮着液体,还用那根断肋骨挖出更多骨髓。"宁可冒点风险,也别饿死。"至少骨髓易于吞咽。得到食物的想法让他变得疯狂,他敲碎骨头,掏出骨髓,为吃这东西花费了将近一个小时。

没过多久,第一次腹痛袭来。开始的时候,是腹部深处感到一阵饥饿般的阵痛。他突然感觉支撑不住身体的重量,滚向一侧。脑袋胀得厉害,几乎能感觉到头皮上的裂缝了。接着他开始大量冒汗,好像聚光镜把阳光聚焦在他身上,疼痛的腹部迅速成为焦点,仿佛在燃烧。恶心感从胃里升起,像无法避免的大潮。他开始呕吐,胆汁经过喉咙伤口引起剧痛,让呕吐的苦痛变得次要。

他在那儿一连躺了两小时。胃里的东西很快吐得一干二净,但胃的痉挛仍不停止。在两次干呕之间,他感觉非常平静,仿佛可以凭借原地不动就躲过疾病和疼痛。

第9章 1823年9月8日

第一轮呕吐过后,他从野牛尸体旁爬开,一心想避开那恶心的气味。一开始爬动,立刻重新触发了脑袋上的疼痛和肚子里的恶心。他爬到野牛尸体三十码外一片茂密的柳树丛中,屈起身子侧卧,陷入类似昏迷而不像睡眠的状态中。

整整一天一夜,他的身体在清除那腐臭的骨髓。灰熊造成的伤口剧痛如今又增添了弥漫全身的虚弱感。随着每一分钟逝去,他感觉自己的生命力在不断衰退。他清楚,这如同沙漏,最终的时刻就要到来,最后一粒沙落下漏斗口,容器上半部即将变成空的。

他脑中的景象挥之不去:野牛的骨架;那头巨大的牲口浑身肌肉被剥光,正在草原上腐烂。

遭遇死野牛后的第二天早上,格拉斯醒来,感觉饥饿,饿得要命。他认为这是个好迹象,显然毒素已经从他体内排除掉了。他尝试过继续向下游艰苦爬行,部分原因是仍然希望遇到某种食物,但更重要的原因是他意识到停下来意味着什么。两天来,他估计自己爬行的距离不超过四分之一英里。格拉斯清楚,这次疾病让他付出的代价不仅是时间和距离,更侵蚀了他的体力,吞噬掉他身体残存的一丁点精力。

格拉斯认为,以后几天再吃不到肉,他会死的。

有了吃死野牛后果的教训,即使饿到绝望的地步,不是刚杀死的动物,他都不会去碰。他的第一个想法是制作一根矛,猎捕白尾灰兔,或者用石块投打。但是他右肩疼痛,胳膊都举不起,更别提使出足够的力气掷出致命一击了。用左手投掷则缺乏准确性。

于是,猎捕的想法只好作罢。这就只剩下用陷阱诱捕了。只要有绳索和一把用于刻削触发机关的刀,格拉斯便会用多种圈套诱捕小猎物。但这两样最基本的工具都没有,他决定采用落石陷阱。落石陷阱十分简单,将一块大石头用一根棍子支住,粗心的猎物碰住触发机关,大石头就会落下砸住猎物。

格兰德河沿岸的柳树丛中遍布着猎物的踪迹。河边湿润的沙地上也点缀着各种足迹。他还发现鹿过夜压成漩涡状的倒伏草丛。格拉斯认为,他不可能用落石陷阱捕捉鹿,首先,他不相信自己有力气抬起重量足够的石块或树干。他决定将目标集中在兔子上。他在河岸边经常见到兔子。

格拉斯在兔子喜欢出没的草丛浓密处寻找兔子的踪迹。他找到河狸新伐倒的一棵杨树,覆盖着树叶的枝条构成一个巨大的障碍网,也有好些可藏身的位置。这棵倒伏的树内外散落着豌豆大小的粪球。

格拉斯在河边找到三块合适的石头,表面足够平,可作为触发后落下的打击平面;重量足够大,可提供致命的打击力。他选择的几块石头大小如火药桶,每块重量大约在三十磅。他胳膊腿都有伤,花费了将近一个小时,才把石头一块块从岸边推到树旁边。

接下来,格拉斯要寻找三根用于支撑三块石头的棍子。倒伏的杨树上有多种枝条可供选择。他选中三根直径约一

第9章 1823年9月8日

英寸的树枝，折成跟他胳膊差不多的长度。他把三根棍子都折成两截。折断第一根棍子的震动让他的肩背感到疼痛，于是对付后面两根的时候，他斜倚在杨树上，用一块石头做支点，一根根折断。

这项活动完成后，每块大石头有了一根断成两截的支撑木棍。他要把两截木棍重新对接在一起，支撑住石头的一侧，但显得摇摇欲坠。在两截木棍对接的位置，格拉斯要装个触发小棍。如果这根小棍受到碰撞或拉动，支撑木棍就会像膝盖一样弯曲，将石头致命的重量压向没起疑心的猎物。

为了制作触发小棍，格拉斯选择了三根柳枝，每根割成十六英寸长。他注意到河边有蒲公英，便采摘了一大把当诱饵，在每根触发木棍上缠绕了许多嫩嫩的蒲公英叶子。

一条遍洒兔粪的狭窄小径通往倒伏杨树最浓密的树冠。格拉斯选择这一处来设置第一个落石陷阱，开始动手组装机关的各部分。

落石陷阱的关键是在稳定与脆弱之间取得平衡。稳定，落石才不会自行倒塌，但过于稳定，就根本不会倒塌。脆弱，能让猎物易于碰倒，如果过分脆弱，则会自行倒塌。要取得这种平衡，就需要力量与协调能力，但格拉斯受的创伤让他两种能力都失去了。他的右臂抬不起石头的重量，就笨拙地用右腿顶住石头，竭力用左手把两截木棍和触发小棍支撑到位，整个结构一再发生垮塌。有两次，他觉得陷阱太稳定了，便自己动手把它撞塌。

差不多一个钟头以后,他总算找到了合适的平衡点。他在杨树附近又找到两个合适的位置,支起另外两个落石陷阱,然后离开杨树,爬向河岸。

　　格拉斯在河水的凹岸边找到一个隐蔽处,忍受不住饥饿的痛楚时,就嚼几根为准备陷阱诱饵采摘的苦味蒲公英根。他喝了点河水,冲洗掉嘴里的苦味,躺下来睡觉。兔子在夜间才最活跃,他可以早晨去检查陷阱。

　　黎明前,喉咙的剧痛把格拉斯折腾醒了。新一天的第一线血红色曙光在东方天际弥漫开来。格拉斯辗转身子,想舒缓一下肩膀的疼痛。他试图换个姿势,却未能如愿。疼痛舒缓了,他开始意识到清晨空气寒冷。他弓着脊背,把残缺的毯子紧紧裹在脖子周围。他用这么不舒服的姿势又躺了一个小时,等待天色足够亮,好去查看陷阱。

　　他爬向倒伏的杨树时,嘴里仍然残留着苦味。他朦胧感觉到有臭鼬腐败的气味。但是,他想象着在噼啪作响的火上烤兔肉,那两种不舒服的气味便全都飘散了。肉食的营养,他好像能闻到,也似乎已经尝到了。

　　从五十码开外,格拉斯能看到三个落石陷阱。一个立着纹丝不动,但另外两个倒下了。支撑木棍倒了,石头平整地贴在地上。格拉斯感觉到喉咙里脉搏的跳动,他连忙向前爬去。

　　到了距离陷阱十码的地方,他注意到狭窄的猎物小径上出现许多新足迹,还有一堆堆粪便。他朝石头后面看了一圈,什么也没露出来,他的呼吸急促了。他仍然心怀希望,搬起石头看。下面什么也没有。他失望得心都沉下去了。"是我设置得太脆弱了?是落石自行坍塌了?"他迅速爬向另一块石头。前面什么也没露出来。他眯缝起眼睛看落石后面。

他看到个黑白相间的东西闪了一下,还听到一个微弱得几乎听不到的嘶声。

没等他明白,一阵疼痛猛然袭来。落石压住一只臭鼬的前腿,但这只动物不但活着,还喷出一股恶臭的毒气。他感觉就像灯油泼进眼睛里,身子想要向后滚,以躲避臭气。可惜没能躲过,两眼忽然什么都看不见了,他赶紧连滚带爬朝河边挪动过去。

到了岸边,他连忙探进一个深水潭,不顾一切想要洗去那种灼热的雾气。格拉斯的脸浸在水里后,就尝试着睁开眼睛,但那种灼热感强烈得让他睁不开。过了二十分钟,他才恢复了视力,不过只能透过红肿疼痛的眼皮眯缝着看。最后,格拉斯爬到岸上。臭鼬喷出的恶心臭气沾在他的皮肤和衣服,好像冰霜爬在窗玻璃上。以前,他见过一条狗儿在泥土中打滚,一直滚了一个星期,为的是除掉粘在身上的臭鼬气味。现在他就像那条狗,他知道这种臭味要连续很多天伴随自己了。

两眼的烧灼感缓缓消退后,格拉斯迅速检查了一下自己的伤口。他摸了摸脖子,看了看自己的手指。没有血渍,不过吞咽或深吸气的时候，喉咙里面的疼痛依旧。他意识到，自己已经多日没有试着说话了。他试探着张开嘴巴，竭力让气流穿过声带。这个动作让他感到剧痛，发出的只是声悲哀的哀鸣。他怀疑自己将来能不能正常说话。

他歪起脑袋，看到了从脖子到肩膀那几道平行的伤口。布里杰给他敷的松脂仍然覆盖在伤口上。他的整个肩膀都感觉疼痛，不过伤口看上去正在痊愈。熊牙在他大腿上咬的伤口看上去也比较正常，可他的腿仍然不能支撑身体的重量。他摸着自己的头皮，可以想象出看着肯定吓人，不过已经不出血，感觉不再疼了。

除了脖子，另外一个让他最担心的部位是他的背部。他无法用手摸索着检查脊背的伤口，也看不见，心里便想象出可怕的模样。他多次有奇怪的感觉，猜想那准是结的痂一再崩裂的缘故。他知道，亨利上尉已经缝合了那些伤口，不过他偶然能摸到缝线的线头。

他的头等感觉是侵袭着全身的饥饿。

他躺在沙岸上，最后发生的这件事把他整得精疲力竭，让他意志彻底消沉了。一枝纤细的绿茎上开着一丛黄花。那绿茎看上去像是野洋葱，不过格拉斯知道得很清楚，那是死亡百合。"是上帝吗？是上帝把它展示在我眼前的吗？"格拉斯想知道，这种毒草是如何发生作用的。他会平静地进入永恒的睡眠吗？要么就是他会扭曲身体痛苦而死？这跟他眼下的状况有多大的区别？至少那个结局肯定正在到来。

第9章 1823年9月8日

黎明初现时刻，他躺在河岸上。这时一头肥胖的母鹿出现在对岸的柳树丛中。它谨慎地左右观望一阵，然后才犹豫地走向河边饮水。它离这儿还不到三十码，端起火枪很轻松就能射中。"安斯特枪。"

那天，他头一次想到抛弃他的人们。他两眼望着那头母鹿，心中升起怒火。说他们抛弃实在太慈悲了，他们的行为完全是背叛。抛弃是一种被动的行为——跑走或把某种东西丢在身后。假如看护他的人只是抛弃他，此刻他至少还能用自己的枪瞄准那头母鹿，向它射击，然后用刀宰割，用火石火镰点火烤熟。他低头看看自己，从头到脚都是湿漉漉的，浑身是伤，散发着臭鼬的气息，嘴里还残留着草根的苦味。

菲茨杰拉德和布里杰的行为远不止于抛弃，比抛弃严重得多。他们并不是路人，不能装作视而不见，穿过马路去另一边。格拉斯并不要求别人乐善好施，可他期待别人起码别伤害他。

菲茨杰拉德和布里杰的行为是故意的，故意抢走他可用于救自己命的几件工具。他们偷走他的自救机会，等于杀了他。那是谋杀，就像用刀刺向他心脏，用弹丸击中他的脑袋。那是谋杀，只是他不愿束手待毙。他发誓要活下去，因为他要活着杀死谋杀他的人。

休·格拉斯开始爬动，沿格兰德河继续朝下游爬去。

格拉斯观察着自己周围的地形。五十码以外有一片舒缓的洼地，三面与一条干河相连，洼地上长着鼠尾草和低矮的杂草,可以提供适当隐蔽。忽然,这片洼地让他想起了阿肯色河沿岸舒缓起伏的小山丘。他记得波尼人的孩子们设过的一种陷阱。对于孩子们,那不过是个游戏,可对于格拉斯,此时成了他性命攸关的头等大事。

他缓缓爬到洼地底部,停在像轮毂一样的中心位置。他找到一块有锋利边缘的石块,动手在瓷实的沙土上挖坑。

他挖出个直径四英寸,深及上臂二头肌的坑。

从深度的一半位置,他朝四周扩大,把坑挖成个酒瓶状。他把挖出的沙土抛散开,隐藏新挖过的痕迹。他累得呼哧直喘,停下来休息一会儿。

接着,格拉斯要寻找一块足够大的平石头。他在离坑四十英尺的地方找到一块,还找到三块小石头。他把三块小石头呈三角形放在坑口周围,把平石头盖在上面,好像给坑盖了个屋顶,下面还有空间,这就制造了一种藏身处的假象。

格拉斯用树枝给这个陷阱周围做了伪装,然后慢慢爬开。他在几处都看到细小的粪便,这是个好迹象。爬到离坑五十码的地方,他停下来。他的膝盖和手掌在爬动中完全裸露出来,一条大腿累得酸疼,而且又一次体会到背上伤口结痂崩裂开始流血的可怕感觉。停歇暂时缓解了全身伤口的疼痛,但是也让他意识到浑身疲乏不堪,身体内部传出一种渴望,很快传遍了全身,他被迫闭上眼睛。格拉斯与那种渴望搏斗着,努力不向睡眠的诱惑屈服。他知道,只有吃到食物,才能重新获得精力。

第9章 1823年9月8日

格拉斯逼着自己恢复爬行姿势，留意远处的动静，同时以那个坑为中心，绕大圈子爬行。三十分钟才爬行了一圈。他的身体再次乞求他停下来休息，可他知道，现在停下会危害他那个陷阱的效果。他继续爬行着，用螺旋形路线渐渐缩小爬行的圈子。在这个圈子里的小动物会被缓缓驱逐到那个藏身的坑洞里。

一小时后，格拉斯来到自己那个坑口，从上面搬开平石头仔细听。他目睹过一个波尼男孩把手伸进类似的陷阱中，紧接着惨叫一声抽出手，一条响尾蛇咬着手不放。男孩的惊恐模样牢牢打在他的记忆中。他环顾四周，想找一根合适的树枝，找到一根末端整齐的长树枝，朝坑里捅了好几下。

他觉得掉进陷阱的动物肯定活不成了，这才把手伸进坑里掏。他一只接一只掏出四只死田鼠和两只黄鼠。这种捕猎方法没什么值得夸耀的，可格拉斯对结果感到兴高采烈。

这片洼地比较隐蔽，格拉斯决定冒险生火，心里咒骂火石火镰被偷走。他知道，摩擦两根木棍可能点燃火，可他自己从来没这么试过。他拿不准这办法能不能奏效，就算能奏效，他猜想大概也需要极为漫长的时间。

他需要一个简单的摩擦点火机器——弓和转轴。这个机器应该由三部分构成：一块中间有小孔的平木头，可以把转轴插在小孔里；一根四分之三英寸粗八英寸长的木棍转轴；一张像拉大提琴用的弓，缠在转轴上来回拉动旋转。

格拉斯在沟壑中寻找制造机器的零件。从洪水带来的漂木中很容易就找到一块平木头,还找到了制作转轴和弓的木条。"弓弦呢?"他没有绳子。"用背包带。"他掏出剃刀,割下随身包的背带,系在棍子两头。接着,他用剃刀在那块平坦的漂木上挖出个小孔,比转轴稍稍大一点儿。

弓和转轴组合好了,格拉斯拣了些易燃的干草做引火绒,还拣了些柴草。

他从随身包里取出几片弹丸垫布,撕成毛边状。他还存着一些蒲草绒。他在一个浅坑里松散地堆放好这些引火绒,在上面添上干草、几根能找到的干柴棍,然后放上晒了很久的野牛粪干。

准备好柴堆后,格拉斯抓起弓和转轴,把转轴插进平木头上的小孔,开始拉弓转动转轴。他用右手抵住转轴上端,手掌上还缠着爬动时的防护毛条,然后用左手拉那根弓。来回旋转的转轴在平木头的孔里摩擦产生了热。

他用弓拉动转轴,这个机器的毛病马上便显现出来了。转轴一头是插在那块平木头的孔里转动的,这是他想要产生火的地方。不过另一头却是抵着他手上的皮肤。格拉斯记起,波尼人是用一块巴掌大的木块抵住转轴的上端。他再次寻找,要找一块合适的木头。找到后,他用剃刀在中间挖了个小孔,用来抵住转轴上端。

他的左手笨拙,试了好些次,才找到拉弓的合适节奏,拉弓的动作也稳定下来,不会让转轴失控。没过多长时间,转轴就旋转得顺畅了。又过了几分钟,小孔里冒出了烟。忽

第 9 章 1823 年 9 月 8 日

然,火苗在火绒中跳跃而出。他连忙抓起香蒲绒,凑向火苗,用手掌捂着保护。香蒲绒点着后,他把火焰挪到那个小火坑里。他忽然感觉背后有风吹来,一时害怕把火苗吹灭,但火坑里易燃的火绒点着了,接着干草也燃了起来。几分钟后,他就用野牛粪干点起了一小堆篝火。

他剥掉几只小啮齿动物的皮,除去内脏,剩下的肉很少,不过,肉总算是新鲜的。他这种捕猎技巧比较费时间,但至少还有简单易行的优点。

格拉斯啃着最后一只啮齿动物的肋骨时,肚子还饿。他决定第二天早点停止爬行。也许该在两个地方多挖几个坑。一想到进展缓慢,他就感到恼火。在足迹遍布的格兰德河两岸,他能躲避阿里卡拉人多长时间?"别那么想。别看得太远。每天的目标就是活到第二天早上。"

烤好晚餐的食物后,就不值得冒险维持火堆了。他用沙子把火埋上,入睡了。

第 10 章
1823 年 9 月 15 日

双峰山勾画出格拉斯眼前山谷的轮廓，也迫使格兰德河穿过两山之间狭窄的河道。格拉斯记得随亨利上尉走向上游时，见过这两座山峰。他沿格兰德河爬得越远，周围的地域特征也越明显。就连香蒲草似乎也让大海般的草原高草吞没了。

亨利和他率领的捕猎队曾在靠近山峰的地方露营，格拉斯打算在同样的地点歇脚，希望能找到他们留下的有用物品。他记得，靠近山峰的河岸边至少有个遮风避雨的好地方。西面地平线上积聚起乌黑的雷暴云团，这是个不祥的征兆，暴风雨两个钟头之内就要来到，他要赶在雷雨前藏进去。

格拉斯沿河岸爬向那个营地。一圈焦黑的石头显示出，这里最近生过火。他记得捕猎队当时露营没生火，不知道他们走后有什么人在后面跟随。他停下来，从背上取下随身包和毯子，饱饮一通河水。身后的凹岸就是他记忆中遮挡风雨的营地。他扫视着河的上游和下游，仔细观察印第安人活动的痕迹，这一带植物稀疏，让他感觉失望。他感觉到肚子饥饿时熟悉的咕咕声，不知道周围有没有足够丰富的草丛，让

第10章 1823年9月15日

他挖出有效的捕鼠洞。"值得费这番力气吗?"他权衡着藏身与觅食各自的益处。啮齿动物已经让他维持了一个星期。然而,格拉斯清楚,他等于是在踩水,虽然没有淹死,但并没有游向安全的彼岸。

一阵清风预示着云团的到来,风扫过他背上的汗水,感觉非常凉爽。格拉斯离开河边,爬向河岸高处,查看暴风雨走向。

一看到河岸外的景象,他立刻惊呆了。只见几千头野牛在山峰下的谷地上吃草,黑压压一片,足足有方圆一英里。一头体形庞大的公牛在牛群边缘守卫,就站在他前面不到五十码远。这头野牛从脚到牛驼峰几乎有七英尺高。它身体覆盖着黑色体毛,脖子周围长着蓬松的褐色鬃毛,把硕大的脑袋和两肩衬托得更加雄壮,却让牛角显得有些多余。一阵旋风刮过,让它感到恼火,它喷着鼻子嗅一嗅气味。公牛身后,一只母牛躺在地上打滚,扬起一团尘土。另外十几头母牛和牛犊并不在意,埋头在附近吃草。

格拉斯头一回见到野牛是在得克萨斯平原上。在那以后,他在一百多个不同场合见过大大小小的牛群。然而,见到这种动物总是让他心中充满敬畏感,敬畏野牛群体的规模,敬畏能维持它们生存的大草原。

河下游距离格拉斯一百码的地方,一群狼也在注视着这头大公牛和它守护的牛群。这群狼有八条,领头的雄狼蹲坐在一丛鼠尾草旁边。整整一个下午,这匹头狼都在耐心等待着一个时刻,现在这个时刻终于到来了。几头牛与牛群之间有了一点儿距离,出现一个间隙。这是个致命的薄弱点。雄狼突然腾身跃起。

雄狼身材高大瘦削,四条腿的大骨节看上去不雅,却跟炭黑色的身体出奇地相称。它的两只小狼崽在河边扭打嬉戏。有些狼正趴着睡觉,平静得像粗笨的猎犬。总的来看,这群野兽更像宠物,而不像捕食动物,然而,见到雄狼的突然举动,众狼立刻变得精神抖擞。

群狼只有开始活动,迸发出的致命力量才变得引人瞩目。那种力量并非由肌肉表现,也不是优雅的产物,而是来自专注的智慧引发的深思熟虑的残忍行动。单个动物凝聚成凶猛的整体,凝聚成狼群集体的力量。

雄狼慢步跑向几头牛与整个牛群之间的间隙,跑出几码后变成全速奔跑。狼群呈扇形散开,紧随其后。狼群队伍有序,步调一致,格拉斯心里不禁赞叹,觉得几乎像军事行动。狼群涌进那道间隙。就连狼崽也似乎要跟上这个让它们进取的目标。主牛群边缘的野牛连忙退却,把牛犊挡在身后,肩并肩组成一道防线,抵御狼群。主牛群的活动让那个间隙变宽了,那头大公牛跟其他十几头野牛被孤立在牛群之外。

大公牛冲上去,牛角挑起一条狼,甩出二十英尺开外,那条狼大声惨叫。狼群嗥叫着冲向牛群失去保护的侧翼,残忍的尖牙咬向野牛。大多数被孤立的野牛本能地意识到,它们的安全有赖于群体数量,连忙奔向主牛群。

第10章 1823年9月15日

大雄狼咬住一只牛犊柔嫩的腰部。那牛犊惊慌中糊涂了,冲出牛群,朝陡峭的河岸奔去。狼群意识到牛犊出了个致命的错误,立刻扑向这头猎物。牛犊边跑边嘶鸣,不顾一切地狂奔,一头从高岸栽下去,跌断了一条腿。牛犊挣扎着站起身,跌断的腿扭向奇怪的方向,它试图恢复姿态,却扑嗵一声倒在地面上。狼群扑在它身上,尖牙袭向它身体的每一个部位。雄狼的尖牙咬进它稚嫩的喉咙,用力撕扯。

牛犊倒下的地方在距离格拉斯不到七十码的下游。他望着这一幕,既着迷又恐惧。对他有利的是,他处在下风处,而且狼群的注意力完全集中于这头牛犊。雄狼及其配偶优先吃肉,它们埋头把沾着鲜血的口鼻钻进柔软的腹部。它们允许狼崽吃,却不让其他狼靠近。时而有一条狼悄悄靠近猎获物,雄狼要么咬它一口,要么狠狠嗥叫一声。

格拉斯注视着这头牛犊和狼群,脑子里在飞快地打主意。这头牛犊是春天出生的。经过一夏天在草原上育肥,体重接近一百五十磅。"一百五十磅新鲜肉食。"格拉斯两个星期来设法一口口捕食,这么丰盛的肉食几乎让他无法想象。起初,格拉斯心怀希望,盼望狼群能给他留下足够多的肉,让他分享。不过,他继续观望,发现这么一大堆肉竟以惊人的速度在减少。雄狼及其配偶吃饱了肚子,最后漫步离开牛犊尸体,临别还拖走一条后腿给狼崽吃。另外四条狼则立刻扑向那具牛犊的尸体。

格拉斯越来越感到绝望,同时盘算着自己的选择。假如他等得太久,他怀疑到头来什么都不会剩下。他想着继续靠吃田鼠和草笋度日的前景。就算他能找到足够的食物维持生存,但搞到食物也太费时间。他相信,自从开始爬行,总共跋涉的距离不到三十英里。以目前的速度,要能在上冻前抵达基奥瓦堡就算他幸运。当然,在河岸上暴露的每一天,都有遭遇印第安人的危险。

他极度需要野牛肉能提供给他的一些力量。他不知道是什么天意把这头牛犊摆在他面前。"这是我的机会。"要分享这头牛犊,就必须为之斗争。他现在就需要出手。

他扫视着周围,要寻找制作武器的材料。可这里只有石块、漂木碎片和鼠尾草。"用木棍?"他思索了片刻,能用木棍打跑狼群吗?似乎不可能。他不能挥舞木棍,不可能狠打。他的跪姿缺乏高度的优势。"鼠尾草。"他记起干鼠尾草能短暂燃起火焰。"做个火炬?"

没有别的选择,他便急忙准备点火。春汛将一棵大杨树抛向凹岸,制造出一面天然挡风墙。格拉斯在树干旁的沙土里挖了个小坑。他取出自己那套弓和转轴,心里为自己至少还有迅速点火的办法感到庆幸。他从随身包里掏出最后一片弹丸垫布和一大团香蒲绒。格拉斯望着下游的狼群,见它们仍然在撕扯着那头牛犊。"真该死!"

他环顾四周,寻找柴火。杨树树干以外的地方,河岸边没多少可燃烧的东西。他找到一团干枯的鼠尾草,折下五根大枝杈,堆放在火坑旁。

第10章 1823年9月15日

格拉斯在隐蔽的小坑里支起弓和转轴,仔细放好火绒,开始拉弓,起初比较慢,找到合适的节奏后,便加快了速度。几分钟后,小坑里燃起了小火苗。

他望着下游的狼群。雄狼和它的配偶跟两只小狼崽围在距离牛犊大约二十码的地方。它们享受过优先吃牛犊的权利后,现在心满意足地啃着美味的后腿骨髓。格拉斯希望,它们不会参与即将发生的战斗。他要跟死牛犊旁这四条狼作战。

波尼族这个名称的含义是敬畏狼的力量和狡猾。格拉斯跟波尼捕猎队打过狼。在很多仪式上,狼皮是重要的组成部分。但他从来没做过此刻准备做的事情:爬向狼群,只拿一根火炬,为夺取食物向它们发起挑战。

那五根鼠尾草枝扭曲得像个巨人的手掌。小枝条与主枝交织在一起,大多数枝条上覆盖着干草皮和易碎的蓝绿色草叶。他抓起一根草枝伸向火坑,立刻就点着了,枝头燃起一英尺高的火焰。"燃烧得太快了。"格拉斯怀疑,火焰维持不到他爬到狼群跟前,更不用说用作武器跟狼群战斗了。他决定赌一把。他不能把所有鼠尾草都点着,要把其他几枝带在身边接续火焰。

格拉斯再次朝狼群望去。它们似乎突然显得强大了许多。他迟疑了片刻,心中做出决定:不能后退。"这是我的机会。"格拉斯手持一枝燃烧的鼠尾草,带着四枝备用,爬下河岸,朝狼群爬去。他爬到距离五十码时,雄狼和它的配偶蹲坐着抬头望向这个朝死牛犊靠近的奇怪动物。它们把格拉斯看成一个稀奇的东西,而不是挑战。毕竟它们已经吃了个饱。

爬到距离二十码时,风向转了,啃食死牛的四条狼嗅到烟的气味,都转过头。格拉斯停下来,跟四条狼打了个照面。从远处看,很容易把狼当成狗。靠近时,才会发觉它们跟人豢养的那些亲戚毫无相似之处。一条白狼呲着带血的牙齿,朝格拉斯凑近半步,喉咙里吼出低沉的咆哮声。它耷拉着肩膀,这姿势看上去既像是防卫又像要进攻。

这条白狼在相互矛盾的两种本能间摇摆,一种是捍卫自己的猎物,另一种是害怕火。第二条狼的一只耳朵大半残缺了,它跟第一条狼聚到一起。另外两条狼在继续撕咬死牛犊,似乎为独享美食而感到惬意。格拉斯右手举着的草枝开始摇晃。那条白狼又朝格拉斯走近一步,格拉斯忽然想起让熊牙撕咬的恶心感觉。"我这是在做什么?"

突然,天空划过一道明亮的闪电,接着,低沉的雷鸣顺河谷滚动而下。一滴雨打在格拉斯脸上,风吹向火焰。他肚子里感到一阵恶心在翻滚。"天哪,别……现在可别下雨!"他必须加快行动。白狼已经摆出进攻的姿势。"难道他们真能闻到恐惧的气味?"他必须出其不意,向它们发起进攻。

他右手抓起四根鼠尾草,合并到左手那枝燃烧的草枝。火苗跳起来,饥渴地吞噬着干柴。现在他需要两只手托举合并在一起的草枝,无法再用左手保持身体平衡了。他把重量

第10章 1823年9月15日　125

移向右侧，右边大腿伤口立刻一阵剧痛，他几乎倒下。他设法保持住直立，两膝跪地，以尽可能像冲锋的姿态蹒跚向前挪动。他积聚力气，以尽可能大的声音吼起来，听着像一种怪诞的嚎啕。他挥起熊熊火炬，像举着一柄飞舞燃烧的剑，向前挪去。

他把火炬投向只有一只耳朵的狼。火焰烧燎着它脸上的毛，它惊叫一声拔脚逃开。白狼跳向格拉斯侧翼，咬住他的肩膀。格拉斯闪了一下身，脖子扭向一旁，避免狼咬住他的喉咙。格拉斯的脸跟狼脸几乎贴在一起，能闻到它血腥的鼻息。格拉斯重新努力站稳，双臂绕过来，把火焰靠在狼身上，烧它的肚皮和腹股沟。狼松开他的肩膀，后退一步。

格拉斯听到身后一声嗥叫，本能地低头躲闪。只见那条一只耳朵的狼从他脑袋上扑过，没咬住格拉斯的脖子，不过把他撞得侧身倒地。倒地的碰撞让他脊背、喉咙和肩膀再次剧痛，他呻吟起来。火炬落在地上，平铺到沙土中。格拉斯连忙伸手去抓，免得火焰熄灭。同时他挣扎着恢复身体直立的跪姿。

两条狼缓缓绕着他转，伺机进攻。尝到让火烧燎的滋味后，它们变得比较谨慎了。"我不能让它们绕到我背后。"天空又划过一道闪电，这次紧接着就传来轰鸣的雷声。暴雨马上就到。倾盆大雨片刻就会浇下来。"没时间了。"即使没有雨水，火炬的火苗也开始萎缩。

白狼和一只耳朵的狼逼近了。它们似乎也感觉到这场战斗正接近高潮。格拉斯用火炬恐吓它们。它们减缓了速度,但并不退却。格拉斯已经来到距离死牛犊几英尺远的位置。那两条啃咬牛犊尸体的狼终于撕扯下一条后腿,趁着这阵混乱拖着肉撤走,留下两条狼跟那个玩火的怪物搏斗。格拉斯这才注意到,死小牛周围有几丛鼠尾草。"能点燃吗?"

格拉斯眼睛盯着两条狼,手中的火炬靠向鼠尾草。几个星期没下过雨,草丛干燥得像引火绒,立刻就点燃了。片刻之后,死小牛旁边的鼠尾草上,火苗跳起两英尺高。格拉斯又点燃另外两丛。很快,死小牛周围的三丛草都燃起熊熊火焰。格拉斯两只膝盖跪在死小牛身上,挥舞手中残余的火炬,模样就像《圣经》中的摩西。天空电闪雷鸣。风呼呼吹向草丛的火焰。这时雨点落下来,不过还没有大到浇灭火焰的程度。

那种光怪陆离的效果触目惊心。白狼和一只耳朵的狼朝周围瞥视。雄狼及其配偶和狼崽开始大步跑向草原。它们已经个个吃得肚子滚瓜溜圆,眼看暴风雨要来,便跑向附近的巢穴躲避。撤离死牛犊的两条狼跟随着它们,吃力地拖着那条牛后腿在草原上跑。

白狼蹲伏下来,摆好姿势,似乎要再次发起进攻。但是,一只耳朵的狼突然调头跑走,去追赶狼群。白狼停止攻击,考虑变化的状况。它很清楚自己在狼群中的位置:别的狼领导,它服从。别的狼选中要猎杀的猎物,它帮助干掉猎物。别的狼先吃,它满足于吃残羹剩饭。这条狼从未见过今天出现的这种奇怪的动物,但它对自己在狼群中的社会等级知道得一清二楚。头顶又炸响一声霹雳,雨水开始哗哗浇下来。白狼朝野牛、人和冒烟的鼠尾草最后瞅了一眼,转身跑去追赶狼群。

格拉斯望着狼群从凹岸上面的边缘消失了。在他周围,浇灭的鼠尾草还在冒着余烟。要是再持续一分钟,他就毫无防御能力了。他迅速瞅了一眼肩膀上狼咬的伤口,庆幸自己运气不错,虽然两个牙印伤口里慢慢流出了血,但咬得并不深。

牛犊尸体的模样很怪诞,表现出逃避狼群未果时的惊恐。狼群残酷而高效的尖牙已经把尸体撕开。鲜血在咬开的喉咙下积成一个血水洼,在浅棕色的沙地上,那鲜红色显得十分吓人。狼群吃掉了格拉斯本人渴望得到的肥美内脏。他把小牛翻了个身,从侧身变成仰卧姿势。他注意到肝脏被吃得一点儿也没剩下,胆囊、肺和心脏都没了,他不免有点失望。但一截肠子拖在体外。格拉斯从随身包里取出剃刀,左手顺着蜿蜒的肠子摸到腹腔里,从胃上割下两英尺长的一条肉。见了到手的肉,他克制不住,把割下的肉塞进嘴里大嚼起来。

虽然狼群吃掉了最美味的器官,不过也帮了格拉斯一个忙,几乎把猎物的皮整个剥掉了。格拉斯挪到牛脖子旁,借助剃刀,剥掉柔软的牛皮。这头小牛营养很好。胖胖的脖子肌肉上沾连着细嫩的白色脂肪。捕兽人把这种脂肪称为

"绒脂",当成一种美食。他割下几块,塞进嘴里,几乎没怎么嚼就吞咽下去。每次吞咽,喉咙都是一阵火辣辣的疼,但饥饿感压倒了疼痛感。在瓢泼大雨中,他狼吞虎咽地大吃了一顿。肚子填饱后,他开始为其他危险担心了。

格拉斯再次爬上凹岸边,扫视地平线的各个方向。健忘的野牛散布在草原上继续吃草,并没有看到狼和印第安人的踪影。雷雨来得迅速走得也快,此时已经结束。下午的阳光透过积雨云斜射下来,一束束彩虹色的光芒从天空倾泻到大地。

格拉斯重新考虑着自己的运气。狼群吃掉了它们的份额,但是给他留下巨大的食物资源。格拉斯对自己的处境没抱幻想,不过他不能饿死。

格拉斯在这个凹岸下守着死牛犊露营了三天。最初几个小时,他甚至连火都没有生,只是把肉切成薄片,尽情大嚼,享受这美味的鲜肉。他休息了足够长的时间后,生了一堆小火,用来把肉烤熟烤干。他在靠近岸边的地方生火,尽可能隐蔽火焰。

他用附近的绿色柳树枝制成烤肉架,一小时接着一小时,用钝剃刀不停地割下牛犊肉,挂在烤肉架上,还不断地给火堆添加柴火。三天中,他烤制了十五磅肉干,如果有必要,足够维持他食用两个星期。要是沿途能得到食物补充,维持的时间会更长。

第10章 1823年9月15日

狼群还给他留下了最美味的部位——野牛舌头。他吃着这道美味,感觉像国王般享受。他把排骨和剩下的腿骨一根根在火上烤熟,敲开享用美味新鲜的骨髓。

格拉斯用钝剃刀剥下牛皮,本来几分钟就能完成的活计耗费了他几个钟头,在此过程中,他心里含着怨气,恨那两个偷走他刀子的人。他没有时间也没有工具处理牛皮,不过他没等皮子干硬就割下一片生皮。他需要做个包,把肉干装起来。

第三天,格拉斯四下寻找,要找根树枝当拐杖。与狼搏斗过程中,他惊讶地发现,自己的伤腿能够支撑身体重量了。过去两天,他一直锻炼这条腿,伸展它,试着支撑身体。格拉斯相信,借助拐杖,他可以直立行走。像条瘸腿狗般爬行三个星期后,直立行走的前景让他心中充满期盼。他找到一根长度形状合适的杨树枝。从毛毯上割下一条布料,缠在拐杖头上当手垫。

毛毯已经被割去一条又一条,只剩下不足一英尺宽两英尺长了。格拉斯用剃刀在中间割了个孔,刚好把脑袋套进去。虽然这件服装太小不能算个斗篷,不过至少能垫在肩膀上,免得生牛皮磨得皮肤生疼。

待在双峰山的最后一夜,他再次感觉到寒冷。割下的最后几条小牛肉正挂在通红的木炭火上烤干。火光给他的露营地投下一片舒适的光亮,平原上没有月光的黑夜里,这里就像个光明的绿洲。格拉斯吸吮着最后几根肋骨中的骨髓。

他把骨头丢进火堆时,忽然发觉自己肚子不饿了。他享受着火的温暖,在可以预见的未来,他不会享受到这样的奢侈了。

饱食三天对他受伤的身体起到了恢复作用。他弯曲右腿尝试一下,肌肉还感觉僵硬酸疼,不过已经恢复了功能。他的肩膀状况也改善了。他的胳膊还没有力气,但已经比较灵活。他还害怕触摸自己的脖子,外面的皮肤愈合了,可缝线十分突出。他拿不准是不是该用剃刀拆线,可他一直不敢这么尝试。他冲着狼群高喊过,此后几天都没有试着发声。他现在还不准备发声。他的语音对接下来几个星期的生存没什么用处。如果声音发生了变化,随它去吧。此刻,他吞咽时喉咙不怎么疼痛了,这让他感到庆幸。

格拉斯知道,是这只野牛犊让他走了运。不过要对当下的状况做出评估并不难。他又活着奋斗了一天。但他既孤单又没有任何武器。从这里到布雷佐堡隔着三百英里的开阔草原。他依赖这条河在开阔的原野上辨认方向,两个印第安部族也沿着这条河活动,一个有可能带有敌意,另一个肯定有敌意。当然,印第安人还不是他要面对的唯一危险,格拉斯对此知道得很清楚。

他知道自己应该睡觉。有了新拐杖,他希望明天能走十英里,甚至十五英里。在这个舒适的时刻,他吃饱了肚子,休息得不错,感觉温暖,这些对他是个诱惑,真想待着不走。

格拉斯伸手去拿随身包,取出熊爪。借着黯淡的火光,他缓缓翻转熊爪,看着爪尖上干涸的血渍。他现在知道了,

第 10 章 1823 年 9 月 15 日

这是他的血。他动手用剃刀仔细地刻削粗爪的根部,刻出一圈又窄的凹槽。他从包里取出那串鹰爪项链,把细绳绕在凹槽里系紧。最后,他把细绳拴在自己脖子上。

把他抓成重伤的爪子现在挂在了他脖子上,不再有生命了。他喜欢这个创意。"护身符。"他这么想着,睡着了。

第 11 章

1823 年 9 月 16 日

"见鬼!"约翰·菲茨杰拉德两眼盯着看河水。更确切地说,他在望着河的一个弯道。

吉姆·布里杰跟在他身旁走着。"怎么回事?河要调头向东流?"菲茨杰拉德冷不防挥起手,用手背打向小伙子嘴巴。布里杰顿时向后倒去,仰面朝天躺在地上,一副目瞪口呆的神色。"你这是干吗?"

"你当我看不出河向东流?要你放哨,我会问你!不问你,就睁大眼睛,闭上你的臭嘴!"

布里杰说的当然没错。他们沿河走了一百多英里,河主要是向北流,那正是他们要走的方向。菲茨杰拉德甚至连这条河的名称都拿不准,不过他知道,这里的河最终都要汇入密苏里河。菲茨杰拉德相信,假如河继续向北流,没准再走一天就能到联合堡,他甚至心怀希望,觉得他们已经到了黄石,不过布里杰一口咬定,这儿还远在黄石以东。

总之,菲茨杰拉德本希望继续沿河跋涉,走到密苏里河岸。其实,他对眼前广袤的荒原缺乏地理上的直觉。他们从格兰德河上游出发以来,周围地貌一直没什么特色。举目望

第11章 1823年9月16日

去,前面地平线上是绵延数英里柔和的草地和起伏的山丘,每座山丘都跟前面见过的毫无二致。

沿河跋涉不但能把握可靠的方向,还能保证方便的饮水供应。然而,菲茨杰拉德无意调头向东走。河水拐到这个新方向后,流向一眼望不到尽头的远方。时间仍然是他们的敌人。他们与亨利和捕猎队分开越久,遭遇不幸的可能性就越大。

他们在那里停留了几分钟,菲茨杰拉德瞪大了眼睛,一脸焦虑不安。

最后,布里杰长叹一口气说:"咱们该朝西北方向走。"

菲茨杰拉德打算开口斥责,可他完全不知所措。他指着一望无际的干燥草地。"我猜你知道上哪儿找到水?"

"不知道。不过,这种天气用不着太多水。"布里杰意识到菲茨杰拉德拿不定主意,感觉到自己的看法相应变得重要了。他跟菲茨杰拉德不同,在穿越广袤地域时的确有直觉。他一直不缺指南针般的方向感,能在没有标记的地带为自己指引方向。"照我看,咱们用不了两天就能到密苏里河岸,而且离联合堡很近。"

菲茨杰拉德克制住再次反驳布里杰的欲望。他心里其实再次想到杀死这个小伙子。他在格兰德河畔就想这么干,只是感觉需要依赖小伙子这支枪。两支枪不多,不过总比一支可靠些。

"听着,小伙子。你我找到其他人之后,说话需要口径一致。"他们抛弃格拉斯后,布里杰一直预料菲茨杰拉德会说这话。他耷拉下脑袋,已经为将要听到的话感到羞愧了。

"我们为格拉斯老伙计尽心尽力了,我们比其他人陪他的时间都久。但七十块钱弥补不了让土著剥头皮的危险。"菲茨杰拉德说,他用一个简短字眼指代阿里卡拉人。

布里杰什么话都没说。菲茨杰拉德接着说下去。"其实,格拉斯在遭到灰熊攻击后已经死了。我们唯一没有做的一件事,就是埋葬他。"布里杰仍然低着头。菲茨杰拉德火气升腾起来。

"你知道吗,布里杰?真见鬼,咱们干的事你怎么想,我根本不在乎。不过我要告诉你,要是你敢吐露真相,我就从左到右彻底割断你的喉咙。"

第12章
1823年9月17日

　　安德鲁·亨利上尉顾不上欣赏眼前山谷中原始壮美的景色。他带领七个伙伴登上黄石河与密苏里河交汇处上方的一道绝壁，俯瞰脚下地势舒缓广袤无垠的高原。高原近处，有一溜起伏的山丘，仿佛陡峭的台地与密苏里河之间一道淡黄色的波浪。河岸边没有树木，不过河岸远处长着三角叶杨树，这片杨树正在与秋风搏斗，竭力保持自己拥有的绿色。

　　亨利顾不上止步思索两条河交汇的哲学意义，也顾不上想象河水发源处高山草甸中钻石般清澈的涓涓细流。他甚至没有盘桓着赞赏联合堡位于两条商业大水道的现实重要性。

　　亨利上尉关心的不是眼睛看到的，而是看不到的东西。他没看到马匹。他看到人们分散的活动和大火中冒出的浓烟，却连一匹马都没看到。"就连一头该死的骡子都没有。"他朝天放了一枪，与其说是致意，不如说想要表达心中的失望。营地上的人们停下手中的活动，寻找枪声的来源。回应他的是两声枪响。亨利和他的七个人拖着沉重的脚步走下山谷,走向联合堡。

自从亨利前往阿里卡拉人村落驰援阿什利,他已经离开联合堡八个星期了。亨利留下两条指示:在周围流域设陷阱、不惜一切代价保住马匹。看来,亨利上尉的霉运永远不会逆转。

猪猡把火枪从右肩上移开。枪好像已经在他的肌肉上压出永久的压痕。他把枪换到左肩膀上,可他的左肩已经让随身包背带磨伤了。最后,他只好把枪端在前面,做出这个无奈的决定后,他意识到,自己的两条胳膊都在酸疼。

猪猡想起圣路易斯制桶匠后院里舒适的草垫褥子,便再次认为,加入亨利上尉的队伍是个严重的错误。

在二十岁前,猪猡从来没一口气走过两英里路。但是在过去六个星期中,哪天走的路都不下二十英里,有时候,他们要走三十英里甚至更远。两天前,猪猡的第三双鹿皮鞋底磨穿了。鞋上的洞早晨能渗进寒冷的露水。岩石在脚底划出一道道伤口。最糟糕的是,他一脚踩上个仙人掌。他多次用剥皮刀应付,就是没能把刺都挑出来,现在,每走一步,化脓的大脚趾就疼得他呲牙咧嘴。

更别提他一辈子都没像现在一样挨过饿。

他渴望享受肉汤泡饼干的简单乐趣,渴望把牙齿狠狠咬进肥硕的鸡腿。他心里涌起一阵温柔的回忆,想起箍桶匠的老婆每日三餐端来满铁盘的食物。现在,他的早饭只有冷牛肉干,而且数量很少。他们吃午饭几乎不停下脚步,吃的东

第12章 1823年9月17日

西总是冷牛肉干。因为上尉害怕枪声引来不测,就连晚饭也主要是吃冷牛肉干。遇上偶然有新鲜猎物,猪猡就拼命吃,大块砍下野兽的厚肉,或者竭力砸开骨头吃骨髓。在西部边疆吃到食物需要费这么多该死的力气才行。为了吃东西,把他累得更饿。

每逢肚子饿得咕咕直叫,每走一步脚都疼痛难忍,猪猡便不禁认为走向西部的决定是个错误。西部边疆的财富依旧是个谜。六个月来,猪猡还没有设置过一个捕兽陷阱。他们走进营地时,没看到的不只是马匹。"生毛皮哪儿去了?"在贸易站内,靠圆木墙壁放的柳条支架上挂着几张河狸皮,还有几张野牛皮、麋鹿皮和狼皮。但这绝对不是他们回来希望看到的景象。

一个绰号叫矮子比尔的人走过来打招呼,向亨利伸出手。

亨利没理会他那只手。"马匹都他妈哪儿去了?"

矮子比尔的手伸在那儿停留了片刻,模样尴尬。

最后他把手放下。"让黑脚族抢走了,上尉。"

"没让你们值勤放哨?"

"我们派了哨兵,上尉,可他们不知从哪儿就冒出来了,马匹受惊都逃走了。"

"你们就没追?"

矮子比尔慢慢摇了摇脑袋。"我们对付不了黑脚族。"这是个微妙的暗示,不过倒是个有效的暗示。亨利上尉长叹一口气。"丢了多少匹马?"

"七匹……嗯,是五匹马,两头骡子。默菲带着所有人和一支捕猎队去了河狸溪。"

"看来你们没搞什么捕猎活动。"

"我们是在捕猎,上尉,可贸易站附近的猎物都捕光了。没有马匹,我们跑不了多少路。"

吉姆·布里杰蜷缩在破旧的毯子里。清晨有严霜,小伙子感觉严寒潮湿能渗进他的骨髓。这天夜里,他们睡觉又一次没生火。一阵阵的难受屈服于疲乏,他终于睡着了。

睡梦中,他站在一道鸿沟边缘。傍晚的天空染成了紫黑色,最后天色整个暗下来,不过还是有一丝光亮,能依稀看清一些东西。起初出现的是个形状模糊的幽灵,距离挺远,慢慢向他靠近,他无法躲避。渐渐靠近时,轮廓显现出来,那是个扭曲的身体,走路一瘸一拐。布里杰想要逃走,但身后是那道鸿沟,他无路可逃。

等那幽灵走到离他十步远的地方,他看见了那张可怕的面孔。那是一张不自然的面孔,五官扭曲得像个假面具,脸颊和额头上有许多十字形的伤疤,鼻子和耳朵安错了位置,既不平衡,又不对称。那张面孔周围长满了鬃毛和胡子,更让他感觉面前这个生灵不再是人。

幽灵继续向他靠近,两眼开始冒火,用憎恨的目光紧紧盯住布里杰,让他无法躲闪。

第12章　1823年9月17日

幽灵举起镰刀一样的胳膊,将一把刀深深插进布里杰的胸膛,强大的力量划开了他的胸骨。小伙子踉跄几步,最后朝那双燃烧的眼睛瞅了一眼,向后倒去。

他身子坠落进鸿沟时,看着插在胸膛上的刀,刀柄是圆圆的银头,他一点儿也没觉得奇怪。那是格拉斯的刀。在一定程度上,他觉得死反倒是个安慰,比带着负疚感活着要轻松。

布里杰感到肋骨受到一个重击,惊得睁开眼睛,看见菲茨杰拉德站着瞅他。"该走了,小伙子。"

第 13 章

1823 年 10 月 5 日

看到烧焦的阿里卡拉人村庄废墟，休·格拉斯联想到了骷髅，经过时有一种怪诞的感觉。这地方不久前还居住着五百多家人，村庄里生气勃勃，如今却像个死寂的坟墓，成了密苏里河畔一个高崖上黑黢黢的纪念碑。

这村庄在格兰德河跟密苏里河交汇处北面八英里，布雷佐堡在它南面七十英里。两个原因迫使格拉斯偏离了循密苏里跋涉的路线。那条牛犊肉烤制的肉干吃完了，他只好再次靠草根浆果充饥。他记得这个阿里卡拉人村落周围有大片的玉米田，希望捡一些没有收尽的玉米。

他还知道，在这个村子里能找到制作木筏的材料。

有了木筏，他可以轻松漂到下游的布雷佐堡。他缓缓穿过村子时注意到，要找到制作木筏的材料毫无问题。茅屋和栅栏上有成千上万根合适的圆木。

格拉斯停下脚步，朝靠近村子中心的一所大房子瞅了一眼，这显然是个公共聚会的建筑物。黑黢黢的房子里，一个活动的东西闪了一下。他倒退一步，心跳不由加快了。他站定后，眼睛适应了里面的黑暗，再次凝神。他已经不再需要拐杖，手握一根削尖的杨树枝当矛，摆出警惕姿势。

原来是一只小幼犬在房子中间呜咽。格拉斯放了心，同时为即将到手的新鲜肉食而激动。他慢慢靠近一步，将矛掉了个头，钝头在前，要是能把小狗哄到近一些的地方，狠狠一击就能敲碎它的脑袋。"不必捅烂身上的肉。"狗儿意识到有危险，转身逃向这件开阔房子的黑暗深处。

格拉斯拔脚追踪，却突然呆住了。只见那狗儿跳进一个古稀老女人的怀抱中。这印第安老人睡在一张简陋的小床上，身子紧紧蜷缩成球状，身上盖着一条破毯子。她像抱娃娃一样搂着小狗，脸紧紧抵着狗儿，阴影中只能看到她的满头白发。她开始大声哭喊，后来变成了歇斯底里的恸哭。过了一会儿，恸哭变得有声有韵，成了一种预言般的吓人诵唱。"难道是为她自己吟唱死亡圣歌？"

搂着狗儿的胳膊和肩膀仿佛松垮垮地包在骨头上的旧皮囊。格拉斯的眼睛适应了黑暗后，看到她身子周围到处是屎尿，一个大陶罐盛着水，没看到有食物。"她为什么没有收割玉米？"格拉斯走进村子时，还捡到几穗玉米。苏族人和鹿把大部分玉米都吃掉了，但肯定能找到遗漏的玉米。"难道她腿瘸？"

他从生牛皮袋里掏出一穗玉米，剥去皮，弯腰递向老女人。格拉斯伸出手等了很长时间，但那老女人在继续诵唱。过了一会儿，那条小狗开始闻玉米，接着伸出舌头舔。格拉斯伸手摸了摸老女人的头，轻轻抚摸她的白发。最后，老女人停止诵唱,把脸转向射进光亮的前门。

格拉斯倒抽一口冷气。她的两眼完全是白色的,已经完全瞎了。格拉斯这才明白,为什么阿里卡拉人深夜逃走,把这老女人撇下了。

格拉斯拉过老女人的一只手,轻轻用她的手指把玉米包住。她嘟囔了几句他听不懂的话,把玉米贴到嘴边。格拉斯见她没有牙齿,只用牙龈啃那生玉米。甜甜的玉米汁似乎唤醒了她的食欲,她啃着玉米穗,却无法嚼碎。"她需要肉汤。"

他环顾这屋子,见屋子中间的火坑旁丢着一把锈茶壶。他朝那只大水罐看了一眼,里面有水藻,上面漂浮着杂物。他把水罐抱到外面,倒掉水,从村子中间流过的小溪中重新灌满水。

格拉斯在小溪边看到另一条狗。他没有放过这条狗。

不久,他在屋子中间生起了火,那条狗的一部分架在火上烤,另一部分用茶壶煮。他把玉米跟狗肉一道煮,继续在村子里寻找。许多泥土小屋没有烧毁,格拉斯很高兴找到几根可以绑木筏的绳子。他还找到一只铁杯和一根用野牛角制作的长柄勺子。

他返回去,见那瞎眼老女人仍然在吸吮玉米穗。他走过去把茶壶里的肉汤倒出一铁皮杯,放在她的小床前。那只小狗闻到同类受烧烤的气味,不安地蜷缩在老女人的脚下。老女人也闻到了肉味。她抓住铁皮杯,晾到刚能忍受的温度,便咕嘟咕嘟灌下肚子。格拉斯又给她倒了一杯,这次在杯子里添加了用剃刀切碎的肉粒。他给老女人喝下第三杯后,她不再吃,倒头睡着了。他把毯子拉上来,盖住她枯瘦的肩膀。

格拉斯走到火前,开始吃烤狗肉。波尼人视狗肉为美食,偶然猎捕到狗儿就像白人屠宰猪仔。格拉斯当然宁愿吃野牛肉,但是,处在他现在的状况下,只好凑合着吃狗肉。他把煮好的玉米取出来吃掉,把肉汤和煮熟的肉留给老女人。

他吃完后过了一个钟头,那老女人喊起来。格拉斯迅速来到她身旁。有个字眼她说了一遍又一遍:"希托威希……希托威希……"这一次,她的声音不再像给自己唱挽歌那么吓人,声调变得平静,仿佛急着要传递一个重要的想法。可那个字眼格拉斯根本听不懂。他不知道该怎么做,就拉起老女人的一只手。老女人有气无力地拉捏着他的手,拉向自己的脸颊。两人就这样坐了好一阵子。她那双看不见东西的眼睛渐渐闭上,入睡了。

早上,她死了。

格拉斯用了大半个上午,在俯瞰密苏里河的地方垒起一个简陋的火葬柴堆。完成后,他返回大屋子,用老女人的毯子把她包裹起来,背向火葬柴堆,那条狗儿可怜巴巴地跟在身后,俨然一队奇怪的送葬行列。格拉斯与狼搏斗后的几个星期中,他的肩膀也跟那条伤腿一样痊愈了。不过他把尸体举起来放上火葬柴堆时,还是疼得呲牙咧嘴。一阵阵熟悉的疼痛顺着脊柱向下传去,让他感到不安。他继续为自己的脊背感到不安。如果运气好,再走几天就能走到布雷佐堡。那儿的人可以给他恰当的治疗。

他在火葬柴堆前肃立片刻,这是个源自古代的老传统。他一时想要知道,在妈妈的葬礼上人们是怎么说的,在伊丽莎白的葬礼上又说过什么话。想象中,他仿佛看到新挖墓穴旁的一堆新土。埋葬的概念总是让他一想到就似乎喘不上气来,感觉浑身发冷。他喜欢印第安人的方式,把尸体安置在高高的地方,仿佛要让死者升入天堂。

狗儿突然一阵狂吠,格拉斯连忙转身,只见四个骑在马背上的印第安人缓缓朝他走来,距离他只有七十码了。凭他们的装束,格拉斯一眼看出是苏族。他顿时惊慌起来,心里估计了一下到悬崖上那棵粗树的距离。他回想起跟波尼人的首次遭遇,决定保持静止。

捕兽队与苏族结盟围攻阿里卡拉族仅仅一个多月。格拉斯记得,苏族不喜欢莱文沃斯上校的战术,撤出了战斗,落基山毛皮公司也有同感。"同盟感情还存在吗?"于是,他站在那里,尽量表现出信任的模样,望着印第安人走近。

这是几个年轻人,其中三个不过是十几岁的少年。第四个年龄稍大,也许有二十四五岁。几个年轻勇士心怀警惕,握紧了武器,仿佛在靠近一头奇怪的动物。年龄较大的苏族人比其他几个超前半个马身。他带着一支伦敦产轻型燧发枪,不过端枪的姿势很轻松,枪管横在那匹鹿皮色种马脖子上。马腰上打着烙印:"美军"。这是莱文沃斯部队的一匹

第13章 1823年10月5日

战马。如果不是眼前情况严峻，格拉斯或许会嘲讽那位上校的倒霉遭遇。

年龄较大的苏族人在格拉斯前面五英尺远拉住马，从头到脚仔细打量他，然后，目光越过他望着火葬柴堆。眼前是个浑身伤残肮脏不堪的白人，后面是个死去的阿里卡拉族老女人，他竭力思索着，无法理解这两人是什么关系。刚才他们已经远远看见他吃力地把那具尸体抱上柴堆。这根本讲不通哪。

这个印第安人轻松地跨下马，走向格拉斯，两只黑眼珠敏锐地盯着格拉斯。格拉斯感觉心中升起一股怒气，两眼回瞪着他。

格拉斯实现了他被迫装模作样所要达到的目标，这个印第安人轻易便相信了，神色中表现出彻底的信任。他名叫"黄马"。高大的身材有六英尺多，肩膀宽阔，优美的姿势让脖子和胸脯显得更加有力。他编得很紧的辫子上插着三支老鹰羽毛，标志着在战斗中杀死过三个敌人。他的紧身鹿皮上衣胸前垂着两条装饰带。格拉斯注意到，装饰带工艺精致，里面编进几百根染成朱红色和靛蓝色的豪猪刺。

两个人面对面站着，那印第安人缓缓伸手托起格拉斯的项链，翻过来查看那只巨大的熊爪。他放开那只熊爪，两眼扫视格拉斯头上和脖子上的伤疤。印第安人推推格拉斯的肩膀，让他转身，查看他破衬衫下的伤。他望着格拉斯的脊背，对另外三个印第安人说了句话。格拉斯听到其他几个勇士下马走来,触摸着他的脊背,热烈地交谈起来。"要发生什么事了?"

让印第安人深感吃惊的是,格拉斯背部的平行伤口既深又长,纵贯他整个脊背。这些印第安人目睹过各种伤口,却从没见过这么严重的。深深的伤口中有东西在活动。是蛆虫在爬。

一个印第安人捏住一只白色的虫子,拿给格拉斯看。格拉斯吓得大叫起来,手忙脚乱地撕扯着残缺的衬衫,却够不到背后的伤口。他心里想着蛆虫竟钻进自己伤口,不由两手两膝着地趴倒,呕吐起来。

几个印第安人把格拉斯抱上马背,骑在一个年轻人身后,策马离开这个阿里卡拉人的村庄。老女人的狗儿跟在几匹马后面奔跑。一个印第安人跳下马,把狗儿哄得近一点,然后用战斧的钝头砸向狗儿的脑袋。他抓住它两条后腿,打马追赶其他人。

苏族营地紧靠格兰德河南岸。四个勇士带回个白人,立刻在村子里激起一阵骚动。几十个印第安人跟在他们身后,像游行队伍一样经过一顶顶圆锥形帐篷。

"黄马"带领一行人来到营地外一顶低矮的帐篷前。帐篷篷布上有粗犷的图案:乌云喷出道道闪电,野牛在太阳周围整齐排列,抽象的人形线条围着火堆舞蹈。"黄马"大声招呼,不久,一个皮肤粗糙的印第安老人撩开帐篷盖帘走出

第13章 1823年10月5日

来。明亮的阳光刺得他眯缝起眼睛，不过，他就是不眯缝眼，从一脸深深的褶皱中也几乎看不到他的眼睛。他的脸上半部涂成黑色，右边耳朵后面挂着一只干枯的死乌鸦。虽然已经是十月，可他胸部以上完全裸露，下身也只遮盖着缠腰布。松弛的皮肤耷拉在他凹陷的胸前，上面涂着黑红相间的条纹。

"黄马"跳下马，示意格拉斯也下马。格拉斯动作僵硬，骑马颠簸让他浑身伤口再次剧烈疼痛。"黄马"对这个巫医讲述了在阿里卡拉人村庄废墟找到这个奇怪的白人，讲述他们望着他释放那个老女人的灵魂。"黄马"对巫医说，这个白人见他们走近，丝毫没有显出恐惧，而且身边只有一根削尖的棍子，并没有其他武器。他还讲了格拉斯那只挂在胸前的熊爪和他喉咙和背上的伤口。

在"黄马"长时间的解释过程中，巫医什么话都没说，不过，他那张沟壑般的面孔上，两眼在凝视着。聚在这里的印第安人靠近聆听，听到他脊背伤口里长蛆虫的描述，人群中泛起一阵低语。

"黄马"说完后，巫医走到格拉斯前面。

这个苏族老人弯腰驼背，脑袋还没有格拉斯下巴高，这倒利于他查看那只熊爪。他用拇指拨了一下爪尖，仿佛想验明其真伪。他伸手触摸格拉斯右肩到喉咙上长长的粉红色伤疤时，两只手都微微颤抖起来。

最后，他把格拉斯扭转过来，检查背部。他把手伸到破烂的衬衫领口，用力一撕。布早已破旧，一撕就碎了。一众印第安人挤到跟前，要亲眼看看"黄马"描述的情况。人们立刻爆发出一阵激动的感叹，用奇怪的语言唠叨起来。格拉斯想到激起人们热烈讨论的背部真相，不由胃里一阵翻腾。

巫医说了句话，所有印第安人立刻缄口不语了。

他转身走进帐篷，几分钟后走出来，胳膊里抱着各种葫芦和几只镶嵌着珠子的小包。他转向格拉斯，示意他趴在地上。巫医把一张漂亮的白色毛皮铺在身旁，把一排药物放在上面。格拉斯不知道那些容器里装的是什么东西。"我不在乎。"只有一件事最重要。"把那些蛆虫弄出去。"

巫医对一个年轻勇士说了句话，那人跑走，回来时抱着个黑罐子，里面满盛着水。巫医对着最大的葫芦里闻了闻，加了点不同的小包里装的东西。他动手干活的时候，嘴里念念有词，村民们肃然起敬，个个默不作声，只能听到他的吟诵。

大葫芦装的主要成分是野牛尿，是这年夏天猎捕到一头巨大的公牛后，从膀胱里保留下来的。老人在尿液里添加了桤树根和火药粉。配制成的收敛药像松节油一样有效。

巫医递给格拉斯一根六英寸的短棍。格拉斯费了一阵心思，才明白是做什么用的。他深吸一口气，把短棍含在嘴里咬住。

格拉斯做好了准备，巫医倒出药水。

药水引起格拉斯从来没体验过的剧烈疼痛，如同将熔化的铁水倒在人肌肤制作的模具里。最初,那液体一寸寸渗进五道伤口,感到疼痛的是身体表面的具体位置。不久,火辣辣的刺痛铺展开来,随着心跳加快,每次脉动都伴随着一阵剧痛,如浪潮般向他涌来。格拉斯的牙齿咬进那根软木棍。他竭力想象治疗后的效果,但强烈的疼痛让他无法分神。

药物对蛆虫产生了人们期望的效果。几十条扭动的虫子挣扎着爬出伤口。几分钟后,巫医用一大勺水冲洗格拉斯的脊背,冲掉蛆虫和那种火辣辣的药物。疼痛渐渐消退,格拉斯开始大口喘气。他的呼吸刚平复一些,那巫医就从大葫芦里再次倒出药水。

巫医如是重复了四遍。最后清洗干净后,用热汽腾腾的松脂药糊敷在伤口上,包扎起来。"黄马"扶格拉斯走进巫医的帐篷。一个老妇人端来新煮熟的鹿肉。他立刻狼吞虎咽,一时没顾上背部的疼痛。饭后,他倒在一张野牛毛皮毯子上,陷入酣睡状态。

整整两天,他时而昏睡,时而清醒。清醒时,发现身边摆放着新换的食物和水。巫医仔细照料着他的背部,换了两次药糊。经受过头天那种药水的颠覆般剧痛,涂敷这种药糊就像让母亲的手抚摸一样温和。

第三天早上,格拉斯醒来时,早晨第一丝微弱的光亮已经照在这顶帐篷上了。周围一片寂静,只能听到马匹偶尔发出的窸窣声,还有哀鸠的咕咕叫声。巫医正躺着睡觉,一张野牛毛皮拉上去盖着他瘦骨嶙峋的胸脯。格拉斯旁边有一堆叠得整整齐齐的鹿皮衣服,有马裤,有缀着珠子的鹿皮鞋,还有式样简单的母鹿皮上衣。他缓缓起身,穿好衣服。

波尼人视苏族人为死敌。格拉斯住在堪萨斯的日子里,甚至还在一场小冲突中与苏族猎手交过锋。如今,他对苏族有了新的看法。对"黄马"和巫医的乐善好施,他除了感激,还能有什么反应呢?巫医醒了,看到格拉斯,便坐起身来,说了几句话,可格拉斯无法理解。

几分钟后,"黄马"来了。看到格拉斯能起床活动,他显得高兴。两个印第安人检查了格拉斯的脊背,似乎对看到的结果表示赞许。检查过后,格拉斯指了指自己脊背,挑起眉毛作询问状,"看上去没事吗?""黄马"撅起嘴,点了点头。

那天晚些时候,他们去了"黄马"家的帐篷。格拉斯在沙地上用符号语言加画图,试着说明自己从哪里来,打算上哪里去。"黄马"似乎能听懂"布雷佐堡",还画了个密苏里河跟白河交汇处的草图,点出布雷佐堡的准确位置。格拉斯使劲点头表示确认。"黄马"对聚集在帐篷里的几个勇士说了几句话,格拉斯听不懂。那天晚上,他睡觉时心想,也许该独自上路了。

第二天早上,他让巫医帐篷外的马蹄声惊醒了。他走出帐篷,见"黄马"和去过阿里卡拉人村落的那三个年轻人在外面。他们都骑在马背上,一位勇士还拉着一匹花斑马的缰绳。

"黄马"指着这匹花斑马说了两句话。他们一行便骑马上路走向布雷佐堡,这时太阳刚刚升出地平线。

第 14 章
1823 年 10 月 6 日

吉姆·布里杰的方向感果然不错。他敦促菲茨杰拉德抄近路,离开向东流向密苏里河的小河,结果证明是对的。太阳已经沉下西方地平线时,他们俩开了一枪,表示自己已经接近了联合堡。亨利派了个人骑马来迎接他们。

菲茨杰拉德和布里杰走进贸易站时,落基山毛皮公司的人们神情忧郁地迎接他们。菲茨杰拉德背着格拉斯的火枪,这就像他们倒下的同仁留下的自豪纪念品。吉恩·波特兰在胸前划了个十字,有几个人脱下帽子。尽管不可避免,但人们面对格拉斯的死讯,仍然感到悲伤。

大家聚集在一个棚屋里,听菲茨杰拉德讲述事情经过。布里杰不由惊叹他撒谎的微妙和纯熟技巧。菲茨杰拉德说:"没多少好说。我们都知道准是这个结局。我也不假装是他的朋友,不过我尊敬像他那样战斗的人。

"我们深埋了他……用足够多的石块保护他。说实话,上尉,我当时急着要走,可布里杰说该给他的墓上立个十字架。"布里杰抬起头,让最后这个点缀惊呆了。二十多双眼睛望着他,有几个人神色庄重地点了点头,表示赞许。"上帝哪——别对我表示敬意!"他想要的可不是这个,这让他难以忍受了。不论后果如何,他都得卸下这个谎言的包袱——他自己的谎言。

　　他感觉到菲茨杰拉德冷冰冰的目光从眼角盯着他。我不在乎。他张开嘴要说话,但是没等他找到合适的字眼,亨利上尉打断了他:"我知道你已经努力做了自己分内的工作,布里杰。"更多的人们点头表示赞许。"我做了什么?"他耷拉下脑袋。

第 15 章

1823 年 10 月 9 日

布雷佐堡要称作"堡",理由实在远不充分。叫这个名称的动机也许是虚荣,为的是给一个姓氏扬名,也有可能是希望仅靠其威名遏制对它的进攻。无论是哪种情况,反正这个名称名不副实。

布雷佐堡只有一座小木屋,一个简陋的码头和一根拴马桩。木屋的狭窄射击口是对这座房子实用考虑的唯一证据,不过,圆木垒成的厚墙虽能阻挡弓箭,却遮挡了光线。

布雷佐堡周围的空地上,印第安人的帐篷星罗棋布。有些帐篷是来这里做生意的印第安人临时支起的,有些是当地苏族扬克顿人醉鬼永久的住宅。凡是沿河行船旅行的人都要上岸过夜,通常是露宿在星空下,不过有钱人可以花两分钱在木屋里分享草垫褥子。

小木屋既是杂货铺又是酒吧。屋里光线黯淡,人在里面的主要感觉来自嗅觉:一整天散不掉的烟味、新剥兽皮的油腻气味、几只没盖盖子的木桶散发的腌鳕鱼味。除了醉醺醺的交谈,这里主要的声音来自苍蝇的嗡嗡声和木椽支起的阁楼上睡觉的鼾声。

这地方是以主人基奥瓦·布雷佐命名的。基奥瓦带着镜片很厚的眼镜,让他的眼睛看上去大得出奇。他望着五个骑马人朝这里走来。他认出了"黄马"的面孔,不由大大松了口气。苏族人善变的性情一直让他感到担忧。

威廉·阿什利在布雷佐堡待了近一个月,为的是在阿里卡拉人的村落瓦解后,给落基山毛皮公司的未来生意做计划。在与阿里卡拉人的战斗中,苏族一直是白人的盟友。更加确切地说,在厌倦了莱文沃斯上校的拖沓战术之前,苏族一直是白人的盟友。莱文沃斯的长期围攻打到一半,苏族人突然撤离(不过还顺手偷走了阿什利和美军的马匹)。阿什利把苏族撤走视为背叛。基奥瓦内心中对苏族的态度怀有同情,不过认为没必要冒犯落基山毛皮公司的这位奠基人。毕竟阿什利和他的人是基奥瓦的最好顾客,把他的全部存货都买了个精光。

不过说到底,布雷佐堡可怜兮兮的经济仰赖与当地部落的贸易。在与阿里卡拉族的关系发生深刻变化后,苏族的重要性就加强了。基奥瓦担心,苏族对莱文沃斯的鄙视没准会扩展到他和他的贸易站。"黄马"和三位苏族勇士的到来是个好迹象,特别是他们送来一个显然由他们治疗过的白人。

一小群当地居住的印第安人和路过的旅客凑过来,跟新来的人打招呼。人们主要把目光集中在这个白人身上,看着他脸上和头皮上的可怕伤疤。布雷佐用流利的苏族语跟"黄马"交谈,"黄马"解释了他对这个白人了解的情况。几

第 15 章　1823 年 10 月 9 日

十双眼睛看着，让格拉斯觉得不舒服。会说苏族语的人们听着"黄马"讲述见到格拉斯的情况，说他独自一人，手无寸铁，让熊抓成重伤。至于其他情况，就留给人们一个疑团，不过这个白人显然能把自己的故事讲出来。

基奥瓦听完"黄马"讲的故事后，转身对这个白人说话。"你是什么人哪？"这白人吃力地尝试，可就是说不出话。布雷佐以为他听不懂，换用法语问：

"*Qui êtes-vous?*"

格拉斯咽了口唾沫，清了清嗓子。落基山毛皮公司捕猎队向上游跋涉过程中，曾在此短暂停留，他记得基奥瓦，可基奥瓦显然不记得他了。格拉斯忽然想到，自己的外表发生了很大变化，不过自从遭受熊袭击后，他就没看到过自己的面孔。"我是休·格拉斯。"他一说话，喉咙就疼，发出的声音是一种可怜兮兮的嘶鸣。"阿什利的人。"

"真不巧，阿什利先生刚刚离开。他派杰德·斯图亚特率领十五个人向西旅行，然后返回圣路易斯去招募另一支捕猎队了。"基奥瓦停顿了一阵，觉得这个受伤的人也许能多说出点消息。

这个人显然没打算接着讲，一个独眼苏格兰人说出了大家的不耐烦心情。他用粗笨的腔调问："你出了什么事？"

格拉斯讲话很慢，尽量简短。"在上格兰德河，一头灰熊袭击了我。"他可怜巴巴的声音让自己都讨厌，可他接着说下去。"亨利上尉把我留给两个人照顾。"他停顿了片刻，捂住疼痛的喉咙。"他们跑走了,偷走了我的装备。"

"是苏族人一路把你带到这里的?"苏格兰人问。

基奥瓦见格拉斯面露痛苦,代他回答道:"'黄马'发现他独自待在阿里卡拉人的村子里。要是我说错了,就纠正我,格拉斯先生,不过我敢打赌,你是独自沿格兰德河走过来的。"

格拉斯点了点头。

独眼苏格兰人又提了个问题,但基奥瓦打断了他。"格拉斯先生的故事以后再讲吧。我说,他得吃点东西,睡个好觉。"基奥瓦戴的眼镜让他脸上显出慈祥与智慧。他扶着格拉斯的肩膀,带他走进屋子,安排他坐在一张长桌子旁,用苏族语对他妻子说了几句话。这女子从一口大铸铁锅里舀出满满一盘炖菜。格拉斯一口气吃光,接着又吃了两盘。

基奥瓦坐在桌子对面,借着昏暗的光线耐心地看着他,赶开看热闹的人们。

吃完后,格拉斯转向基奥瓦,突然有了个想法。

"我可以付钱。"

"我没想过你身上带着很多现钱。阿什利的人都可以在我这儿赊账。"格拉斯点了点头,表示感谢。基奥瓦接着说:"我可以向你提供装备,让你乘下一班船去圣路易斯。"

格拉斯使劲摇了摇头:"我不去圣路易斯。"基奥瓦吃了一惊:"那你打算去哪儿?"

"联合堡。"

第15章 1823年10月9日

"联合堡！这都十月了！就算你能通过里斯人*和曼丹人的村子，等你到了联合堡，也到了十二月。这条路有三百英里呢。难道你要大冬天沿密苏里河一路走过去？"

格拉斯没有回答。他的喉咙疼。再说，他也不是要求对方允许。他用一只大铁杯呷了一口水，为饭菜谢过基奥瓦，起身爬上摇摇晃晃的梯子，这梯子通向睡觉的阁楼。他爬到一半，又爬下来，走到屋外。

格拉斯见"黄马"离开房子，在白河河岸上宿营。他和另外几个苏族人照料着马匹，做点小交易，明天一早就走。"黄马"尽量避开那座房子。基奥瓦和他的苏族妻子从来对他诚恳相待，但这儿的一切都让他感到压抑。他蔑视在这周围扎营的卑鄙的印第安人，甚至为他们感到羞耻，他们仅仅为了下次再喝到威士忌，就让妻子女儿卖身为娼。让人背弃传统过这种耻辱生活是一种邪恶，让他感到害怕。

除了布雷佐堡对印第安居民的影响，这个贸易站的其他方面也让他深感不安。他赞叹白人生产的结构复杂的高质量商品：从他们的枪到斧头，从他们的细棉布到针线。然而，这些人能制造这样的产品，能驾驭他无法理解的力量，他心底里便对这种人感到恐惧。再说，还有关于东部白人大村子的传说，说那些村子里的人多得像野牛。他不相信那些传说是真的，不过每年来这里的商队都在增加。现在发生了阿里

---

* 对阿里卡拉族印第安人的蔑称。——译注

卡拉人和白人士兵的战斗。不错,白人要惩罚的是阿里卡拉人,他本人对那个部族并没有好感。当然,白人士兵都是些胆小的傻瓜。他努力梳理自己感到不安的缘故。逐个分析,"黄马"的预感似乎全都没有充分理由。然而,他感觉到,这些线索都有联系,能编织成他还无法完全理解的预兆。

格拉斯走到他们营地,"黄马"正站在那里,一个小火堆照亮了两人的面孔。格拉斯一直想着设法为苏族人照顾他付出报酬,但他感觉到"黄马"会生气的。他想过赠送一些烟草或刀子之类的小礼物,但这么微不足道的东西似乎不足以表达他的感激。他走到"黄马"面前,摘下自己脖子上的熊爪项链,戴在"黄马"脖子上。

"黄马"睁大两眼看着他。格拉斯也两眼凝视着他,点了点头,然后转身走向小屋。

格拉斯再次爬上睡觉的阁楼,见大草褥子上已经睡了两个旅行者。屋檐下一个狭窄的地方铺着一张破兽皮。格拉斯在上面躺下来,几乎立刻就睡着了。

第二天早上,一阵响亮的法语交谈声把格拉斯吵醒了,交谈中夹杂着欢笑。格拉斯注意到,阁楼上只剩下自己一个人。他继续躺了一会儿,享受着房子的庇护和温暖。他翻了个身,仰面躺着。

巫医的残酷治疗方法奏效了。虽然他脊背的伤还没有完全愈合,但至少伤口的严重感染已经消除。他逐个舒展四肢,仿佛在检查一台新购机器的复杂零部件。他的伤腿已经

第15章 1823年10月9日   159

能支撑全身重量，不过走路仍然明显一瘸一拐。他还没有恢复体力，好在胳膊和肩膀都能正常活动了。他想，火枪的后坐力会让他感到剧痛，不过他对自己使用枪的能力有信心。

"枪。"基奥瓦愿意向他提供装备让他十分感激。不过，他想要的是自己那支枪。他要找回自己的枪，还要跟偷枪贼算账。抵达布雷佐堡让他的努力显得虎头蛇尾。不错，这是个里程碑，但是在格拉斯心目中，这里并不是应该庆贺的终点线，相反，它是通向坚定目标的起点。有了新装备，他的健康状况也日益好转，如今有了远胜过前六个星期的优势，不过，离实现目标还远得很。

他仰面躺在阁楼里，注意到桌子上放着一桶水。脚那个方向的门开着，墙上有片破镜子反射出早晨的光亮。格拉斯从地铺上起身，缓缓走向镜子。

他并没有被镜中映像惊呆。他本来就预料到自己的容貌有了变化。不过，几个星期来，他只能想象自己现在的模样，如今终于看到了，仍然觉得奇怪。三条深深的平行熊爪抓痕纵贯他长满大胡子的脸，让格拉斯联想到脸上涂了作战迷彩。怪不得苏族人对他表示出了敬意。他的头皮上有一圈粉红色伤疤，头顶还有几处很深的裂缝。他以前熟悉的棕色毛发中夹杂着许多花白色，胡须尤其变得花白。他特别仔细查看了自己的喉咙部位。平行的割痕标出了熊爪打击的路径。有节瘤的伤疤是缝线系扎的位置。

格拉斯撩起身上的母鹿皮上衣，查看背部的伤口，可惜黑糊糊的镜子只能让他看出长长的伤口轮廓。记忆中,爬满蛆虫的模样仍然让他心有余悸。格拉斯不再照镜子,从阁楼爬下去。

下边屋子里聚集着十几个人,挤坐在长长的桌子四周,有的散坐在外围。格拉斯顺着梯子爬下阁楼,人们的交谈声戛然而止。

基奥瓦用流利的英语跟他打招呼。这个法国后裔会操多种语言交谈,语言交流对边疆贸易可是一笔资产。

"早上好,格拉斯先生。我正在谈论你呢。"格拉斯点头致谢,不过什么也没说。

"你很走运。"基奥瓦接着说。"我能让你搭乘一艘驶往上游的船。"格拉斯立刻产生了兴趣。

"来见见安托万·郎之万。"桌子旁边,一位留着长八字胡的矮个子男人起身,正式打招呼,向格拉斯伸出手。格拉斯没想到这个小个头的手这么有劲。

"郎之万是昨晚从上游来的。格拉斯先生,他跟你一样,也带来了那边的消息。郎之万先生是一路从曼丹族印第安人村落来的。他告诉我说,阿里卡拉人那个流浪部族已经在曼丹人南面仅仅一英里的地方建起新村子。"

郎之万用法语说了几句,格拉斯听不懂。"郎之万,我正要说这事呢。"基奥瓦受到打断显得不耐烦。

"我看我们的朋友也是想了解一点儿历史背景。"基奥瓦继续解释着。"可以想象,我们的曼丹人朋友见来了新邻

第15章 1823年10月9日

居,担心给自己惹来麻烦。曼丹人对接纳阿里卡拉人作邻居提出一个条件,要他们保证,停止攻击白人。"

基奥瓦摘下眼镜,用衬衫的下摆擦拭镜片,然后重新架在红润的鼻梁上。"这就让我自己的环境改观了。我这个小贸易站依靠的就是河上交通。需要像你这样的捕兽人和商人在密苏里河上来往。我感谢阿什利先生和他的人常来常往,要是跟阿里卡拉人打起来,我的生意就干不成了。

"我请求郎之万率一个代表团去密苏里河上游。带礼物去跟阿里卡拉人重新拉关系。如果成功,我们就给圣路易斯方面传个话,告诉他们密苏里河可以重开贸易了。

"郎之万的混装船上要带货物,能坐六个人。这位是图森特·夏博诺。"基奥瓦指着桌子旁边的另一个人说。格拉斯熟悉这个名字,兴致盎然地望着萨卡加维亚(Sacagewea)[*]的丈夫。"图森特为刘易斯和克拉克做过翻译。他会说曼丹语、阿里卡拉语,以及路上可能需要说的任何语言。"

"而且我会说英语。"夏博诺说英语带着浓重的鼻音。基奥瓦说英语几乎听不出外国腔,但夏博诺就带着他浓重的方言口音。格拉斯走上前主动跟夏博诺握手。

---

[*] 萨卡加维亚是印第安肖肖尼部落莱姆哈伊部族的成员,在刘易斯和克拉克远征过程中显示出了力量和才智。她在年幼时被敌对部落抓获,法裔加拿大皮毛商人夏博诺将她买下,两人随后结婚。——译注

基奥瓦继续作着介绍。"这位是安德鲁·麦克唐纳。"他指着昨天见过的那位独眼苏格兰人。格拉斯注意到,这个人不但少了一只眼,鼻子也残缺了一大块。"在我见过的人里面,他可能是最沉默寡言的人。"基奥瓦说。"不过他能一整天不停地划船。我们称呼他'教师爷'。"这位"教师爷"向上扬起脑袋,用那只好眼斜了基奥瓦一眼,算是对提到他名字的认可,不过他并没有体会到话语中的挖苦。

"最后——那边那位是多米尼克·卡托瓦。"基奥瓦指着正用一只细细的烟斗抽烟的船夫。多米尼克起身跟格拉斯握手,用法语说:"非常高兴。"

"多米尼克的弟弟是妓女王国的君主路易斯·卡托瓦。要是我们窥探他和他那根香肠的行踪,肯定要找到那个卖淫大帐。我们都把路易斯称作'童男子'。"桌子周围爆发出一阵哄笑。

"他们要逆水划船去上游,需要轻装,所以让我找你。他们需要一位猎人为营地提供肉食。不知你猎捕肉食是不是在行。要是我们给你弄支火枪,也许更有帮助?"

格拉斯点了点头,算是答复。

"我们这个代表团还有个多带支火枪的理由。"基奥瓦接着说。"多米尼克听到传言说,阿里卡拉族一个名叫'麋鹿舌头'的酋长拉了一帮人离开族人,带着一小股勇士及其家眷流窜到曼丹人营地跟格兰德河之间的地带。我们不清楚他们如今在哪里,不过他发誓要为里斯人的村子遇袭

第15章 1823年10月9日

复仇。"

格拉斯回想起烧成废墟的阿里卡拉人村庄，点了点头。

"你愿意加入吗？"

要按格拉斯的本意，他不想受旅伴们的拖累。他原本计划这天就徒步出发，沿密苏里河逆流而上，等待时间让他厌烦。不过，他意识到这是个机会。假如这些人还凑合，人多就安全。基奥瓦的这个代表团看上去还比较老练，格拉斯知道，最好的船夫其实是杂凑起来的旅客。他也清楚，自己的身体正在恢复中，要是徒步跋涉，速度会很慢。划着这条混装船逆流而上也慢，不过坐在船上让别人划船，他就能得到一个月的养伤时间。

格拉斯用手捂在喉咙上。"我加入。"

郎之万操着法语跟基奥瓦说了几句话。基奥瓦听完转身对格拉斯说："郎之万说，他今天要修理一下那艘船。你们明天黎明启程。吃点东西，现在咱们把你装备起来。"

基奥瓦沿屋子最里面一堵墙放着货物。在两只空木桶上搭块木板就算是柜台。格拉斯首先关注的是长枪。这里有五件武器可供挑选。三件是古老生锈的西北毛瑟枪，显然是跟印第安人做生意的货物。在两支火枪中，最佳选择一目了然。其中一支是肯塔基长枪，这枪制作精美，胡桃木枪托抛得铮亮。另一支是旧的美国陆军1803年款，枪托裂了，用生兽皮包裹起来。格拉斯把两支枪都抓起来，在基奥瓦陪同下来到室外。格拉斯要做的是个重要决定，他要在日光下检查武器。

格拉斯检查那支肯塔基长枪时,基奥瓦用期待的眼光旁观着。"那是一支漂亮的武器。"基奥瓦说。"德国人做的饭难吃死了,可他们造枪在行。"

这话格拉斯赞同。他向来赞赏肯塔基火枪优雅的线条。但是,有两个问题。第一,格拉斯注意到,这支枪口径小,他准确测量出只有点三二,不禁感到失望。第二,这枪太长,携带困难,装药费事。要是个乡村绅士用来在弗吉尼亚打松鼠,这就是一支理想的枪,但格拉斯需要的是不同的武器。

他把肯塔基火枪递给基奥瓦,抓起那支1803年款火枪。刘易斯与克拉克远征队的许多士兵用的就是这种枪。格拉斯首先检查枪托是怎么修理的。破裂的部分是用生兽皮裹紧晾干。生兽皮干燥后收缩变硬,枪托变得像铸造的一样结实。枪托难看,不过感觉可靠。接着,格拉斯检查枪机和扳机的机械。机件上新上过油,一点儿也没生锈。他的手顺着一半枪托摸向整个枪管。把手指插向宽大的枪口,一摸便知口径是点五三,感到满意。

"你喜欢这支大口径枪?"

格拉斯点头做答。

"大口径枪好。"基奥瓦说。"试射一枪。"基奥瓦挖苦般地笑道。"用这种枪,你能打死一头熊。"

基奥瓦递给格拉斯一个牛角火药筒和一个量药杯。格拉斯把整整两百格令火药从枪口倒进去。基奥瓦递给他一

第15章 1823年10月9日

个点五三口径的大弹丸,从背心口袋里摸出一片油腻的弹丸垫布。格拉斯用弹丸垫布包住弹丸,塞进枪口。他抽出推弹杆,把弹丸紧紧顶入后膛,在点火器上洒上火药,把击发锤全程扳起,寻找一个目标。

五十码外,有只松鼠正平静地蹲坐在一棵三角杨树的树叉上。

格拉斯瞄准那只松鼠,扣动扳机。一瞬间,发火器引爆枪管里的火药,硝烟立刻在空中弥漫开,一时掩盖了目标。巨大的后坐力砸在格拉斯肩膀上,他疼得面部肌肉抽搐起来。

硝烟散开后,基奥瓦缓步走到杨树下,弯腰捡起血肉模糊的松鼠尸体——除了毛茸茸的尾巴,身体其余部分几乎没剩下。他走回格拉斯跟前,把那条尾巴丢在他脚下。"我看这条枪不适合打松鼠。"

这一次,格拉斯报以微笑:"这支枪我要了。"

他们返回屋里,格拉斯挑选其他装备。他挑了支点五三口径的手枪,作为长枪的补充。还选了一个铸造弹丸的模具、铅块、火药、燧石、一把印第安战斧、一把剥皮刀、一条挂武器用的厚皮带,穿在母鹿皮外套下的两件红色棉布衬衫、一条哈德逊湾牌大毛毯、一顶毛帽子、一双毛手套、五磅食盐、三辫烟草、针线和绳索等。为了携带新得到的丰富用品,他又挑选了一只缀着流苏的皮包,上面还有豪猪刺和小珠子的复杂图案。他注意到,随行旅客都系着小腰包,里面装着烟斗和烟草。他也拿了一只,系在腰上可以随手拿到新的燧石和火镰。

格拉斯挑选完后,感觉自己富有得像个国王了。六个星期来,除了身上的衣服,他一无所有,如今,格拉斯感觉已经为任何战斗做好了充分准备。基奥瓦计算了一下账单,总额是一百二十五美元。格拉斯给威廉·阿什利写了封短简:

1823 年 10 月 10 日

尊敬的阿什利先生:

我的装备让我们捕猎队的两个人偷走了,我将来会跟他们算账。布雷佐先生愿意让我以落基山毛皮公司的名义赊账。我冒昧地以薪水作担保,预支了附函中的货物。我会收回自己的财物,并保证偿还欠你的债款。

您最恭顺的仆人

休·格拉斯

"我把你这封信随发票一道寄出。"基奥瓦说。

这天晚上,格拉斯享用了一顿丰盛的晚餐,同桌共餐的有基奥瓦和他五位新同伴中的四位。绰号"童男子"的路易斯还没有钻出妓女的帐篷。他哥哥多米尼克说,自从他们抵达布雷佐堡那一刻起,"童男子"不是狂饮,便是滥嫖。这群旅人大部分时候用法语交谈,只有跟格拉斯谈话时是个例外。格拉斯有待在坎佩切的经历,偶然能听懂几个词语,但不够多,不能完整听明白他们的谈话。

郎之万说:"要保证让你弟弟明早做好准备。我需要他划桨。"

"他会准备好的。"

"要记住眼下的任务。"基奥瓦说。"别跟曼丹人厮混整整一个冬天。我需要阿里卡拉人保证不攻击河上经过的商人。要是到了新年还得不到你们的准信,就不能及时向圣路易斯通报,开春就不能实施计划。"

"我清楚自己的工作,"郎之万说,"我会传来你要的信息。"

"说到信息,"基奥瓦轻松从法语换成英语,"格拉斯先生,我们都想知道你到底出过什么事。"听了这话,就连"教师爷"那双黯淡的眼睛也闪烁出兴趣。

格拉斯环顾桌子周围的人。"没出什么事。"格拉斯说话时,基奥瓦就替他翻译。旅人们听了格拉斯的话,都笑了。

基奥瓦也笑了,说:"恕我直言,我的朋友,你的面孔都能讲故事了。不过我们想要听听具体情况。"

旅人们预料会听到生动的故事,纷纷给长烟斗里添加烟丝,基奥瓦从背心口袋里掏出精美的鼻烟盒,捏了一撮抹进鼻孔。

格拉斯伸手捂住脖子,对自己嘶哑的声音仍感到难堪。

"一头大灰熊在格兰德河边袭击了我。亨利上尉留下约翰·菲茨杰拉德和吉姆·布里杰,让他们等我死了埋葬我。可他们抢了我的东西走了。我要收回我的东西,讨回公道。"

格拉斯说,基奥瓦翻译。人们长时间沉默着,心里怀着期待。

最后"教师爷"带着浓重的土音用英语问:"难道不跟大家接着说了?"

"别见怪,先生,"图森特·夏博诺说,"你可真不健谈哪。"

格拉斯瞪了他一眼,什么话也没说。

基奥瓦打破沉默。"不愿说你跟熊怎么搏斗就随你,不过,你不跟我说说格兰德河的情况,我可不能让你走。"

基奥瓦干这个行当之初就清楚,他这一行不但要做生意,还要收集信息。人们来他的贸易站不仅是来买东西,还要打听各种情况。基奥瓦的这个布雷佐堡处在密苏里河与白河的汇合处,他熟悉白河,也熟悉北面的夏延河。从许多印第安人口中,他了解到格兰德河的一些情况,不过详细情况仍所知甚少。

基奥瓦用苏族语跟他妻子说了几句话,他妻子给他递来一本翻烂的书,两人拿书的模样仿佛这是一本家庭用的《圣经》。书的破烂封面上有个长长的书名。基奥瓦扶了扶眼镜,大声读出书名:"《刘易斯与克……》。"

格拉斯替他说完书名:"《……与克拉克率队远征史》。"

基奥瓦抬起头,露出激动神色。"啊,太好了!我们受伤的旅人是位学者!"

第15章 1823年10月9日

格拉斯也激动了,一时忘记说话会感到疼痛。

"1814年在费城出版,编辑是保罗·艾伦。"

"这么说,你也熟悉克拉克上尉绘的地图了?"

格拉斯点了点头。他记得清清楚楚,这部盼望已久的回忆录和地图出版时,他竟然产生过触电般的激动。格拉斯头一回看到《刘易斯与克拉克率队远征史》是在罗斯索恩父子船运公司费城办事处,这本书的魅力一如塑造过他童年梦想的许多地图。

基奥瓦把书放在桌上,翻到克拉克绘的地图。地图的名称叫"刘易斯与克拉克远征路线图:从密西西比河到太平洋岸边——横穿北美西部地区"。克拉克为远征做准备时,曾强化学习地图制作和工具使用。他绘制的地图是当时的奇迹,在详细程度和准确性方面超越了先前的所有地图。该地图清楚显示出从圣路易斯到三岔湖之间汇入密苏里河的主要支流。

虽然地图准确描绘了汇入密苏里河的支流,但是,细节描述通常只涉及接近汇合点的地方,对这些支流的流域和发源地则没有多少介绍。当然也有些例外:到了1814年,这套地图包括了德鲁亚尔和科尔特在黄石盆地的发现,标出了泽布伦·派克(Zebulon Pike)*穿越落基山南部的路线。基奥

---

* 美国探险家。他在1806年11月的日记中,记载了自己登上落基山一座山峰,并以他的姓氏将其命名为"派克峰",此峰成为美国国家历史地标。——译注

瓦粗线条地补充了对普拉特河的描述,包括粗略估计其北部和南部的分叉。还有黄石地区,曼纽尔·利萨的废弃贸易站标在了大霍恩河的河口。

格拉斯兴致勃勃地仔细查看着这幅地图。让他感兴趣的不是克拉克的地图本身,因为他在罗斯索恩父子船运公司曾长时间研究,近期还在圣路易斯重温,早已烂熟于心。让格拉斯感兴趣的是基奥瓦补充的详细情况,用铅笔画出的线条代表着十年来积累的知识。

一再重复的主题是河水,河流的名称,这些名称仿佛在讲述着各地的故事。有些河的名称纪念了当时的战斗——战河、长矛河、熊客栈河。有些名称则描述了当地的动植物——羚羊河、河狸河、松树河、蔷薇蓓蕾河。有的河名描述河水的特征——深水河、湍流河、普拉特河(Platte)*、硫磺河、甜水河。有几条河的名称暗示出某种神秘的东西——巫厅河、城堡河、科亚帕哈河。基奥瓦向格拉斯提出许多问题。他们沿格兰德河走了多少天后遇到上游的支流?许多小河在哪里汇入格兰德河?路上有什么显著的地形标志?河狸和其他猎物留下什么踪迹?树林有多少?到双峰山有多远?有什么印第安人活动的迹象?都是些什么种族的印第安人?基奥瓦用一支削尖的铅笔把新的详细情况记载下来。

格拉斯不但提供情况,也接受新知识。虽然这幅粗略的

---

* 意思是水流舒缓的河。——译注

第15章 1823年10月9日

地图已经深深刻在他心中,但是,他打算独自穿越这片土地时,掌握各种细节就显出了新的紧迫性。从曼丹族印第安人村落到联合堡有多少英里?曼丹人住的地方上游有哪些主要支流,各支流间的距离有多少英里?各地的地貌如何?密苏里河什么时候封冻?要想省时间抄近路,可以从哪里渡过河流的回弯?格拉斯抄绘了克拉克这幅地图的主要部分,供将来自己参考。他主要关注曼丹人村子和联合堡之间的地域,从联合堡顺着黄石河和密苏里河向上游追溯了数百英里。

基奥瓦和格拉斯一直讨论到深夜,其他人纷纷从桌边离去。黯淡的油灯把他们摇曳的巨大身影投在圆木墙上。基奥瓦珍视这次有益交谈的罕有机会,不愿轻易放走格拉斯,他赞叹格拉斯从墨西哥湾向圣路易斯跋涉的旅程,拿出新的纸张,请格拉斯粗略绘制得克萨斯平原和堪萨斯平原的草图。

"像你这样的人最适于干我这个行当。旅行者们都渴望得到你掌握的各种信息。"

格拉斯摇了摇头。

"我说的是真心话,我的朋友。请你留在这儿过冬好吗?我雇用你。"

基奥瓦很高兴支付他工钱,只为了要他陪伴。

格拉斯再次摇头,这次神情更加坚定。"我有自己的事要处理。"

"有你这样的才干,这么做有点像傻乎乎的冒险,对不对?严寒的冬季,在路易斯安那野外闯荡。要是你到时候还没死心,开春再去追踪背叛你的家伙。"

刚才热情交谈的气氛渐渐消散了,仿佛屋门敞开,刮进了严冬的寒气。格拉斯眨巴着眼睛,基奥瓦马上后悔不该那样评论。

"这不是个向你咨询的问题。"

"对,先生。的确不是。"

格拉斯最后拖着疲惫的身子爬上梯子去睡觉,这时离天亮只剩两个钟头了。他心中对即将启程的旅行充满了期待,难以入睡。

一阵粗鄙的吵闹声把格拉斯惊醒了。一个男人在用法语尖声惊叫。格拉斯一个字也听不懂,不过周围环境让他猜出了大概意思。

叫嚷的人是"童男子"卡托瓦,多米尼克把他弟弟从醉醺醺的沉睡中唤醒了。多米尼克厌倦了弟弟的古怪姿态,用标准的踢腰动作也弄不醒他,便采用了另外一种战术:朝他弟弟脸上撒尿。正是这种失敬行为惹得"童男子"破口大骂。多米尼克的举动还激怒了陪"童男子"过夜的印第安女人。她在自己的帐篷里忍受过多种方式的猥亵行为,有些还是她自己鼓励做的,但是,多米尼克随意撒尿玷污了她最好的毯子,让她怒不可遏。她扯着嗓子尖叫,活像一只受了冒犯的喜鹊。

等到格拉斯走出房子，嚷叫对骂已经升级为互殴。"童男子"像个古希腊摔跤选手，浑身一丝不挂地对阵他哥哥。"童男子"的庞大身躯比他哥哥占优势，但他的劣势是一连三天醉酒，外加被这种唐突的方式给唤醒。他眼睛看不清楚，身体摇晃不稳，不过，这些不利条件并不能缓和他打斗的愿望。多米尼克熟悉"童男子"的打斗模式，稳稳当当站着迎战，等他出拳。"童男子"怒吼一声，低着脑袋冲上来。

"童男子"冲上去，扭身挥拳打向哥哥的脑袋。假如他动作连贯，没准会把多米尼克的鼻子砸瘪。结果，多米尼克身子轻轻一闪便躲过了。

"童男子"根本没碰着目标，扭身用力又过大，自己完全失去了平衡。多米尼克伸腿从他身下扫来，朝他两膝后面狠踢一脚。"童男子"仰面倒地，把肺里的气都挤了出去。他一时可怜巴巴地扭动身子，喘不上气来。刚缓过一口气，他马上接着大骂，挣扎着要爬起身。多米尼克朝他心口踢了一脚，让他再次忙着喘气。

"我告诉过你，要你准备好，你这可怜虫！我们半个钟头后出发。"为了让他记清楚，多米尼克朝"童男子"嘴巴踢了一脚，把他踢得张口结舌。

打斗结束，围观的人群散开。格拉斯走向河边。郎之万的混装船停靠在码头边，密苏里河的水流冲刷着小船，绷直了系船绳。这艘混装船的尺寸属于中等客货两用船，虽然比大型独木舟略小,不过规模还是相当大的,长度将近三十英尺。

如果在密苏里河顺水行舟,哪怕船上装满跟曼丹人交易的毛皮,郎之万和"教师爷"也能驾驶这条混装船。假如装满货物逆水行船,就需要十个划桨手才行。好在郎之万带的货物很轻,只有准备赠送曼丹人和阿里卡拉人的几件礼品。不过,由于只有四个人划桨,行船会相当吃力。

图森特·夏博诺坐在码头的一只木桶上,心不在焉地吃一只苹果,"教师爷"在郎之万指挥下往船上装货。为了将船货重量分散开,他们在船底从船头到船尾铺了两根长竿子,"教师爷"把货物整齐分成四包,放在竿子上。这位苏格兰人看来会说法语,时而说两句英语。郎之万担心他听不懂,对他说话声音总是比较大。提高音量对"教师爷"的帮助非常有限,不过郎之万不断打出的手势提供了足够多的线索。

"教师爷"那只瞎眼让他显得愚钝。那只眼是在蒙特利尔一家酒吧里打斗时弄瞎的,对手是个臭名昭著的打手,绰号叫"牡蛎乔",那人几乎把这个苏格兰人的眼睛从眼眶里挖出来。"教师爷"设法把眼睛推回眼眶,却没能恢复视觉功能,眼珠永远固定在了一个角度,仿佛时刻警惕着来自侧面的袭击。"教师爷"从来没时间去做个眼罩。

他们启航没举行什么仪式。多米尼克和"童男子"来到码头,每人背着一支火枪和一小包东西。河水反射着早晨的

第15章 1823年10月9日

阳光,把"童男子"照得眯缝起眼睛,他的一头长发让泥巴沾成一团,嘴唇流出的血染红了下巴和衬衫胸部。可他还是敏捷地跳到混装船前部的头桨手位置,眼睛里滚动着一丝闪光,这与阳光投射角度并无关系。多米尼克在船尾的舵手位置就位。"童男子"说了句怪话,弟兄俩都放声大笑。

郎之万和"教师爷"在宽敞的船中部并排坐下,各划一侧的船桨。他们前后各放着一包货物。夏博诺和格拉斯分坐在货包空隙中,夏博诺靠近船艏,格拉斯靠近船尾。

四个船夫划动船桨,把船头对着冲过来的水流。几个人使劲划桨,混装船逆流动起来。

"童男子"一边划桨一边高唱,几个船夫跟着引吭高歌:

> 农夫热爱马车犁头,
> 猎人热爱猎枪猎狗,
> 歌手热爱音乐歌曲,
> 我们热爱河上小舟。

"一路平安,我的朋友们!"基奥瓦用法语喊道。"别在曼丹人那儿待太久!"格拉斯回头望望身后,盯着基奥瓦·布雷佐看了一阵,见他站在自己那个小堡子的码头上挥手。然后,格拉斯扭过脑袋,望着河上游,再也没有回头。

这天是1823年10月11日。他离开队伍已经一个多月。虽然是战略撤退——但仍属于撤退。格拉斯打定了主意,从今以后,绝不再撤退。

第 2 部

第16章
1823年11月29日

四条船桨同时入水,动作和谐一致。纤薄的船桨切开水面,插入水中八英寸,接着用力划水。每划一次,混装船便顶着强水流陡然向前涌动一下,划水完成,船桨抬出水面。一瞬间,仿佛水流要拉他们倒退,但是,没等速度完全被夺走,船桨便再次入水。

他们第二天黎明再次登船时,静静的水面上已经结了纸一样薄的冰。几个小时后,格拉斯斜倚在船的一根横梁上,沐浴在上午的阳光中,享受着浮动在水面上的感觉,心中不由涌出感激和怀旧之情。

第一天离开布雷佐堡,格拉斯试着划了一下船桨。他的理由充分,称自己受过水手训练。可是,他毅然操起船桨,立刻引来船夫们一阵哄笑。船夫们划桨速度非凡,每分钟六十下,规律得就像优质瑞士表。格拉斯却跟不上这速度,假使他的肩膀已经痊愈也不行。他划了几分钟后,感觉脊背和脑袋上让一个软乎乎湿漉漉的东西碰了一下。他扭过头,见多米尼克脸上挂着嘲弄的微笑。"使这个吧,笨伯先生!"结果,在后来的全部航程中,格拉斯无权划桨,只能用一块大海绵不断吸出小船舱底的积水。

这是个全职工作,因为这艘混装船渗漏不断,让格拉斯联想到一条漂浮的棉被。船的外表蒙着桦树皮,用纤细的松树根缝在一起,缝隙中涂着松脂,因为发生渗漏,就需要不断地重新涂松脂。桦树难以找到,船夫们被迫换用其他材料替代修补。有几处用的是生兽皮,缝合起来涂上厚厚一层树胶。小船脆弱得让格拉斯感到惊讶。狠狠踢一脚,就能轻易把船壳戳个洞。"童男子"掌舵的主要职责,就是避免受水面漂浮物的致命撞击。好在此时正值秋季,水面相对平缓,要是赶上春汛,整株大树会一棵棵顺水而下。

这艘混装船有诸多缺陷,但也有好的一面。这船虽然脆弱,但问题的关键在于,他们要轻装逆水划船。格拉斯很快就体会到船夫们对这艘小船的奇怪情感。这就像婚姻关系,也是一种伙伴关系:人划船,船载人,人船相互依存。船夫们一半时间大倒苦水,抱怨小船毛病百出,但另一半时间却对它体贴备至,养护小船的各种毛病。

他们为小船的外表极为自豪,饰以华丽的羽毛和闪亮的油漆。在高高的船头还画了个雄鹿的脑袋,鹿角挑战般指向迎面涌来的水流。("童男子"在船尾画了鹿的屁股。)

"前面有个登岸的好地方。""童男子"从船艏有利位置说。

郎之万眺望上游,见舒缓的水流轻轻刷向一段沙坝;他抬头判断太阳的位置。"好吧,我看该抽一斗烟了。上岸点火吧。"

在船夫文化中,烟斗是用来衡量距离的粗略方式。"一斗烟"代表他们两次抽烟之间划过的典型距离。顺流而下时,一斗烟大致是十英里;在平静水面大致是五英里;但是在密苏里河艰难逆水而上,能划出两英里,他们就觉得够幸运了。

他们每天的活动很快就变成了日常惯例。黎明前天空刚出现淡紫色亮光,大家吃早饭,用前一天剩下的野味和炸油饼给身体补充能量,用大铁杯喝滚烫的热茶驱散清晨的寒气。天色亮到刚能看清楚,他们就上船了,一整天都孜孜不倦地全力划船,每天停船抽烟休息五六次。中午时分,他们停歇时间稍长,吃肉干和一撮苹果干。只有晚上,他们才生火做饭。在水面上辛劳十几个小时后,日落时他们才靠岸。格拉斯通常在这一个多小时借着昏暗的光线打猎物。其他人心怀期待,等着听那一声标志他成功的枪声给大家带来肉食。他空手而归的情况十分罕见。

"童男子"跳进岸边齐膝深的水中,仔细护着船,免得脆弱的船底刮住沙岸。他蹚水上岸,把船绳系在岸边一根大的漂木上。郎之万和多米尼克端着火枪跳下,眼睛警惕地扫视着岸上的树木。格拉斯和"教师爷"在船上为大家打掩护,然后也跳下船。前一天,格拉斯发现一个用过的营地,其中有十顶帐篷周围用石头垒了圆圈。他们无从得知是不是"麋鹿舌头"酋长那帮人,不过这一发现让大家都深感紧张。

人们从腰间的袋子里掏出烟斗和烟草,多米尼克点上火,大家相互点烟。两兄弟坐在沙滩上。这哥俩一个是头桨手,一个是舵桨手。多米尼克和"童男子"都是站着划船,抽烟时才坐下来。其他人则站着抽烟,很高兴有机会舒展一下双腿。

渐渐加重的寒气钻进了格拉斯的伤口,就像一场风暴顺着山谷向上窜。每天早上醒来,他都感觉浑身僵硬酸疼,长时间蜷缩在狭窄的混装船里,让他的身体状况变得更糟。格拉斯充分利用休息时间,在沙坝上来回走动,让酸疼的四肢慢慢恢复血液循环。

他朝旅伴们走去时,跟大家打招呼。这群船夫的服饰相似得出奇,格拉斯觉得,好像给他们发过正式制服。他们都头戴红色毛软帽,侧边可以翻下来遮住耳朵,帽顶逐渐缩小,上面缀着流苏。("童男子"还得意洋洋地在帽子上插了根鸵鸟毛。)他们都身穿长长的棉布衬衫,有的是白红相间,有的是白色和海军蓝相间,都把下摆掖在裤子里。每个船夫还在腰上系一根杂色腰带,带子两头垂下去,在一条腿旁边摆动。在腰带上方挂着腰包,里面装着烟斗和几件可以随手取用的必需品。他们都穿着足够柔顺的母鹿皮马裤,便于在小船里舒适地伸曲双腿。他们都在膝盖以下系一条印花大手帕,这给他们的装束增添了一抹花花公子般的色彩。他们脚上都不穿袜子,直接踩进鹿皮鞋里。

夏博诺的神情总是像一月份的雨天一样阴郁,但船夫们

第16章 1823年11月29日

每天早上醒来都毫无例外地像晴空般乐观。哪怕是得到极其微不足道的喜悦机会,他们也会放声大笑。他们忍受不了沉默,一整天都会津津乐道地讨论女人、河水、狂放的印第安人。他们不停地反复相互咒骂。放弃一个好笑柄会让他们视为一种性格缺陷或者懦弱的表现。格拉斯真希望自己能多懂一些法语,要是能听懂他们的戏谑该多好,这种娱乐真有价值,能让他们都保持愉快。

在谈话偶然冷落的时刻,就会有人突然热情地引吭高歌,还会在间歇中提示其他人跟着唱。凡是音乐天赋不及的微妙处,他们都以豪放的热情填补。总之,格拉斯觉得,他们的生活方式是愉快的。

在这次停歇时,郎之万用罕有的严肃打断了大家的短暂休息。"我们晚上要开始放哨,"他说,"每晚两个人,每人值半宿。"

夏博诺长长地喷出一口烟。"我在布雷佐堡就跟你说过——我翻译。我不守夜。"

"哼,我可不为了让他睡觉多值一次班。""童男子"直率地说。

"我也不。"多米尼克说。

就连"教师爷"也显得恼火。

大家都望着郎之万,眼神里露出期待,可他只是享受抽烟并不做答。抽完烟后,他站起身,简单说了句:"行动吧。白天的时间都浪费了。"

五天后，他们抵达了这条河跟一条小溪的交汇处。水晶般清澈的溪水很快消失在密苏里河浑浊的泥水中。郎之万望着那条小溪，拿不准该怎么行动。

"咱们露营吧，郎之万，"夏博诺说，"这泥浆水让我喝腻了。"

"我不愿赞同夏博诺的话。""童男子"说。"不过这话没错。浑浊河水让我恶心。"

郎之万也喜欢喝清水。让他困扰的是这条小溪的位置，小溪在密苏里河西岸。他认为"麋鹿舌头"那帮人在河的西岸。因为格拉斯在那边发现过印第安人最近用过的营地，所以这个代表团一直小心翼翼靠东岸活动，夜间停歇的位置就更是在东岸。郎之万望了望西边天际，见地平线已经将太阳最后一丝通红的面庞吞没了。他望望东岸，发现没有可登岸的地方，只有划到下一个河湾才行。"好吧。我们没多少选择。"

他们划到岸边。"教师爷"和"童男子"卸下船货，船夫们把空船抬上岸，将船侧放在地上，构成一个面向河水的简陋庇护。

格拉斯蹚水上岸，紧张地扫视岸上环境。只见沙坝向下游延伸一百来码，前面是自然形成的石坝，上面长满了粗粗的柳树和树丛。漂木和其他杂物被石坝挡住，阻拦了河水，迫使河水离开这边舒缓的河岸。沙坝外长着更多的柳树，再远处是一片杨树林。他们越往北行船，杨树就越稀少。

"我饿了。"夏博诺说。"给咱们搞顿像样的晚饭吧,猎人先生。"

"今晚不打猎。"格拉斯说。夏博诺开口反对,格拉斯立刻打断他:"我们的肉干很充足。你一个晚上不吃新鲜肉也过得去,夏博诺。"

"他说的对。"郎之万表示同意。

大家在浅坑里生起火,用平底锅煮粥,吃肉干。有了火,大家都围坐过来。日落后,寒风减弱了,不过呼吸时能喷出汽雾。天空晴朗,夜里会很冷,早上要降霜了。

郎之万、多米尼克和"童男子"点起陶制烟斗,享受抽烟休息的乐趣。格拉斯自从受灰熊袭击后就没抽过烟——烟熏的感觉让他喉咙疼痛。"教师爷"从锅里刮着剩饭吃。夏博诺半个小时前就散步离开了营地。

多米尼克轻轻地低声哼唱,好像在梦呓:

> 我摘下那朵可爱的玫瑰花蕾
> 我摘下那朵可爱的玫瑰花蕾
> 我把花瓣一片片摘下,
> 兜在围裙上满身飘香……

"哥哥,你能唱出来是桩好事。""童男子"说。"我敢打赌你已经一年没摘过一朵玫瑰花蕾了。他们真该把你叫做'童男子'才对。"

"宁肯渴死,也不喝密苏里河泥淖里的脏水。"

"真是个有高标准的人。太有鉴赏力了。"

"我看用不着为自己有标准道歉吧。我跟你不一样,我喜欢女人只是嘴上说说。"

"我也没让她们吃我的饭菜。"

"你呀,要是猪穿条印花裙子,你准会搂着它睡觉。"

"照我猜想,大概你为自己出身卡托瓦家族觉得自豪吧。我敢肯定,妈妈得知你在圣路易斯只跟最高贵的妓女睡觉,一定感到得意。"

"妈妈?不,应该是爸爸——大概会吧。"哥俩放声大笑,接着换上庄严神色,在胸前划十字。

"你们声音压低点。"郎之万悄声说。"你们知道,声音在河面上传得远。"

"郎之万,你今晚干吗这么不安?""童男子"问。"容忍夏博诺已经够糟了。我在葬礼上说笑都比现在多。"

"你们俩再大声嚷嚷,咱们就真得举行葬礼了。"

"童男子"不让郎之万破坏他们的谈兴。"你知道吗?基奥瓦堡的那个女人有三个奶头。"

"三个奶头有啥好?"多米尼克问。

"你的问题在于缺乏想象力。"

"想象力,哦?要是你有哪怕一丁点想象力,放屁就不会崩着别人了。"

"童男子"搜索枯肠,想反驳哥哥,可说实在的,他哥哥已经谈得有点腻了。郎之万显然无心交谈。夏博诺去了树林里。他望着"教师爷",可这人从不跟人谈话。

最后,"童男子"把目光转向格拉斯。他忽然意识到,自从离开布雷佐堡,大家都没跟格拉斯真正交谈过。虽然人们跟他说过只言片语,不过谈的多半是格拉斯为大家的锅里带来新鲜野味,不能算是真正的谈话,而且肯定没有"童男子"喜欢的那种漫无边际的闲扯。

"童男子"忽然感觉愧疚,觉得自己社交礼仪不周。他对格拉斯了解很少,只知道他遭遇过熊的攻击。"童男子"想,更重要的是,格拉斯对他的了解也很少,这家伙肯定想要多了解自己的。再说了,还可以跟他练练讲英语,这可是个好机会,"童男子"认为自己的英语讲得很完美。

"嘿,美国佬,"格拉斯听了他的话抬起头,"你打哪儿来呀?"

这个问题让格拉斯吃了一惊,他没料到突然有人说起了英语。

他清了清喉咙。"费城。"

"童男子"点了点头,等着格拉斯转而向他提个问题。

格拉斯一声没吭。

终于,"童男子"说:"我哥哥和我是从孔特勒克*来的。"格拉斯点了点头,没再说话。"童男子"觉得,这个美国人显然需要受到引诱才会开口。

---

* 加拿大一地名。——译注

"你知道我们干吗都来这儿当了船夫?"他说话有法语腔调,所有重音都落在词尾。

格拉斯摇了摇头。多米尼克翻了个白眼,听出他弟弟要开始烦人的老生常谈了。

"孔特勒克在圣劳伦斯河畔。一百年前的那段时光里,我们村里的人都是穷苦农夫。大家整天在田里干活,但土地太糟,天气太冷,根本没有好收成。

"一天,一个名叫伊莎贝拉的美丽少女正在河边田里干活,忽然河水里冒出一匹雄马——身驱高大,体魄健硕,全身乌黑。只见那马站在河水中,两眼直勾勾地望着姑娘。她非常害怕。马见她打算逃走,连忙踢水,一条鳟鱼应声从水中飞出,飞向姑娘,落在姑娘脚下的土地上,直……""童男子"一时想不出该用什么英语字眼描述,就用双手做了个扑腾的动作。

"伊莎贝拉看到这件可爱的礼物,非常高兴。她弯腰捡起鱼,带回家去做菜。她把马的事告诉她爸爸和几个兄弟,可他们当她是开玩笑,就闹着要她找这位新朋友送来更多的鱼。

"伊莎贝拉返回田里,从那以后,她每天都能见到那匹黑马。马儿每天都朝她靠近一点儿,每天都给她一件礼物。这天是个苹果,另一天是一束花儿。她每天都把河里这匹马的事告诉家人。家人每天都嘲笑她讲的故事。

"终于有一天,那匹马径直走到伊莎贝拉跟前。她爬上

第16章 1823年11月29日

马背,马儿跑向河水,消失在河流中。人们再也没见到过他们。"

"童男子"讲故事过程中,火光在他身后投下跳跃的影子。汩汩的流水声仿佛在证实他这个传说。

"那天夜里,伊莎贝拉没回家,她父亲和兄弟们跑到田里找她。他们只找到伊莎贝拉的足迹,还有那匹马的蹄印。他们看出,伊莎贝拉上了马,也看出马奔向了河水。他们在河的上游和下游到处找,就是找不到那姑娘。

"第二天,全村人都登上小船参加寻找。人们发誓,宁肯放弃农田也要在河上寻找,不找到可怜的伊莎贝拉就不罢休。但他们根本就没找到。你明白了吧,格拉斯先生,打那以后,我们都成了船夫。直到如今,我们仍然在寻找那可怜的伊莎贝拉。"

"夏博诺上哪儿去了?"郎之万问。

"夏博诺上哪儿去了!""童男子"反驳道。"我给你们讲了个姑娘失踪的故事,可你想的却是个失踪的老头子?"

郎之万没有理睬他。"童男子"微笑道:"他这人病得可不轻哪,我叫他一声,看他是不是安全。"他把手卷成个小筒贴在嘴巴上,冲着柳树丛大声喊叫。"别担心,夏博诺,我们派'教师爷'去给你擦屁股!"

图森特·夏博诺腰部着地,屁股小心对着一个草丛。他这个姿势已经保持了一些时候,时间长得大腿肚子都开始痉挛了。自从到布雷佐堡后,他的肚子就不舒服。毫无疑问,准是吃了基奥瓦的倒霉食物中了毒。他听到"童男子"在营地上嘲弄他,心里开始痛恨那个坏蛋。这时,一根树枝嘎巴一声折断了。

夏博诺连忙跳起身,一只手去摸手枪,另一只手去拉鹿皮裤子,可两只手都摸了个空。手枪黑暗中滑落到地上,裤子滑到了他的脚脖子上。他蹒跚着在地上摸枪,结果让裤子绊倒了。他趴倒在地上,一只膝盖被一块大石头擦伤了。他疼得直哼哼,这时,从眼角瞅见一头大麋鹿在树木间跑过。

"真该死!"夏博诺腿疼得呲牙咧嘴。

夏博诺踉踉跄跄返回营地,更是气上加气。他瞪大眼睛望去,见"教师爷"靠一根木桩坐着,大胡子上粘满了浓粥。

"这家伙的吃相真恶心。"夏博诺说。

"童男子"从嘴里取出烟斗,抬头看了一眼。"这我倒没看出,查尔斯。火光照在他胡子上粘的粥,有点让我想到北极光。"郎之万和多米尼克笑了。查尔斯更火了。"教师爷"埋头继续吃,没注意人们在拿他当笑柄。

夏博诺接着用法语说:"嘿,你这个苏格兰白痴,我说的话你一个字也听不懂吗?""教师爷"继续对付那锅粥,好像牛儿在反刍。

夏博诺露出淡淡的笑容,很高兴有机会赤裸裸地表现出恶毒。"他那只眼睛到底是怎么瞎的?"

最后,郎之万说:"在蒙特利尔打架戳的。"

"看着真可怕。让一个可怕的东西整天盯着看,弄得我

第16章 1823年11月29日

紧张。"

"瞎眼睛不能盯着看的。""童男子"说。他开始喜欢这位"教师爷"了,起码是欣赏这个苏格兰人划桨的能力。不管他对"教师爷"有什么看法,反正他肯定不喜欢夏博诺。船刚拐过第一道河湾,这老东西的抱怨就变得让他恶心了。

"可那只眼睛看上去真的是在盯人。"夏博诺说。"总像在斜眼瞅人,还从来不眨巴一下。真不明白那倒霉的东西怎么就不会干瘪。"

"就算那只眼能看见,你也不怎么值得看吧,夏博诺。""童男子"说。

"他至少该戴个眼罩。我真想自己动手给他贴住。"

"那你干吗不动手?行行好,找点事干吧。"

"我可不是你那该死的婊子!"夏博诺咬牙切齿道。"等阿里卡拉人来剥你长满跳蚤的头皮,你就会庆幸有我在!"这位翻译气得说话时嘴角直喷白泡。"我跟着刘易斯和克拉克搞那次光辉探险的时候,你还在尿裤子呢。"

"我的天哪,老东西!再让我听到你那该死的刘易斯跟克拉克鬼故事,我发誓非一枪打碎我的脑瓜不可——就是说,打碎你的脑瓜!大家都会乐不可支。"

"够了!"郎之万终于发作了。"够了!要不是我需要你们,非把你俩都赶走不可,真让人头疼!"

夏博诺得意洋洋地冷笑一声。

"不过你听着,夏博诺,"郎之万说,"大家谁也不是只干一种活计。我们人手太少。你跟大家一样,要轮流执勤。今晚值第二班。"

这次轮到"童男子"冷笑了。夏博诺扬起脑袋从火边走开,在小船下面展开铺盖卷,嘴里嘟囔着咒骂身下扎人的齿苋草。

"谁说该让他睡在小船下面了?""童男子"抱怨道。郎之万正要张口说话,多米尼克朝弟弟打了一拳。"咱们走。"

第17章
1823年12月5日

第二天早上,两种急迫的感觉把"教师爷"逼醒了:冷得要命,急着要小便。他身材高大,尽管屈身侧卧,厚毛毯还是盖不住双脚。他抬起头,睁开那只健全的眼睛望去,发现一夜间毛毯上落了层霜。

东方地平线下已经射出新一天第一丝淡淡的曙光,不过半轮皓月仍主宰着天空。除了夏博诺,大家都躺在地上睡觉,火的余烬像车轮辐条般散射出光芒。

"教师爷"缓缓站起身,他的双腿在寒冷中变得僵硬。好在风已经减弱了。他往火堆里丢了根木桩,朝柳树丛走去,走出十几步,几乎让一个身体绊倒。是夏博诺。

"教师爷"的第一个念头是夏博诺放哨时被杀害了。他放声高喊向大家发警报,忽然夏博诺跳起身,慌忙摸自己的火枪,睁大双眼想弄明白自己是在哪里。"放哨睡觉,""教师爷"想,"郎之万可不喜欢这种情况。""教师爷"的紧迫需要占了上风,他急忙从夏博诺身边经过,走向柳树丛。

"教师爷"对每天遇到的许多事都感到迷惑不解,对下面发生的事情也感到困惑。他忽然有一种奇怪的感觉,低头一看,见肚子上插着一根箭杆。他一时觉得是"童男子"在捉弄他。接着,第二支箭出现了,然后是第三支。"教师爷"对纤细的箭杆上那些羽毛感到又惊恐又着迷。忽然,他感觉不到自己的双腿了,发现自己正在向后倒下。他听到自己的身体砸在冰冷地面上的沉重声响。死前的短暂时刻,他在想:"为什么感觉不到疼?"

夏博诺听到"教师爷"倒下的声音,连忙扭头看。大块头苏格兰人仰面倒在地上,胸前中了三箭。夏博诺听到嗖的一声,一支箭擦过他肩膀,让他感到烧灼般的疼痛。"见鬼!"他本能地扑倒在地上,两眼扫视漆黑的柳树丛,寻找放箭的家伙。这个动作让他逃过一劫。四十码外,黎明前的黑暗中闪出几道火枪发射的亮光。

火枪发射的一瞬间,暴露了袭击者们的位置。夏博诺猜想,至少有八条火枪在发射,外加许多持弓射箭的印第安人。他端起枪,瞄准最近一个目标,开了枪。一个黑黢黢的身影倒下了。柳树丛中飞出更多支箭。他转身奔向身后二十码外的营地。

夏博诺连骂带嚷唤醒了营地上的人们。阿里卡拉人的射击乱做一团。毛瑟枪射出的弹丸和弓射出的箭冰雹般落向睡眼惺忪的人们。多米尼克感觉一颗弹丸撕开了小腿肚上的肌肉。格拉斯及时睁开眼睛,只见一支箭扎在他脸前面五英寸的沙地上。

几个人连滚带爬逃向小船找庇护,这其实没什么效果。

第17章 1823年12月5日

两个阿里卡拉勇士冲出柳树丛,朝营地发起冲锋,发出撕心裂肺的作战呐喊声。格拉斯和"童男子"冷静下来,端起火枪瞄准。他们既来不及协调,甚至连考虑的时间都没有,两人都瞄准了同一个目标:一个头戴野牛角头盔的大块头阿里卡拉人。两颗弹丸射进他的胸膛,他倒在地上。另一个勇士全速冲向"童男子",挥动战斧砍向他的脑袋。"童男子"举起火枪抵挡。

印第安人的斧头砍在"童男子"的枪管上,力量太大了,两人都失足倒地。阿里卡拉人先站起身,背对着格拉斯,举起战斧再次砍向"童男子"。格拉斯双手用力,将枪托狠狠砸向这位印第安人的脑袋。枪托的金属头与那人脑袋相撞的一瞬间,他听到头骨崩裂的声音,感觉一阵恶心。阿里卡拉人木然跪倒在"童男子"面前。"童男子"这时已经站起身,像挥动大棒一样挥起火枪,用尽浑身力气砸向印第安人头颅侧面。这位勇士侧身倒下。格拉斯和"童男子"连忙爬到小船后面。

多米尼克长时间地瞄着柳树丛。

郎之万把自己的枪递给格拉斯,另一只手捂着腰间中弹的伤口。"你射击,我装药。"

格拉斯举起枪,寻找目标,冷静而精准地射中。

"你伤得重吗?"他问郎之万。

"不重。'教师爷'在哪儿?"

"在柳树丛那儿,死了。"夏博诺口吻平淡地说。他举起枪准备射击。

他们都藏在小船后面,子弹和箭继续从柳树丛中飞来。爆裂的枪声与子弹和箭击穿薄船壳的声音混杂在一起。

"夏博诺你这个狗杂种!""童男子"喊道。"你放哨睡着了,对不对?"夏博诺没搭理他,一心朝枪口里灌火药。

"现在没什么关系了!"多米尼克说。"咱们赶紧把这条该死的小船推下水,离开这儿!"

"听我的!"郎之万命令道。"夏博诺、'童男子'、多米尼克,你们三个抬船下水。先射一排子弹,然后把火枪装填好,放在这儿。"他指了指他和格拉斯之间的地面。"格拉斯和我掩护你们,射完最后一排子弹后,跟你们会合。你们在船上用手枪掩护我们。"

格拉斯凭形势判断出了郎之万说的主要意思。他环顾大家紧张的面孔。谁也没有更好的主意。他们得离开河岸。"童男子"把枪举出小船边,开了一枪。多米尼克和夏博诺也接着开枪。格拉斯趁其他人重新装填火药时,举枪射击。射击暴露了位置,引来阿里卡拉人更猛烈的回击。船壳的桦树皮一再出现弹丸直径的小孔。但船夫们起码暂时遏制住了敌人的全面进攻。

多米尼克把两支火枪和两根船桨丢过来。"记得把这个带上!"

"童男子"把枪丢在格拉斯和郎之万之间,身子抵住小船中间的桨手坐板。"走!"夏博诺爬到小船前面,多米尼克

第 17 章 1823 年 12 月 5 日

在船后面。

郎之万喊:"听我的!一、二、三!"他们一起动作,把小船举在头顶,朝十码外的河水走去。这时,激动的嘶喊声和射击声更强烈了。阿里卡拉勇士开始从隐藏的位置露出脑袋。

格拉斯和郎之万瞄准各自的目标。小船移开后,没有了隐蔽物,只能紧紧趴在地面上。他们距离柳树丛只有五十码。格拉斯可以清楚地看见一个阿里卡拉人童稚的面孔,那孩子眯缝起眼睛,拉开一张短弓。格拉斯开了枪,那孩子向后倒下。格拉斯伸手取来多米尼克的枪,把枪机扳开。旁边郎之万的枪响了。格拉斯找到另一个目标,扣下扳机。枪栓闪了一下光,火药却没点燃。"该死!"

郎之万抓起夏博诺的枪,格拉斯重新给多米尼克的枪装填火药。郎之万准备开火,但格拉斯一只手搭在他肩头。"保留一枪!"两人带上几支火枪和船桨,奔向河边。

在格拉斯和郎之万前面,那三个人举着混装船跑完了到河边的短短距离。他们急于逃跑,几乎是把小船抛进水中的。夏博诺掉进了身后的河流,挣扎着要爬上船。"你要把船掀翻了!""童男子"喊道。夏博诺爬在船边,体重把小船弄得剧烈摇晃,好在船还是底朝下。他两腿翻上船舷,身体贴在船底。水已经从弹孔渗进船底。夏博诺的动作把船晃得漂离了岸边。水流冲在船头上,把船推得转起来,离岸边渐远,系船绳像条蛇一样拖在后面。两兄弟见夏博诺的眼睛在从船缘往外瞅。子弹在他们周围的河面溅起一朵朵小水花。

"抓住绳子!"多米尼克喊起来。两兄弟都跳进水中,不顾一切地避免小船漂走。"童男子"双手抓住了绳子,在齐大腿深的水中设法保持身体平衡。他使出浑身力气,把船拉回来,绳子绷得紧紧的。多米尼克在水中吃力地走过来相助,一只脚猛地碰在水下的石头上。他疼得呻吟一声,水流冲刷下,他的双脚失去平衡,一时沉在水下。他连忙钻出水面,重新站住,离"童男子"只有两码远了。

"我拉不住了!""童男子"喊道。多米尼克开始走向绷紧的绳子时,忽然"童男子"放了手。多米尼克望着船拖着绳子在水面上滑向远处,不由惊呆了。他正要游向绳子,忽然注意到"童男子"脸上愕然的神色。

"多米尼克……""童男子"结结巴巴,"我觉得中弹了。"多米尼克连忙挣扎着来到弟弟身旁。血流从他背上一个大伤口涌向河水。

就在弹丸击中"童男子"的那一刻,格拉斯和郎之万跑到了河边。他们见"童男子"受到弹丸的打击后猛然蜷缩身子,放开了绳子,两人心中不由感到惊恐。他们一时以为多米尼克可以抓住绳子,可他没抓,转而跑向弟弟。

"抓住船!"郎之万喊道。

多米尼克没听他的。失望中,郎之万叫道:"夏博诺!"

"我停不住船!"夏博诺喊道。一眨眼,小船已经漂到离

第17章 1823年12月5日

河岸五十码以外。船上没有桨,夏博诺的确没办法让船减速。当然,他也无意尝试。

格拉斯转向郎之万。郎之万正打算说话,忽然一颗毛瑟枪弹丸从后方打进他的脑袋。他还没倒在水里就死了。格拉斯回头看了一眼柳树丛。至少有十几个阿里卡拉人正扑向河岸。格拉斯两手各抓一支枪,钻进河水,朝多米尼克和"童男子"游去。他们得游水上船。

多米尼克搀扶着"童男子",奋力把弟弟的脑袋托出水面。格拉斯看了一眼"童男子",拿不准他活着还是死了。多米尼克悲愤欲绝,几乎变得歇斯底里了,用法语喊叫着格拉斯听不懂的话。

"游过去!"格拉斯高喊。他抓住多米尼克的领子,把他拉向河中央水深处,在此过程中一支火枪脱手弄丢了。水流把三个人冲向下游。子弹继续雨点般射入水中。格拉斯回头望了一眼,见阿里卡拉人在河岸上站成一条线。

格拉斯一只手抓着"童男子",另一只手抓着剩下的那支枪,两脚拼命踩水,免得沉下去。多米尼克也使劲蹬水,他们总算没碰住那段天然防波堤。"童男子"的脸不停地沉入水中。两个人竭力让这个伤者浮出水面。多米尼克高声喊起来,一股激流打过,他自己的脸也浸入水中,喊声这才消失。这股激流几乎让格拉斯失手丢掉自己的火枪。多米尼克开始扑腾着朝岸边游去。

"现在还不行!"格拉斯恳求道。"再往下游漂一段!"多米尼克不听他的,两脚已经踩住了河底,这里水深及胸,他挣扎着奔向浅水区。格拉斯看了一眼身后。那段天然防波堤是岸上一道有效的屏障,下面是一段深深的凹岸。不过,阿里卡拉人只消几分钟就能绕过来。

"距离太近了!"格拉斯喊道。多米尼克又一次不顾他的提醒。格拉斯打算独自游走,不过他还是帮着多米尼克把"童男子"拖上岸。两人把他扶起来靠在河岸上一个弯曲的峭壁上。他的眼睛眨巴一下睁开了,可他一咳嗽,血就从嘴里喷出来。格拉斯把他扳成侧卧姿势,检查他的伤口。

子弹从"童男子"左肩胛骨下射进身体。

格拉斯看出,子弹不可能避开心脏。多米尼克也默默得出同样的结论。格拉斯检查一下火枪。装填的火药已经打湿,暂时不能用。他查看腰带,小斧头仍然挂在腰间,但手枪丢了。格拉斯看了一眼多米尼克。"你想怎么做?"

他们听到一阵虚弱的声音,转身朝"童男子"望去,见他嘴角浮出一丝微笑。他的嘴唇开始扯动,多米尼克拉起弟弟的手,把耳朵凑上去听。"童男子"在用微弱的低声歌唱:

你是我的船夫同伴……

多米尼克立刻听出这是一首熟悉的歌,但心里感到的是从未有过的绝望。他两眼涌出泪水,用温和的声音和着唱:

你是我的船夫同伴。
我会高兴死在船上。

> 在峡谷远处的坟头,
> 你把小船扣在坟上。

格拉斯朝上游七十五码外的防波堤望了一眼。两个阿里卡拉人出现在岩石上。他们用枪指着下面,嘴里开始嚷叫。

格拉斯一手抓住多米尼克的肩膀,正准备说"他们来了",但两声枪响替他说了话。两颗弹丸打在河岸上。

"多米尼克,我们不能待在这儿。"

"我不离开他。"他用浓重的乡音说。

"那我们就再次下水。"

"不。"多米尼克使劲摇了摇头。"我们带着他不能游。"

格拉斯再次朝防波堤看了一眼。那里已经涌上很多阿里卡拉人。

"没有时间了!"

"多米尼克,"格拉斯的语气迫不及待,"待在这儿,我们都得死。"

这时更多枪声炸响了。

在这个让人心焦的时刻,多米尼克什么话也没说,轻轻抚摸着弟弟灰白的面颊。"童男子"平静地望着前方,两眼闪过黯淡的亮光。最后,多米尼克转向格拉斯:"我不离开他。"更多枪声响起。

在格拉斯心中,几种本能相互冲突着。他需要时间,需要考虑他的行动,需要时间为自己的行动正名——可他没有时间。他一手握着枪,跃入河水中。

多米尼克听到一声枪响,感到一颗子弹射进自己肩膀。他想起听说过的印第安人肉刑。他低头望着"童男子"。"我不能让他们宰割我们。"他搀扶着弟弟的腋下,拖着弟弟进到河中。另一颗子弹射进他的脊背。"别担心,弟弟,"他低声说着,钻进水流的怀抱,"我们都离开这里,到下游去。"

第18章
1823年12月6日

格拉斯浑身赤裸,蹲坐在一堆小柴火旁,尽量靠着火堆,双手烤火时尽量贴近火苗,直到感觉要烧伤才缩回手,把烤热的手贴在两肩或大腿上。皮肤一时有了温热的感觉,却不能驱散密苏里河水带给他的刺骨严寒。

他的衣服都挂在火堆周围的简陋架子上。鹿皮衣物还是湿的,不过他发现,棉布衬衫已经基本干了,心里感到一阵安慰。

他在河上顺流漂浮了将近一英里,这才找到一片树丛茂密的地方。他顺着兔子在荆棘中刨出的路径,探查到这片草丛的中心,看来这里没有更大的动物出没。他在杂乱的柳树丛和漂木堆里落脚,再次清点自己可怜的随身物品和伤口。

比起不久前的状况,格拉斯觉得相当走运。在岸边战斗以及在河水中奋力游泳时,他身上多处擦伤,竟然还发现胳膊上有一处明显是子弹擦过表皮的伤口。他的旧伤口在寒冷天气会疼痛,不过显然没有加重。除了实实在在有可能冻死,他已经从阿里卡拉人的袭击中幸存下来。他一时心中浮现出多米尼克和"童男子"的身影,仿佛还能看到他们蜷缩在那个凹岸下。他努力把这个想法从头脑中撇开。

他清点自己的随身物品。最重要的损失是那把手枪。他的火枪浸湿了,不过还能使用。他的刀还在,燧石和火镰还在他的随身物品包里。短柄小斧还在,他用这小斧砍削干柴在浅坑里生火。他希望自己的火药是干燥的。他把牛角火药筒盖子打开,在地上撒了一点儿。从火堆里取了个火苗,火药立刻点燃了,冒出臭鸡蛋的气味。

他的新背包丢了,装在里面的替换衬衫、毯子和手套都没了。背包里还有他亲手画的地图,上面仔细标出上密苏里河的支流和地标。不过没关系,因为他都牢记在心了。相对而言,他觉得自己的装备还算不错。

棉布衬衫还有点湿,他决定先穿上。棉布起码能让他肩膀不再感觉冰冷。这天的剩余时间里,格拉斯维护着这堆火。他对冒出的烟感到担心,但他更怕自己死于寒冷。他仔细保养自己的火枪,免得一门心思想着寒冷。他把枪彻底擦干,从随身包里掏出一个小罐子,给枪上油。到了夜里,他的衣服已经干燥,火枪也收拾停当。

他在考虑昼伏夜行。也许在附近某处隐藏着袭击过营地的那帮阿里卡拉人。尽管他的位置十分隐蔽,可他不能待着不动。但是,密苏里河岸崎岖难行,而且没有月光照明。他没有别的选择,只能等待黎明到来。

天光渐暗,格拉斯从柳条架子上取下衣服,穿戴起来。接着,他在火堆旁挖了个方形浅坑,用两根木棍从火里夹出几块灼热的石头,摊放在坑里,上面覆盖薄薄一层土。他在谨慎的范围内尽量往火堆上多添些木柴,然后躺在热腾腾的石头上。他身穿基本干燥的鹿皮衣,身下的石头和旁边的火堆仿佛向他开启了一扇温暖的小门,疲惫不堪的身体进入了梦乡。

一连两天,格拉斯沿密苏里河潜行。有一阵子,他心里感到疑惑,拿不准自己是不是有责任完成郎之万访问阿里卡拉人的使命。最后,他认定自己没有责任。格拉斯对布雷佐的承诺是为代表团提供猎物,他已经尽心尽责完成了这项任务。他当时并不知道"麋鹿舌头"的人代表着另一批阿里卡拉人的意图。这没什么关系。这次伏击突显出河上行船的脆弱性。就算他得到某个派别的阿里卡拉人的保证,他也无意返回布雷佐堡。他自己的事更加紧迫。

格拉斯猜得没错,曼丹人的村子就在附近。不过,曼丹人以和平著称,他担心他们最近与阿里卡拉人结盟会带来什么变化。"阿里卡拉人会不会出现在曼丹人的村子里?如何向他们讲述船夫们遭袭的情况?"格拉斯觉得没理由去曼丹人那里。他知道,在密苏里河畔曼丹人村子上游十英里的地方,有个小贸易站,名叫塔尔博特堡。他决定远远绕过曼丹人的村子,直接去塔尔博特堡。在那个贸易站,他能得到自己想要的物品:一条毯子和一双手套。

遭伏击后的第二天晚上,格拉斯决定,不得不冒险捕猎了。他饿得厉害,再说,兽皮也能让他用于做交易。他在河边找到几条麋鹿踩出的小径,寻迹穿过一片杨树林,来到河边一片长达半英里的开阔地。一条小溪从开阔地中间流过。格拉斯见一头大公鹿、两只母鹿和三只小鹿正在小溪边吃草。格拉斯在开阔地上悄悄向它们靠近。就在他几乎凑到射击范围时,忽然某个东西惊动了麋鹿。所有六头鹿都抬头盯住格拉斯的方向。格拉斯正打算射击,忽然意识到,麋鹿其实并不是在看他——它们在看他身后。

格拉斯的目光从肩头瞥视后方,见三个骑马的印第安人从四分之一英里外的杨树林里跑出来。尽管有一段距离,但格拉斯从他们竖立的发型看出,这是几个阿里卡拉勇士。他们指着他,打马朝他跑来。

他拼命环顾周围,想找地方隐蔽。最近的树木离他有两百多码,他根本没时间跑过去。他也无法跑向河边,因为他的后路给切断了。他可以站着射击,但是,即使击中目标,也没时间装填火药击中所有三个骑士,也许连击中两个都办不到。绝望中,他顾不上一条腿疼痛难忍,拔脚奔向远处的树木。

格拉斯还没有跑出三十码,忽然吓得呆住了——另一个骑在马背上的印第安人从他前面的杨树林里跑出来。他回头望了一眼。冲过来的阿里卡拉人已经跑完一半距离。他再次朝新出现的人望了一眼,这次,这个印第安人在用枪瞄准他。他开火了。格拉斯面部肌肉抽搐着,预料会中弹。结果弹丸从他头顶上飞过。他转身看阿里卡拉人,见其中一匹马倒下了!眼前这个印第安人在向另外三个人射击!这时,开枪的人朝他奔跑过来,格拉斯这才意识到,这是个曼丹人。

格拉斯感到莫名其妙,但这个曼丹人显然在出手帮他。格拉斯转身面对向他进攻的人。剩下的两个阿里卡拉人离他只有一百五十码了。格拉斯扳起枪机瞄准。起初,他试图瞄准一个骑马人,但两个阿里卡拉人都趴得很低,藏在马的脑袋后面。他便转而瞄准一匹马,选定马脖子下面的凹陷。

他扣动扳机,火枪射出弹丸。那匹马嘶鸣一声,四条腿似乎在身子前面扭在了一起,猛然倒地,扬起一片灰尘。骑马人越过死马的脑袋飞了出去。

格拉斯听到一阵马蹄声,抬头一看,见是那个曼丹人。曼丹人挥手示意他跳上马背。他腾身跃起,回头望去。剩下那个阿里卡拉骑士拉住马,开了一枪,却没命中。曼丹人打马朝树林跑去。到达杨树林后,两人下马给枪装填火药。

这个印第安人指着追赶的人:"里斯,不好。"

格拉斯一边点了点头,一边把装填的火药捣实。

"曼丹,"印第安人指着自己,"好朋友。"

格拉斯瞄向阿里卡拉人,但是唯一剩下的骑士已经撤到射程以外了。两个没骑马的印第安人跟在骑士的左右跑走。失去两匹马让他们失去了追逐的愿望。

这个曼丹人说,自己名叫曼德-帕楚。他是在跟踪麋鹿时遇上格拉斯和那几个阿里卡拉人的。曼德-帕楚对这个浑身伤疤的人打哪儿来知道得清清楚楚。一天前,翻译夏博诺抵达了曼丹人的村子。夏博诺跟随刘易斯和克拉克探险时,曼丹人就认识他。夏博诺讲述了阿里卡拉人袭击船夫们的经过。曼丹人的酋长玛图-托普痛恨"麋鹿舌头"及其手下这群背叛者。酋长玛图-托普与商人基奥瓦·布雷佐见解相同,想要保证密苏里河通商安全。他清楚"麋鹿舌头"心怀愤怒,但船夫们显然没有恶意。按照夏博诺所述,他们是带着礼物来议和的。

玛图-托普见阿里卡拉人来寻求新土地安家,就担心出这种事。曼丹人越来越多地依赖与白人做生意。自从莱文沃斯的部队向阿里卡拉族发起进攻后,通往南方的交通就中断了。要是最近这次事件的消息传出去,整个河上交通就封死了。

酋长玛图-托普发怒的消息迅速在曼丹人村子里传开。年轻的曼德-帕楚将拯救格拉斯视为得到酋长青睐的一个好机会。玛图-托普有位漂亮女儿,曼德-帕楚一直在为得到她的爱慕跟别人竞争。在他的想象中,他高视阔步,带着新战利品穿过村子大道,将这个白人交给玛图-托普,全村人都听他讲述自己的成功经历。不过,这个白人似乎对绕道村子心生疑虑,而是执意重复一个简单的字眼:"塔尔博特堡。"

格拉斯从骑乘在马背后面的有利位置,仔细打量着曼德-帕楚。他听说过许多有关曼丹人的传说,以前却从来没亲眼见过一个曼丹人。这位年轻勇士的发型像一顶王冠,梳理过的头发散落下来,像狮子鬃毛一样醒目。脑后垂着一根长长的马尾辫,里面编进一条条兔子毛皮。他头顶上的头发像瀑布一样松散飘落下来,用脂油贴在脸颊上,在下巴的位置粗略剪断。在他额头中部,梳理光滑的额发也用油脂贴住皮肤。他还带着其他饰品。右耳上刺了三个孔,戴着硕大的锡制耳环。脖子上戴着白色珠子项链,在古铜色皮肤衬托下十分惹眼。

曼德-帕楚很不情愿,不过他决定带这个白人去塔尔博特堡。那地方距离不远,骑马三个钟头就到。此外,去了那儿他也许能了解一些情况。有传言说,塔尔博特堡跟阿里卡拉人发生过冲突。没准那儿的人想给玛图-托普送个信。送信可是个重大职责。要是玛图-托普听到他讲述的白人故事,得到他必然要带回的信,酋长肯定高兴,酋长女儿也不能不对自己肃然起敬。

塔尔博特堡的玛瑙色轮廓忽然出现在夜里毫无特色的环境中,此刻已经将近午夜时分。这个贸易站并没有灯光洒在周围平原上,格拉斯见距离圆木建造的壁垒只有一百码远,不由吃了一惊。

壁垒后面出现一道闪光,紧接着是火枪迸发的强烈爆炸声。一颗毛瑟枪弹丸呼啸着从他们头顶掠过。

马儿惊得前腿跳起来,曼德-帕楚竭力控制住它。格拉斯努力大声愤怒地喊道:"别开火!我们是善意而来!"

圆木屋里传出个狐疑的声音:"你是什么人?"

格拉斯见一支火枪枪管反射出微光,还隐约看到一个人的脑袋和肩膀的轮廓。

"我是休·格拉斯,落基山毛皮公司的。"他真希望自己的声音能宏亮些,但是,尽管距离不远,他还是几乎无法让对方听到自己的声音。

"这个野蛮人是谁?"

"是个曼丹人,他从三个阿里卡拉族战士手里救了我。"塔楼上那人喊了一声,格拉斯听见里面的人在交谈。另外三个手持火枪的人出现在圆木房子上面。格拉斯听到沉重的大门后面有动静。一扇观察孔打开了,两人感觉自己正受到仔细审视。小孔里有个粗暴的声音提出要求:"走近些,让我们看清楚点儿。"

曼德-帕楚催马向前,在大门前拉住马。格拉斯下马说:"你们这么喜欢扣下扳机,有什么特殊原因吗?"

粗暴的声音说:"上个礼拜,我的同伴就在这扇大门前让里斯人杀死了。"

"可我们都不是阿里卡拉人。"

"这我们可不知道,他们没准藏在暗处。"

这儿跟布雷佐堡截然不同。塔尔博特堡就像正遭遇围攻。圆木筑的墙围呈长方形,长边大概有一百英尺,短边不足七十英尺,墙高足有十二英尺。两个斜对角上有两座简陋的木屋,木屋突出来,内角抵着大墙的外角。人们从这两个小屋能俯瞰所有四堵墙。高耸在他们前面的这座木房子有

第18章 1823年12月6日

个简易屋顶,显然为的是在各种天气下都能允许大口径枪随意转动。另一座房子屋顶还没有盖完。贸易站一侧有个粗糙的畜栏,里面却没有牲畜。

格拉斯等待着小孔里的目光继续审视他。"你来这儿有什么事?"一个粗暴的声音问。

"我要去联合堡,需要几件供应品。"

"嗨,我们这儿可没多少东西供应你。"

"我不需要食品,也不需要火药。只要一条毯子和一副手套,然后就出发。"

"看样子你没什么东西用来做交易嘛。"

"我可以代表威廉·阿什利签一张价格慷慨的汇票。明年春天,落基山毛皮公司要向下游派一队人,他们会兑现这张汇票的。"对方长时间沉默。格拉斯补充说:"对援助过他们某位成员的驿站,他们会有好印象的。"

又是一阵沉默,接着小孔关上了。两人听到沉重的圆木门开始在转轴上吱吱呀呀地挪动。声音粗暴的人出现在他们眼前,原来是个侏儒。他显然是主事的,端着火枪,腰带上还插着两支手枪。"只能放你进来。我的贸易站不许红鬼进门。"

格拉斯望着曼德-帕楚,拿不准他能听懂多少。格拉斯刚开口说了句话,就打住了,因为他走进去后,大门关上了。

墙里面有两个歪歪斜斜的小房子,其中一个房子当作窗户的洞口上贴着油腻腻的兽皮,后面透出一丝黯淡的光线。

另一个房子没有光亮,格拉斯猜想,那准是他们的库房。两个房子的后墙就是院墙,正面有个很小的院子,散发出一股臭味。臭源是两头拴在柱子上的肮脏骡子,也许只剩这两头家畜没让阿里卡拉人偷走。除了这两头骡子,院里还有一个巨大的剥皮机、一个固定在杨树桩上的铁砧、一堆摇摇欲坠的木柴。院内站着五个人,不久,堡垒上那个人也下来了。昏暗的光线照在格拉斯满是伤疤的面孔上,格拉斯感觉得到他们好奇的瞪视。

"愿意就进来吧。"

格拉斯跟着人们挤进有光亮的屋子,见里面像个简易工棚。靠后墙堆砌的粗糙壁炉里燃着火,冒出浓烟。气味难闻的屋子里,唯一让人稍感补偿的是温暖,其实,几个人的身体散发的温度不亚于那堆火。

矮小的人开口说话,忽然爆发出一阵猛烈深沉的咳嗽,身子蜷缩成一团。其他几个人也大半发出同样的咳嗽,格拉斯开始担心他们咳嗽的原因。矮个子终于直起身子,再次说:"我们没有多余的食物给你。"

"我说过,我不需要你们的食物。"格拉斯说。"咱们谈好一条毯子和一双手套的价格,交易后我就走。"格拉斯指着屋角的一张桌子。"那把剥皮刀也要。"

矮个子好像受到了冒犯,挺起胸膛。"先生,我们不想显得不尽人情,可里斯人把我们困在这里了。偷了我们的所有牲畜不说,上个礼拜,五个战士骑马来到门外,看着像是来做交易,可我们打开大门后,他们就开枪射击,残酷杀害了我的伙伴。"

格拉斯没说话,那人接着说:"我们一直没有出去捕猎,也没能去砍柴。所以,你要体谅我们这么节俭。"他不停地盯着格拉斯,想看到他的同情,可格拉斯什么也没表示。

最后,格拉斯说:"向一个白人和曼丹人开枪,解决不了你们跟里斯人的问题。"

开枪的人说话了,这是个面容污秽缺了门牙的人:"我只看见印第安人半夜行踪鬼祟。哪知道你们是两人骑一匹马?"

"你最好养成个习惯,先看清目标再射击。"

矮个子又开口了:"先生,我会告诉我的人什么时候开枪。里斯人和曼丹人我看着根本没什么区别。再说,他们现在要联合成一个盗窃部族了。我是宁可误杀,也不误信。"

矮个子的话像决堤的洪水一样倾泻下来,他伸出干巴巴的手指比划着:"是我用自己一双手建起这个贸易站的——我有密苏里总督颁发的贸易许可证。我们绝不离开这儿,凡是红种人,只要让我们瞅见,一律开枪射杀。就是把那帮杀人盗窃的狗崽子都杀光,我也不在乎。"

"那你到底打算跟什么人搞贸易?"格拉斯问。

"先生,我们要走自己的路。这是个根本方向。军队用不了多久就会来收拾这些野蛮人。会有很多白人在这条河上来往做贸易——你自己也这么说过。"

格拉斯走进夜色，大门哐当一声在身后关上。他长长地呼出一口气，看着呼出的气在寒夜的空气中凝成雾汽，又在寒冷的微风中散开。他看到曼德-帕楚骑马待在河边。那印第安人听到大门的响声，打马朝他走来。

格拉斯用新到手的剥皮刀在毯子中央割了个口子，把脑袋套进去，像是穿了件斗篷。他把双手伸进毛皮手套，望着这个曼丹人，不知道该怎么开口。其实，又有什么好说呢？"我有自己的事要做。"他不能纠正所有走错的路。

最后，他把剥皮刀递给曼德-帕楚。"谢谢你。"格拉斯说。曼丹人看看手中的刀，又看看格拉斯，想从他的目光中找到究竟。格拉斯转身远去，沿密苏里河走进夜色。

第 19 章
1823 年 12 月 8 日

在紧靠联合堡的下游,约翰·菲茨杰拉德走向自己的哨位。猪猡站在那里,沉重的喘息向冰冷的夜空中喷出一股股雾汽。"轮到我放哨了。"菲茨杰拉德几乎是带着友好的语气。

"打啥时候起,你放哨都这么乐呵呵的?"猪猡问。接着他缓步走向营地,盼望起床吃早饭前能睡上四个钟头。

菲茨杰拉德割下厚厚一块烟草。嚼着烟叶,满嘴浓郁的味道,感觉神经镇定下来了。过了很久,他才把嚼过的烟叶吐出。夜里寒冷的空气让他的肺感到刺痛,但菲茨杰拉德对寒冷并不在意。寒冷能让天空变得无比清澈,菲茨杰拉德需要清澈的天空。这天夜空中几乎是个满月,明亮的月光洒在河面上。他希望,月光足够让他看清航道。

换岗半个钟头以后,菲茨杰拉德走向浓密的柳树丛。他在那里藏着自己侵吞的物品:可以在下游做交易的一包河狸皮、装在麻袋里的二十磅肉干、三个牛角火药筒、一百只铅弹丸、一只做饭用的小锅、两张毛毯,当然还有那支安斯特火枪。他把这些货物堆放到河边,然后走向上游去划独木舟。

他悄无声息地沿河岸走动时,担心亨利上尉派人跟踪他。"这个愚蠢的狗崽子。"菲茨杰拉德见过的人里面,从来没有比上尉更倒霉的。在他的带领下,落基山毛皮公司这帮人从没远离过灾难。"大伙儿没死光还真是个奇迹。"他们只剩下三匹马,早已累得筋疲力尽,这就让他们的几支捕猎队只能局限在几条本地小河流域活动。亨利跟当地部族做交易想换取几匹马(在很多情况下是买回自己被盗的马匹),结果均以失败告终。每天给三十个人打食都成了问题。捕猎队一连几个星期没见到野牛群,如今他们主要靠猎捕骨瘦如柴的羚羊为生。

一个星期前,一个消息让菲茨杰拉德再也忍受不下去了。他听矮子比尔悄悄说:"上尉在考虑让我们去黄石——接管利萨在大霍恩河上的旧贸易站。"1807年,一个名叫曼纽尔·利萨的精明商人在黄石河跟大霍恩河汇合处建起个贸易站。利萨把那座房子命名为曼纽尔堡,用作贸易基地,开发两条河流域的商业。利萨跟克劳族及平头族印第安人维持着特别友好的关系,他们从利萨那儿买到枪,跟黑脚族作战。黑脚族反过来成为白人的死敌。

适度的商业成功让利萨感到鼓舞,他在1809年成立了圣路易斯密苏里毛皮公司。这个新公司的合伙人之一便是安德鲁·亨利。亨利带领一百名捕兽人前往三岔河流域冒险,结果不走运。亨利前往黄石途中在曼纽尔堡歇脚。他记得,那个具有战略性位置的地带有丰富的猎物和木材。亨利

第19章 1823年12月8日

知道,曼纽尔堡已经废弃十多年了,可他希望在原来基础上新建一个贸易站。

菲茨杰拉德不知道去大霍恩河有多远,不过他知道,那儿跟他要去的地方方向相反。他逃出圣路易斯后,发现边疆的生活比预想的好,可他早已厌倦了恶劣的食物和严寒,厌倦了跟三十个臭哄哄的人挤在一起睡觉的不舒适生活,更不用说送命的危险极大。他怀念廉价威士忌的口味和廉价香水的气息。得到出卖格拉斯的七十美元赏金后,他时常想起赌博。时隔一年半,圣路易斯那边的事态应该已经平息,也许远在南边的事情也平息了。他打算去看个究竟。

两只独木舟底朝上扣在贸易站下面长长的河岸边。

几天前,菲茨杰拉德仔细检查过小船,认为其中较小的一只船制作得比较好。虽然是顺流而下,但他需要一只足够小的船,便于他独自操控。他悄悄地把船翻过来,装好两条船桨,拖着船横过沙坝走向水边。

"现在去对付另一条船。"菲茨杰拉德盘算自己的逃跑计划时,一直在考虑如何破坏另一条船。他考虑过在木船壳上凿个洞,后来想到一个更直截了当的方案。他返回第二条船,趴到下面,抓起两支船桨。"没有桨,船就没用。"

菲茨杰拉德把自己这条独木舟推下水,跳上船,划了两下让船进入水流。河水载着小船驶向下游。几分钟后,他停下船,装上自己偷来的货物,再次把船划进水流中。几分钟后,联合堡就消失在他身后了。

亨利上尉独自坐在联合堡唯一的屋子里。屋子狭窄，弥漫着霉味。私密环境是这个贸易站的稀缺资源，除此之外，这个环境没什么值得一提。屋子里的光和热都来自通向相邻屋子的门。寒冷的黑暗中，亨利坐在那里，考虑着该怎么行动。

菲茨杰拉德本人离去算不上什么损失。自从在圣路易斯头一次见到这个人，亨利就不信任他。他们没有独木舟也行，这跟偷走他们剩下的马匹不同。损失一包毛皮令人恼怒，不过也算不上重大损失。

损失并不是逃走的那个人，而是对其他人的影响。菲茨杰拉德逃走等于是个声明，等于大声而清晰地说出大家没说出来的想法：落基山毛皮公司失败了。他是个失败者。"现在该怎么办？"

亨利听到众人睡觉的屋子门闩响了。接着，一个沉重的脚步声拖沓着穿过泥土地面，朝他的住处走来。矮子比尔出现在门口。

"默菲带着捕猎队回来了。"斯塔比报告说。

"带回毛皮没有？"

"没有，上尉。"

"一张也没有？"

"没有，上尉。嗯，知道吗，上尉，比这还糟。"

"怎么？"

"他们的马匹也没了。"

亨利上尉评估着这个消息的意义。

"还有别的吗?"

斯塔比想了片刻,接着说:"有,上尉。安德森死了。"

上尉没再说话。斯塔比等待着,这沉默让他感觉不舒服。他转身离去。

亨利上尉在寒冷黑暗的屋里坐了几分钟,最后做出决定:放弃联合堡。

第20章
1823年12月15日

平原上这个洼地几乎是个完美的碗形。洼地三面是低矮的山丘,能挡住开阔地刮来的凛冽寒风。洼地像个漏斗,将水分渗向中央,那里有一片山楂树林。周围的山丘和这片树林合在一起,给此处提供了相当好的庇护。

这片小洼地距离密苏里河只有五十码。休·格拉斯盘腿坐在一小堆柴火旁,跳跃的火苗舔着挂在柳枝架子上的一只瘦兔子。

格拉斯等着兔肉烤熟。忽然,他听到河面上传来一个声音,感觉是异乎寻常的声响。几个星期来,他一直紧靠河岸活动,可他保持着发现新事物的敏感。突然听到一阵水声,他觉得奇怪,因为平缓的河水不可能发出任何声音。也不是风声。他忽然想到,水流和风都不是产生这个声音的原因,应当是有个东西经过。他把目光转回来看着火。

格拉斯那条腿的酸疼成了老毛病,他调整一下姿势。浑身的伤口不断让他感觉到,虽然正在恢复,却没有痊愈。寒冷加重了腿和肩的疼痛。他现在认为,自己的嗓音永远无法恢复正常了。他的脸会把他在格兰德河上的遭遇永远展示

第20章 1823年12月15日

给别人。不过总的来说还不算糟。他的脊背不再疼,吃东西喉咙也不疼了,他闻着烤肉的香味,为喉咙痊愈感到庆幸。

格拉斯是在天光渐暗时射中这只兔子的。他已经一个星期没见到印第安人的踪迹了,这只毛茸茸的白尾灰兔横过他走的小径,他不忍放过一顿美味晚餐的机会。

在距离格拉斯四分之一英里的河上游,约翰·菲茨杰拉德听到附近的枪声,赶紧寻找停靠小船的位置。"见鬼!"他迅速划了几下桨把船带离水流,划向岸边。小船驶进一个漩涡,他倒划着桨,两眼在暮色中扫视,寻找枪声的来源。

"已经远在阿里卡拉族地盘北面。难道是阿希尼伯人?"菲茨杰拉德真希望能看清楚。几分钟后,出现了一堆营火的闪烁。他看出一个人身穿鹿皮装的轮廓,再详细的情况就看不清了。他假定那是个印第安人。白人肯定不会来这大北方,反正不会在十二月来。"会不会有别的人?"天光很快黯淡下来。

菲茨杰拉德权衡眼下的几种选择。他无论如何不能待在这儿。要是上岸过夜,早上那个开枪的人有可能发现他。他考虑过是不是该悄悄溜过去杀掉那人,只是他拿不准要面对的是一个人,还是好几个。最后,他决定设法溜走。他要等到夜幕降临,希望火光让那个开枪的人或者其他人看不清暗处水面。对他来说,满月足够亮,夜间能行船。

菲茨杰拉德静悄悄地把独木舟的船头搭在沙坝上,等了将近一个小时。西方地平线吞噬了白昼的最后一丝光亮,那堆营火显得更加明亮了。那个射手蜷缩的身影映衬在火光背景上。菲茨杰拉德认为,这个人准是在忙着准备晚饭。"出发。"菲茨杰拉德检查了一遍安斯特火枪和两支手枪,把它们放在随手能拿到的地方。接着,他把独木舟推离沙坝,跳上船,划了两下桨,让船进入水流。这以后,他把桨当作船舵,轻轻插在一侧或另一侧水中。他尽量让船随波逐流。

休·格拉斯拉了拉兔子的后腿。关节松动了,他拧了一下,扯下腿,牙齿咬进多汁的嫩肉。

菲茨杰拉德想要尽量驶离河岸,但水流却是从靠近岸边的地方流过。这时,那堆营火正以让人眼花缭乱的速度靠近。菲茨杰拉德一边望着河水,同时瞅着火堆旁那人的背影。他看出那是个裹着哈德逊湾红毛毯的身影,还戴着一顶毛线帽。"毛线帽?是个白人?"菲茨杰拉德扭头朝水面上望去。这时,前方河面突然出现一块巨大的圆石,距离他不到十英尺!

菲茨杰拉德连忙把船桨深深插进水中,用尽全力拉桨,接着把船桨抬起,用末端抵住石头推船。独木舟拐了个弯,不过弯度不够大。船身擦过石头,发出刺耳的摩擦声。菲茨杰拉德全力划桨。"现在可不能停下。"

格拉斯听到了长长的刮擦声和划水声。他本能地伸手抓枪,转身迅速离开火光,悄悄摸到河边,两眼在火光照耀后竭力适应暗处。

他扫视河面,寻找声音的来源。他听到船桨划水的哗哗

第20章 1823年12月15日

声,刚好看出一百码外有条独木舟。他举起火枪,打开机头,瞄准划船人黑黢黢的身影。他的手指移到扳机护弓里……停住了。

格拉斯觉得开枪射击没什么意义。不论船上是个什么人,显然那个船夫有意避免与人接触。无论如何,他朝相反的方向离去。不论这个逃走的船夫有什么意图,看来对他构不成什么威胁。

菲茨杰拉德使劲划着独木舟,一直划到远离营火四分之一英里,小船绕过一道弯。他任凭独木舟漂流了大约一英里,然后才把船靠向另一侧河岸,寻找一个适合上岸的地方。

最后,他把独木舟拖出水,翻转过来,在船下铺开自己的铺盖卷。他嘴里嚼着一根牛肉干,心里回想起火堆旁那个身影。"十二月在这儿遇到个白人,真是桩怪事。"

菲茨杰拉德仔细把火枪和两支手枪放在身边,这才蜷着身子钻到毯子下。一轮明月将惨白的亮光洒在他露营的地面上。安斯特枪反射着月亮的光芒,银质机件像阳光下的镜子一样明亮。

亨利上尉终于赶上了一连串的好运。这么多好事迅速接踵而至,让他感到有点目不暇接了。

首先,整整两个星期都是天空湛蓝的好天气。天气好,捕猎队只用了六天就从联合堡行军两百英里抵达了大霍恩河。

他们到了那座废弃的贸易站,那地方还是亨利记忆中的老样子。贸易站的状况远比他预料的好。多年废弃后,房子衰败了,不过大部分木料还很坚实。这一发现让他们节省了很多艰苦劳作,用不着砍伐树木运回木料。

亨利与当地部落的交往经历(起码在最初阶段)与他在联合堡的噩运截然相反。他派阿利斯泰·默菲率领一队人,给他的新邻居慷慨送礼,主要对象是平头族和克劳族。亨利发现,与当地印第安人的关系,得益于前任的外交活动。重建贸易站似乎让这两个族的人感到喜悦,至少他们愿意来做交易。

克劳族的马匹特别丰富,默菲靠交换得来七十二匹马。附近的大霍恩山脉从此涌动着马群。亨利上尉制定出个雄心勃勃的计划,要部署新的移动捕兽队。

两个星期中,亨利一再回头观望,仿佛噩运藏在身后似的,对前途不敢抱乐观态度。"也许我转运了?"结果,并非如此。

休·格拉斯站在废弃的联合堡前。贸易站的大门平整地倒在地上,亨利上尉的人走时,把门铰链都拆下带走了。生意失败的凋零景象在贸易站内随处可见。门上的所有金属铰链都拆卸走了,格拉斯假定,他们是为了将来用在下一个贸易站。栅栏上的木料拆掉了,显然是亨利走后有个野蛮的拜访者拆下来用作烧火柴了。一间简陋住房的墙壁熏黑了,看来有人曾在贸易站内纵火,却并没有认真看到大火燃起。庭院的雪地上有十几匹马留下的马蹄印。

"我这是在追逐一个海市蜃楼。"他为了这一时刻连爬带走奋斗了多少时日?他回想起在格兰德河畔那片空地上的经历。"那是几月份?八月?现在呢?十二月?"

格拉斯顺着简陋的梯子爬上碉楼,居高临下俯视整个河谷。他看到四分之一英里外出现十几只肮脏的羚羊,它们正刨开雪地,啃食鼠尾草。一群大雁排成人字形,展开双翼正要降落在河面上。此外,这里毫无生命迹象。"他们跑哪儿去了?"

他在这个贸易站住了两夜,对长时间追寻的目标不忍一走了之。不过,他心里清楚,自己的目标不是个地方,而是两个人——两个人和两个终极复仇行动。

格拉斯离开联合堡,沿黄石河走去。他猜不出亨利的人走的是哪条路,但他怀疑,上尉有可能冒险重蹈覆辙,去了上密苏里河。所以他离开了黄石河。

他沿着黄石河走了五天后,来到高耸在河岸的一片山峰前。他望而生畏,停下了脚步。

他眼前是直插云霄的大霍恩山。只见几朵白云缭绕在最高的山峰之间,更加强了他的想象,觉得这是一道不可逾越的高墙。山顶积雪反射的强光把他刺得眼眶里滚动着泪水,可他不愿移开目光。格拉斯在平原上生活过二十年,根本没想过会见到如此雄伟的大山。

亨利上尉时常谈起落基山的雄浑,但格拉斯以为,那不过是篝火旁的老生常谈。格拉斯认为,亨利的描述无非言过其实。亨利是个直来直去的人,他在叙述中把大山当作一道天堑,当成阻挡在东西部贸易道路中的障碍。但是,亨利的描述中,完全失去了格拉斯看到这些气势宏伟的山峰时心中涌出的崇敬感。

当然,他能体谅亨利比较讲求实际的反应。应对众多河谷的地形已经够艰难的,连格拉斯也难以想象翻越眼前的高山运输毛皮要付出多大的艰辛。

接下来的几天,他沿黄石河渐渐走近大山,对大山的敬畏之心与日俱增。雄浑的大山本身就是个标志,就是时间本身的标志。别人面对让自己显得无比渺小的宏大存在,也许会感觉不安,但格拉斯却体会到一种神圣的感觉,仿佛大山是个洗礼盘,让圣水流向自己;仿佛大山是个不朽的神灵,相比之下,自己每日体会到的疼痛似乎无足轻重了。

于是,他一天天走向平原尽头的大山。

菲茨杰拉德站在简陋的栅栏外,一个咳嗽不停的侏儒站在壁垒的大门上方讯问他。

菲茨杰拉德坐在独木舟上漂流的漫长日子里,准备了一套谎言,背诵得滚瓜烂熟。"我是为亨利上尉给圣路易斯落基山毛皮公司送信的。"

第20章 1823年12月15日

"落基山毛皮公司?"矮个子哼了一声。"我们刚接待过你们的一个人,可他是朝相反方向去的。那是个脾气恶劣的家伙,跟一个红鬼骑一匹马来的。说实在的,既然你跟他是一个公司的,那就兑现他的汇票吧。"

菲茨杰拉德突然觉得肚子缩紧呼吸急促。"河上有白人!"他竭力保持平静,用若无其事的声调说:"我们准是在河上错过了。他叫什么名字?"

"想不起他的名字了。我们给了他两件东西,他就走了。"

"他长什么样?"

"这个嘛,我也记不得了。只记得他满脸伤疤,好像让一头野兽咬过。"

格拉斯!他还活着!真见鬼!

菲茨杰拉德用两张河狸皮换了些野牛肉干,急着返回河上。

顺水漂流不再让他感到满意,他划动双桨,加快速度,只想赶紧向前,远远离开这个地方。菲茨杰拉德想,格拉斯也许在朝相反的方向走,不过,对那个老杂种的意图,他丝毫也不怀疑。

第 21 章

1823 年 12 月 31 日

这天中午时分开始下雪。乌云悄然而至,渐渐遮住太阳,亨利和他的人并不在意。他们没什么值得担心的理由。翻新的贸易站结实完整,完全可以应付各种恶劣天气的挑战。此外,亨利上尉宣布了举行庆祝活动的日子。他还宣布了一个让大家狂欢的惊喜——让大家饮酒。

亨利做许多事情不成功,不过他懂得激励的力量。亨利的酒是用唐棣浆果加酵母在大木桶里发酵一个月酿制的。最后的产物尝着像酸液。人人喝了都难受得直皱眉头,可谁也不愿放弃品尝的机会。喝了这种液体,几乎马上就让人进入深度醉酒状态。

亨利还给他的人准备了第二种奖赏。他是个不错的小提琴师,几个月来,头一回有兴致拿起自己破旧的乐器。尖利的小提琴声混杂在人们的酒后欢笑声中,在简陋住房中创造出一片欢腾气氛。

让人们欢笑的一个核心人物是猪猡,他肥胖的躯体醉倒在炉火前,证明他的酒量跟腰围不成比例。

"看着像已经死了。"布莱克·哈里斯使劲朝他肚子踢

第 21 章 1823 年 12 月 31 日

了一脚,那只脚一时整个消失在猪猡腰间软乎乎的肥肉里,却没引起猪猡的任何反应。

"要是他死了……我们该给他办个得体的葬礼。"帕特里克·罗宾逊说。罗宾逊是个寡言少语的人,大多数捕兽人听亨利空谈时,从没听见罗宾逊开口插过话。

"天气太冷,"另一个捕兽人说,"不过我们可以给他做件得体的寿衣!"这个说法引发了人们的兴致。人们抱来十二条毯子,还取来一根粗针和粗线。罗宾逊是个有经验的裁缝,开始动手把毯子紧紧缝在猪猡巨大的躯体周围。布莱克·哈里斯说了一段动人的布道辞,人们一个个轮流致哀。

"他是个好人,也是个上帝都害怕的人。"一个人说。"主啊,我们把他的躯体归还给你,这个躯体保持了本来的面貌……从来没让肥皂玷污过。"

"如果您能抬起他的躯体,"另一个人说,"我们恳求您把他升起来,送往来世的彼岸。"

一阵吵闹声让人们把注意力从猪猡的"葬礼"吸引开来。阿利斯泰·默菲和矮子比尔都认为自己的手枪枪法比对方准。默菲要求跟矮子比尔决斗,亨利上尉马上出面制止。不过他宣布可以搞个射击比赛。

起初,矮子比尔建议,在对方脑袋上放只铁杯子当目标。尽管他这时已经喝得醉醺醺,心里仍觉得有危险才能激发动机。最后大家达成妥协,决定射击目标是放在猪猡脑袋上的一只杯子。默菲和矮子比尔都认为猪猡是自己的朋友,所以两人在这次枪法比赛中得到同样的刺激。人们把毛毯"裹尸"的猪猡靠墙扶成坐姿,在他脑袋上放了只铁皮杯。

在这间长长的简陋住房里,人们在中央清理开一条通道,射手在房子一头,猪猡坐在另一头。亨利上尉在一只手中藏了颗毛瑟枪弹丸;默菲猜中,选择自己第二个开枪。矮子比尔从腰带上拔出枪,仔细检查了枪机里的火药,调整好两脚的平衡,最后侧身对着目标。他持枪的胳膊屈起来,枪口指向屋顶,屋子里气氛紧张,鸦雀无声。他拇指探出去,嘎巴一声扳开机头,声音显得特别惊人。他这种姿势摆了几分钟后,把手枪降到射击位置,动作缓慢而优雅。

接着,他踌躇了。他忽然透过手枪的瞄准器看出射击失误可能导致的后果——猪猡粗笨的身体。矮子比尔喜欢猪猡,而且非常喜欢。"这是个坏主意。"他感觉到一滴汗珠顺着短短的脊梁淌下来。他这才靠眼睛的余光看到围在两旁的人们。他开始喘粗气,握着枪的手上下晃动。手枪好像突然变得沉重了。他憋住气,想止住晃动,但憋住气让他头昏眼花。"现在别打偏了。"

最后他心怀乐观的希望扣动了扳机,火药闪亮的瞬间,他闭上了眼睛。弹丸打在猪猡身后的圆木墙上,高出那个胖人脑袋上的杯子整整十二英寸。观众爆发出一阵大笑。"打得真棒,小矮个儿!"

默菲走过来。"你想得太久了。"他拔枪瞄准开火一气呵成。枪声过后,弹丸射进猪猡脑袋上那只杯子的底部。杯

第 21 章 1823 年 12 月 31 日

子撞在墙面,哐当当落在猪猡旁边的地板上。

两枪都没打死猪猡,但第二枪终于把他吵醒了。

臃肿的"裹尸布"开始疯狂变形。人们为射击欢呼叫好,看到"裹尸布"扭动,人们加倍放肆狂欢。毯子后面忽然刺出长长的刀刃,割开一道狭窄的缝隙。两只手伸出来,撕开"裹尸布"。接着,猪猡肥胖的脸蛋露出来,让灯光刺得直眨巴眼睛。人们的笑声更加狂放。"就像看着牛犊出娘胎!"

射击给他们的庆祝活动添加了恰当的佐料,不久,所有人都开始朝天花板射击。在满屋子的黑色火药烟雾中,人们开心高喊:"新年快乐!"

"我说,上尉,"默菲说,"咱们该用大炮轰上一炮!"亨利没表示反对,就算他没有其他理由,至少也能让这帮捕兽人都跑到外面去,免得毁掉这间屋子。落基山毛皮公司的这帮人大声嚷叫着,打开房门涌到漆黑的室外,一齐跌跌撞撞奔向栅栏墙。

暴风雪猛烈得让他们吃惊。下午飘飘洒洒的小雪演化成了猛烈的暴风雪,狂风裹着雪片打旋。外面已经积了十英寸厚的雪,背风处的积雪更厚。假如人们比较有理性,应该为他们建造的庇护所抵挡住风暴感到庆幸。可他们这时的全部兴趣都集中在那门炮上。

这门四磅重的炮其实不过是支大猎枪,算不上什么炮。它本来的用途不是保卫壁垒,而是为了架在河运船的船头。

这门炮装在碉楼角一个能转动的台子上,能控制贸易站的两堵墙。炮管只有不到三英尺长,上面有三道加强筋(结果证明不足)。

名叫保罗·豪克的大个头觉得自己理所当然是个炮手。他甚至声称在1812年战争中当过炮兵。大多数人对此感到怀疑,不过大家都承认,豪克高喊装填时,那口吻显得很在行。豪克和另外两个人爬梯子上碉楼。其他人满足于待在下面相对隐蔽的阅兵场上。

"炮手们就位!"豪克喊道。豪克也许懂得这些操作术语,可他的下属听不懂,一个个干瞪着眼睛,等着听百姓化的解释。豪克压低声音向他们解释自己的职责,指着一个人说:"你拿火药和弹丸垫布,"又指着另一个人说,"你去火炉那儿点燃引火索。"接着他恢复军人姿态,喊道:"准备开火……装填!"

在豪克指挥下,拿火药的人朝放在碉楼的量筒里倒了三十打兰(dram)*火药。豪克把铜炮口朝上,装填火药,然后塞进拳头大一团破布片,用捅炮杆把装填物紧紧塞到炮的后膛。

大家等待拿来引火索的时候,豪克打开包裹着引信的油纸包。引信是三英寸长的鹅毛管,里面装填了火药,两头用蜡封堵。他取出一根引信,把一头塞进炮后膛上的一个小

---

* 重量单位,1打兰约等于1.77克。——译注

第 21 章 1823 年 12 月 31 日

孔。点燃的引火索靠在鹅毛管上,会融化上面的蜡,点燃里面的火药,最后触发炮膛里装填的火药。

手持点燃引火索的人正爬梯子上来。

引火索是一根硝石处理过的粗绳,穿在一根长管子里。豪克朝引火索点燃的一头吹气,余烬变得火红,在他脸上投下不祥的红光。他用西点军校实习生般的浮夸做派嚷道:"准备!"

下面庭院里的人抬头望着碉楼,渴望听到那声巨大的爆炸。虽然是豪克自己拿着引火索,可他嘴里大声命令道:"开炮!"接着动手点燃了引信。

引火索的火星迅速熔化了引信一头的蜡封,引信发出咻咻声,接着是"砰"地一声。大家期待的是震耳欲聋的爆炸声,可听到的声音不过像是两手拍了一下巴掌。

"见鬼,这算个屁?"院子里有人嚷起来,人们发出一片嘘声,开始嘲笑。"你还不如干脆敲个盆盆罐罐呢!"

豪克望着这门炮,雄心勃勃的演示如此丢脸收场,让他大为扫兴。必须纠正这个局面。"重来!"他喊道。接着气急败坏地喊:"炮手就位!"

两名炮手望着豪克,露出疑惑的目光,忽然意识到自己的荣誉受到挑战。

"行动,你们这两个蠢货!"豪克咬牙切齿道。"装填三倍火药!"多填火药会有效果。另外,填塞物太少恐怕也是个问题。豪克想,应该增加填塞物,制造更大阻力,爆炸的声音才响亮。"我要送给他们一声巨响。"

他们朝炮口里装填了三倍的火药。"用什么当填料呢?"豪克脱下自己的皮外套,团巴起来塞进炮膛。"还不够。"豪克望着他的助手。"把你们的外套给我。"他对部下说。

两个人瞪着他,显然吃惊不浅。"豪克,天这么冷。"

"把你们该死的外套给我!"

两人不情愿地服从了,豪克把这两件外套也当成了填料。豪克发疯般装填大炮过程中,嘲笑声持续不断。等他干完后,炮膛整个让鹿皮衣服添得满满当当,紧紧塞住。

"准备!"豪克一边喊,一边伸手拿引火索。

"开炮!"他把火星靠向引信,炮炸响了。其实是炮管爆炸了。几件鹿皮衣确实构成了额外的阻力,而且阻力太大了,结果这件武器自身炸成了无数闪亮的碎片。

在那个灿烂的瞬间,爆炸的火光照亮了夜空,紧接着升腾起一团呛人的巨大烟云,把整个碉楼都遮蔽住了。爆炸的弹片呼啸着射进圆木墙,射进雪地发出一片滋滋声,人们赶忙弯腰躲避。爆炸中,豪克的两名炮手栽下碉楼落入院里,一个人折断了胳膊,另一个断了两条肋骨,好在落到厚厚的积雪上,才幸免送命。

强风刮开碉楼上的硝烟,所有人一齐抬头望去,寻找他们那位勇敢的炮兵。一时谁也没说话,最后上尉高声呼喊:"豪克!"

第21章 1823年12月31日

又一次漫长的沉寂过后,旋风把碉楼上的烟彻底驱散了。人们看到,壁垒上缘伸出一只手。第二只手伸上来——接着是豪克的脑袋。他的脸在爆炸中熏得乌黑,脑袋上的帽子不见了,血从两只耳朵里淌下来。两手还撑在碉楼边,身子蹒跚着左右晃动。大多数人预料他会倒下死去。可他却放开喉咙高喊:"新年快乐,你们这帮肮脏的狗崽子!"

欢呼声顿时爆发出来,响彻夜空。

休·格拉斯在满地积雪中一脚高一脚低地跋涉,为积雪已经这么厚感到吃惊。他抓着枪机的那只手没戴手套,让冰冷的雪刺得皱起了眉头。他把这只手插进毛毯斗篷擦干。这场雪刚开始只是零星小雪,他没想到要躲避,现在才意识到犯了个错误。

他环顾天空,设法判断白昼还剩多长时间。暴风雪中,他看不到地平线,后面的高山也彻底从视野中消失了。他依稀看到一条细细的轮廓线,分辨出砂岩山岭和山顶稀疏的几株松树。此外,就连最近的山丘也跟天空不成形的灰白色云层融为一体了。格拉斯为自己能看清黄石河岸的路径感到庆幸。"大概是日落前一个钟头吧?"格拉斯从随身包里掏出手套,戴在那只湿漉漉的僵硬的手上。"这种天气反正什么猎物也打不到。"

格拉斯离开联合堡已经五天了。他现在确信,亨利和他的人走的是这条路;三十个人踏出的路很容易辨认。根据格拉斯研究过的各种地图,他记得曼纽尔·利萨放弃的贸易站是在大霍恩河上。"亨利肯定走不远,在这个季节不可能远行。"他对大致距离有了个判断。至于他自己走了多远,就只能猜测了。

随着暴风雪来临,气温急剧下降,但是,格拉斯更担心的是寒风。寒风似乎能钻进衣服上的每一道缝隙。起初,他暴露在外面的鼻子和耳朵感到寒冷刺痛。寒风中,他的眼角涌出了泪水,鼻息中喷出水汽,这些加重了寒意。他在逐渐加厚的雪地上艰难跋涉,刺骨的寒冷渐渐变成了麻木后的刺痛,敏捷的手指都失去了肌肉功能,变成一根根肿块。他得赶紧寻找个背风隐蔽处,趁现在还能找到柴火,手指也还能使用火石、火镰。

河对岸是个高出河面的陡岸,应该是个掩蔽处,但没办法渡河。河这边的岸上地形平坦,毫无地貌特征,强劲的寒风无遮无拦。大约一英里外有十几棵杨树,在风雪和渐暗的天色下刚能隐约看到。"那我还等什么?"

走完这段路需要二十分钟。有些地方,呼啸的寒风把地面积雪吹了个干净,露出了下面的土地,但有些地方的积雪却深及膝盖。雪灌进他的鹿皮鞋,他责备自己没有做两个鞋罩。他的鹿皮马裤已经让雪打湿后冻硬,成了裹在小腿外面两个僵硬的冰壳。等他走到杨树林,已经冻得感觉不到自己的脚趾了。

他环顾树林,寻找最佳避风处时,暴风雪更加猛烈了。

第21章 1823年12月31日

寒风好像同时从每一个方向刮来,让他很难找到个避风点。他靠一棵倒伏的杨树安顿下来。在树干底部,翻上地面的树根展成半圆形,能遮挡来自两个方向的风。"要是风不再从四面八方刮就好了。"

他把火枪放下,立刻动手收集烧火柴。他找到了大量木柴,问题是缺乏引火绒。地面已经覆盖了好几英寸厚的积雪。他把雪刨开,下面的树叶已经潮湿,不能引火。他试着折下一些细树枝,可树枝还是嫩的。格拉斯在空地上搜索,天光似乎已经泄尽,他意识到时间比他想的还晚,心中的担忧不由加重了。等他收集到需要的东西,几乎已是在摸黑干活。

格拉斯把柴火堆在倒伏的树旁,然后奋力刨挖出一个生火避风的坑。点火时,他把手套脱掉,可冻僵的手指几乎不听自己使唤了。他把双手捂在嘴上呵气。呼吸短时间产生温暖的刺痛感,但瞬间就在猛烈的寒风中消散了。他的脊背和脖子感觉到新刮来的一股强烈的寒风,穿透了他的皮肤,接着似乎向身体深处渗透。"难道风在转向?"他停顿了片刻,拿不准是不是该转移到杨树根的另一侧。风减弱了,他决定待在原地不动。

他把引火用的干草铺散在浅坑里,从随身包里掏出火石、火镰。第一下用火石划火镰,火石割伤了拇指关节。刺痛感像音叉一样从手指顺着胳膊向上传导。他竭力不去注意那疼痛,再次划火镰。火星终于落在引火草上,开始燃烧。

他俯伏身子保护着小火苗,小心地吹着,渴望将自己生命的气息传递给这个火种。忽然来了阵大旋风,他的脸顿时沾满了沙土和烟灰。他呛咳着,揉揉眼睛,睁开眼时,火苗灭了。"该死!"

他再次用火石划火镰,迸下一串串火花,可是引火干草大半已经用光。他暴露在外面的手背冻得生疼,手指已经完全失去了知觉。"用火药。"

他尽量把剩余的引火干草拢在一起,这次还放了几根粗一点儿的枝条,从他的牛角火药筒里倒出火药,一股火药喷到浅坑里,气得他咒骂起来。他尽量以身体挡住风,然后用火石划动火镰。

浅坑里瞬间火光闪亮,烧伤了他的双手和面孔。他顾不上疼痛,不顾一切保护着在旋风中摇曳的火苗。他蹲伏在火苗上,展开斗篷防风。大部分引火干草已经烧完,幸好一些比较大的木片已经开始燃烧,让他心里感到安慰。他添加了更多木柴,几分钟后便确信,火能保持燃烧了。

他刚刚靠着倒伏的大树坐下,忽然又刮来一阵狂风,险些把他的火吹灭。他再次扑在火坑上,铺展开斗篷防风,嘴巴赶紧轻吹灼热的余烬。火苗在保护下再次跳跃着升腾起来。

格拉斯张开双臂撑着斗篷挡风,这个姿势保持了将近半个钟头。就在他保护火苗的短短时间里,周围的积雪又增厚了几英寸。从拖在地上的斗篷一侧,他感觉到了积雪的重

第21章 1823年12月31日

量。他还有一种感觉,明白过来后不由心里一沉。"风转向了。"从他背后刮来的风不再是旋风,变成一种不间断的稳定的压力。倒伏的杨树不再是个遮挡,糟糕的是,它反而变成一堵碰转风向的墙,让风折转过来刮向他和这堆火。

他竭力与自己越来越强烈的恐惧心情作斗争,反而加剧了恐惧,这种恶性循环有个明确的起点——没有火,他会冻死。但他无法继续保持眼下的状态——两臂张开扑在火苗上,脊背却承受着暴风雪的袭击。他精疲力竭了,暴风雪却可以肆虐几个钟头甚至几天。他需要一个藏身处,不论多简陋都行。这时,风向似乎始终如一,倒伏大树的另一侧是个背风处。情况还不算太糟,但格拉斯拿不准,能不能挪到那一侧却不让火熄灭。他能徒手重新燃起一堆火吗?不用说还是在黑暗中,连引火的干草都没有。他别无选择,只好尝试。

他要执行一项计划:冲向倒伏大树的另一侧,刨个火坑,然后设法把火引过去。

等待毫无意义。他抓起火枪,尽可能多抱了些木柴。风好像找到了新目标,带着新积蓄的狂怒向他扫来。他低头弓背绕过巨大的树根,感觉到更多的雪灌进鹿皮鞋里,心里不禁咒骂起来。

大树另一侧看来的确是个比较好的背风处,不过这边的积雪很厚。他丢下火枪和木柴,动手刨挖,用了五分钟,刨开一片足够生火的空地。他连忙循着自己在雪地上的脚印跑回另一侧。乌云已经把天空遮蔽得漆黑一片,他绕过树根,希望能看到火的余烬。"没有亮光——没有火。"

他那堆火的唯一痕迹就是积雪中模糊可见的小浅坑。格拉斯连忙动手挖,心怀可笑的希望,但愿能找到一点余烬。结果什么也没找到,只是火的余热融化了雪,变成一团泥泞,他的毛手套都湿透了。他的双手从湿漉漉的雪水感觉到严寒,还有一种奇怪的疼痛,仿佛烧灼和冷冻的感觉同时存在。

他迅速撤到相对背风的树根另一侧。风向似乎已经固定下来,也好像加强了。他的脸在疼,双手再次变得僵硬。他没顾上管自己的双脚。两只脚感觉尚可,但他脚脖子以下根本就没知觉了。风向固定后,这棵大杨树起码是一道挡风墙。不过气温在持续下降,格拉斯再次想到,没有火,他会冻死。

就算这时光线够亮,也没时间去找引火用的干草了。他决定用小斧头砍削引火的细木屑,然后希望再倒点火药就能点燃火苗。他一时有点担心,觉得应该保留火药。"那是个微不足道的问题。"他把斧刃砍进一根短树枝的一头,上下砍剁,把木头劈开。

砍剁声几乎掩盖了另一个声音——远处雷鸣般沉闷的爆裂声。他呆住了,伸长脖子寻找声音来自哪个方向。"火枪的射击声?不是,声音太大了。"格拉斯以前也听到过暴风雪中的雷鸣声,但从来没在这么低的气温下听到雷鸣。

格拉斯等待了几分钟,屏息静听。除了风的呼啸,并没有其他声音。他再次感觉到双手冻得生疼。要是在暴风雪中到处寻找一个奇怪声音的来源,那就太傻了。"赶紧生起这该死的火。"他把斧刃砍进另一根树枝。

等到砍削得足够多了,他把引火碎屑收成一堆,伸手去拿火药筒。里面剩余的火药少得让他感到害怕。他倒出火药时,不知道是不是该留下一点儿,用于再次尝试引火。他动作僵挺,几乎无法控制冻僵的双手。"不用剩下什么,成败在此一举。"他把火药筒倒空,再次取出火石、火镰。

他举起火石,划向火镰,就在这时,一声巨响回荡在黄石河谷中。这次,他明白了。这无疑是一门炮的轰鸣。"是亨利!"

格拉斯站起身,抓起火枪。狂风又找到了目标,立刻全力朝他扑来,几乎让他犹豫不前。他开始在雪地上跋涉,走向黄石河。"希望我跟他们在同一侧河岸上。"

损失了大炮让亨利怒不可遏。不过,在实际战斗中,这件武器的用处微乎其微,但它具有重要的遏制价值。再说,真正的"堡"都有炮,亨利也想拥有自己的炮。

尽管上尉的态度显然与大家不同,但失去大炮并没有让这里的新年庆祝气氛稍减。其实恰恰相反,这声爆炸似乎提升了狂欢的水平。暴风雪把人们赶回室内,但是狭窄的住房里激荡着从不间断的尖叫和无拘无束的喧嚣。

房门突然撞开了一道口子,仿佛门外有个巨大的力量—

直在积蓄,最后门彻底绷开了。寒风裹胁着雪片从敞开的门涌进屋里,仿佛冰冷的手指抓住屋里的人们,要把他们从温暖舒适的路边拽开。

"关上门,你这个该死的蠢货!"矮子比尔眼睛没朝门的方向看,脱口嚷道。接着,大家都扭头望去。外面风在呼啸,雪片打着旋,绕着赫然出现在门口的人形,让这个形象似乎成了风雪的一部分,仿佛荒野凶猛天气的精灵。

吉姆·布里杰望着这个幽灵,两眼露出恐惧。暴风雪覆盖了这个身体的每一处表面,用白色的冰雪把他包裹其中。冰凌挂在他凌乱的胡子上,翻下来的毛线帽边缘垂吊着冰凌,仿佛一根根水晶匕首。这个幽灵完全像是冬天的化身——但他的脸上有一道道深红色的伤疤,两眼像融化的铅水一样闪烁出炽烈的光芒。布里杰望着他,见他扫视着屋子,两眼从容不迫地搜索着。

人们目瞪口呆。整个屋子一片寂静。人们竭力辨认着站在眼前的这个形象。布里杰跟别人不同,他马上就明白了。他在心里曾见到过这个场面。他的负罪感升上心头,肚子里像被桨轮搅动一样翻腾着。绝望中,他想逃走。"但自己内心中的东西怎么逃避呢?"他知道,这个复仇者找的正是他。

过了片刻,布莱克·哈里斯才终于喊道:"老天哪。是休·格拉斯。"

格拉斯扫视着一张张目瞪口呆的面孔。他没有找到菲茨杰拉德,神色中闪过一丝失望,可他找到了布里杰。所有人都用眼睛看他,但布里杰的目光在躲闪他。"就跟以前一样。"他注意到,布里杰的腰带上插着他那把熟悉的刀。格拉斯举起枪,扳开了机头。

他几乎没有控制住向布里杰开枪的冲动。一百天来,他一直在朝这个时刻前行,复仇就在眼前,实现心愿的力量无非是轻轻扣动一下扳机。然而,仅仅射出一颗弹丸实在太简单了,无法表达内心的愤怒,复仇是个空洞的念头,要满足此刻的渴望,得通过身体对身体的打击。他就像个行将饿死的人坐在宴会桌前,感觉可以先等一等,然后再享受平复饥饿的乐趣。格拉斯的枪口垂下去,他把枪靠墙放好。

他缓缓朝布里杰走去,其他人纷纷给他让开道。"布里杰,我的刀呢?"格拉斯站定在他面前。布里杰抬起头,望着格拉斯,又一次感觉到想要解释却无法开口。

"站起来。"格拉斯说。布里杰站起身。

格拉斯的第一拳狠狠打在他脸上。布里杰没有反抗。他看到拳头打过来,既不扭头,也没有畏缩。格拉斯感觉到布里杰的鼻梁软骨断裂了,看到血涌出来。他一千遍地想象过这种景象,如今这个时刻终于到来了。格拉斯很高兴没有开枪打死他——很高兴没有剥夺自己复仇的完整乐趣。

格拉斯的第二拳从下往上打在布里杰的下巴,把他打得后退了几步,靠在屋子的圆木墙上。格拉斯再次品味着身体接触的疼痛快感。布里杰靠在墙上,没有倒下。

格拉斯冲上前,对准布里杰的脸狠狠一顿暴打。直到那张脸上血流太浓,拳头打上去都滑向一边,他才转而把拳头对准布里杰的肚子猛打。布里杰喘不上气来,身子躬下去,最后倒在地板上。格拉斯开始狠踢,布里杰不能反击,也不敢反击。布里杰在想象中见到过这一幕。这是他欠的账,他觉得自己无权抵抗。

最后,猪猡走过来。虽然酒精搞得他迷迷糊糊,可他渐渐明白了眼前这场暴力的原委。很明显,布里杰和菲茨杰拉德在照顾格拉斯的事情上撒了谎。不过,让格拉斯进来打死他的朋友和同伴,显然是不对的。猪猡走上去要从后面阻拦格拉斯。

但是,另一个人把他拦住了。猪猡转身一看,是亨利上尉。猪猡质问上尉:"你让他就这么把布里杰打死?"

"我什么也不做。"上尉说。猪猡正打算开口继续争辩,亨利打断了他。"这事该让格拉斯定夺。"

格拉斯又狠踢一脚。布里杰竭力不出声,但重创之下,还是发出个呻吟。格拉斯俯视着脚下畏缩成一团的身体,刚才这顿暴打累得他气喘吁吁。他低头再次看到布里杰插在腰带上的刀,感觉到太阳穴怦怦直跳。他回想起布里杰那天站在空地边缘,接住菲茨杰拉德丢给他的刀。"我的刀。"他俯身从刀鞘里抽出那把长刀。握住刀柄上的圆头,就像握住一只熟悉的手。他想起需要这把刀的很多时刻,心中涌起痛恨。"这个时刻终于到了。"

第 21 章 1823 年 12 月 31 日

为了这个时刻,他已经酝酿了多久?

如今这个时刻终于来临,这次复仇比他的想象更痛快淋漓。他把刀刃扭过来,掂了掂重量,准备砍下去。

他俯视着布里杰,一个意外情况发生了。痛快淋漓的感觉开始消散。布里杰回望着格拉斯,格拉斯从他眼中看到的没有恶意,只有恐惧,没有反抗,只有顺从。"反抗,该死的家伙!"只要有一个反抗的动作,就提供了最后一击的理由。

根本没有反抗。格拉斯继续紧握着长刀,两眼瞪着那小伙子。"小伙子!"格拉斯低头望着他,另外一些记忆片段与偷他长刀的记忆混杂在一起。他记起这小伙子照料他的伤口,跟菲茨杰拉德争辩。他脑海中还出现其他一些记忆碎片,其中就有在密苏里河陡岸边"童男子"那张灰白的面孔。

格拉斯的呼吸开始变得平缓。太阳穴不再随着心跳悸动。他环顾屋子,仿佛忽然意识到这里围了一圈人。他长时间地盯着手中的刀,最后把刀插进自己的腰带。他转身离开小伙子,这才感觉浑身寒冷,便径直走到炉边,张开血淋淋的双手,在噼啪作响的炉前烤火。

第 22 章

1824 年 2 月 27 日

　　一个星期前,一艘名叫多利·麦迪逊的蒸汽船抵达圣路易斯,运来古巴的产品,其中有蔗糖、朗姆酒和雪茄。威廉·H.阿什利酷爱雪茄,但他一时感觉奇怪,不知为什么现在抽粗粗的雪茄失去了常有的快感。他当然知道原因。他每天走向河边,并不是去看蒸汽船运来加勒比地区的杂货,而是渴望看到从大西北满载毛皮而来的独木舟。"他们上哪儿去了?"五个月了,根本没收到安德鲁·亨利或杰迪代亚·史密斯的任何信息。"五个月了!"

　　阿什利每天都如坐针毡,在落基山毛皮公司空荡荡的办公室里来回踱步。他在墙上挂的一幅大地图前停下脚步。这是一幅装饰华丽的地图,至少以前曾有华丽的装饰。阿什利在上面钉了许多大头针,活像个裁缝用的木质模特儿,还用粗粗的铅笔在上面粗略标出河流、小溪、贸易站和其他类型的地标。

　　他的两眼顺着密苏里河的路线向上追溯,再次竭力遏制住毁灭将至的想法。他的目光固定在河上紧靠圣路易斯西面的一处,他的一艘平底货船曾在那里沉没,损失了价值一

第22章 1824年2月27日

万美元的物资。他的目光移向另一处,这里标的是阿里卡拉人的村庄,他有十六个人在此遭劫遇害,就连美国陆军的力量都没能打通他的贸易通道。他又望着密苏里河畔曼丹人村子上游的一道河湾,两年前,亨利被阿希尼伯人抢走了七十匹马。他循着密苏里河,望向联合堡至大瀑布城一线,亨利后来受到黑脚族攻击,节节向下游败退。

他低下头看着手中的一封信,这是他的一名投资人最近提出的要求。信上要求通报"密苏里河上贸易的现状"。他一无所知。当然,阿什利自己的每一个铜板也都投给了安德鲁·亨利和杰迪代亚·史密斯。

阿什利抑制不住采取行动的欲望,他要想办法,要做某种事,什么事都愿意做——然而,他却无法采取任何行动。他已经想方设法弄到一笔贷款,购买了一艘新的平底货船和一批用品。船停靠在河边码头,用品储存在仓库里。他要新招募一支毛皮捕猎队,已经有足够多的人报名参加。四月,他要亲自率领自己的人沿密苏里河而上。"还有一个多月!"

他要去哪里?去年八月,他派出亨利和史密斯,大家的初步计划是在捕猎地汇合,具体地点通过信使联系确定。"信使!"

他的目光转回地图,手指循着格兰德河的曲线划动。他还记得当时画这条线的情景,记得当时是凭猜测画出这条河的。"我猜得对吗?"格兰德河与联合堡之间是一条直线,还是拐到了别的方向?亨利带领他的人要多久才能抵达联合堡?看来要很久,到头来,他们无法在秋天狩猎。"他们到底是死是活?"

在大霍恩河那个贸易站的简陋住房里,安德鲁·亨利上尉、休·格拉斯和布莱克·哈里斯坐在即将熄灭的炉前。亨利起身走出屋子,抱回一捆木柴,把一块木头放在火上,三个人望着火焰热切地舐向新添的柴火。

"我需要派个信使回圣路易斯。"亨利说。"本来早该送信回去,可我想在大霍恩河扎营后再报信。"

格拉斯立即抓住这个机会。"我去,上尉。"菲茨杰拉德和那支安斯特枪肯定在密苏里河下游某个地方。另外,与亨利做伴已经一个月,格拉斯充分体会到,在这种乌云密布的天气,上尉无法采取行动。

"好。我给你三个人和马匹。相信你同意,我们应该避开密苏里河。"

格拉斯点了点头。"我想,我们该沿保得河到普拉特河,然后直抵阿特金森堡。"

"为什么不顺着格兰德河走?"

"格兰德河上遭遇里斯人的机会多。再说,要是走运,在保得河附近有可能遇到杰迪代亚·史密斯的人。"

第二天,猪猡听一个名叫雷德·阿奇博尔德的猎人说,休·格拉斯要返回圣路易斯,替上尉给威廉·H.阿什利送信。他马上找亨利上尉,自告奋勇一道去。离开相对舒适的贸易站,路上的艰辛让他害怕,可待在这儿的前景更糟。猪猡清楚,自己不适合过猎人的生活。他想起原来当箍桶匠学徒的生活,他比任何时候都怀念那时的生活,怀念那种原始的舒适状态。

雷德和他一个朋友也要求去,这位朋友是个罗圈腿英国人,名叫威廉·查普曼。听到向圣路易斯送信的消息,雷德和查普曼便策划中途逃走。亨利上尉还要向自告奋勇者支付丰厚的报酬。陪伴格拉斯,就省了他们偷偷溜走的麻烦。他们可以提前离开,还能为此得到报酬。查普曼和雷德几乎不相信自己有这么好的运气。"你还记得阿特金森堡的酒吧吗?"雷德问。

查普曼笑了。他当然记得,他们一路沿密苏里河向上游跋涉过程中,那是最后一次尝到上等威士忌的地方。

在阿特金森堡,约翰·菲茨杰拉德对酒吧里的下流吵闹声充耳不闻。他全神贯注地打牌,双手搭在肮脏的台布上,一张张看自己手中的牌:A……"没准这次要转运了"……5……7……4……接着……

是一张 A。"好。"他环顾桌子周围。虚张声势的中尉手边有一大堆硬币,他把三张牌扣在桌子上。"我押五块钱,换三张牌。"

随军商贩把五张牌撂起来扣下。"我放弃。"

一个身材魁梧的船夫扣下一张牌,把五块钱推到桌子中间。

菲茨杰拉德一边权衡自己的机会,一边扣下三张牌。

船夫是个白痴,也许妄想买同花或顺子。中尉也许已经有了一对,可什么对子都不能跟他的 A 抗衡。"我跟你的五块,再加五块。"

"你有什么牌敢在我的五块上再加五块?"中尉疑惑地问。菲茨杰拉德觉得血都涌到脸上了,太阳穴感觉到熟悉的脉动。他已经输了一百块,每个子儿都是这天下午把毛皮卖给随军商贩得来的。他转向这个商贩。"我说,老家伙,剩下那一半河狸皮也卖给你。同样的价格——每张五块钱。"

随军商贩打牌赌钱不在行,做买卖却很精明。"打今儿下午起,价格已经跌了。每张皮给你三块。"

"你这个狗崽子!"菲茨杰拉德咬牙切齿骂道。

"随你怎么骂,"商贩说,"我就出这个价。"

菲茨杰拉德又朝得意洋洋的中尉瞅了一眼,对商贩点了点头。商贩从一个皮质钱袋里数出六十美元的硬币,堆放在菲茨杰拉德面前。菲茨杰拉德把十美元硬币推到桌子中间。

庄家给船夫发了一张牌,给菲茨杰拉德和中尉分别发了三张。菲茨杰拉德翻开看。"一张7……一张J……一张3……真是活见鬼!"他竭力表现出无动于衷的表情。抬起头,见中尉正盯着看他,嘴角露出一丝不易察觉的微笑。

"你这个狗崽子。"菲茨杰拉德把剩下的钱都推到桌子

第 22 章 1824 年 2 月 27 日

中间。"押五十块。"

船夫打了个口哨,把牌全丢在桌子上。

中尉的目光从堆在桌子中间的钱币,转向菲茨杰拉德。"那可是很多钱呢,先生,你叫什么名字来着,菲茨帕特里克?"

菲茨杰拉德竭力控制住自己。"菲茨杰拉德。"

"菲茨杰拉德……没错。抱歉。"

菲茨杰拉德判断着中尉的下一步。"他会扣牌。他没这个胆子。"中尉一只手拿着牌,另一只手的几根手指在轮番敲打着桌面。他撅起嘴唇,长长的八字胡两头耷拉得更低了。这让菲茨杰拉德恼火,那瞪视的目光尤其让他生气。

"我跟你五十,看牌。"中尉说。

菲茨杰拉德顿时感觉心往下一沉。咬紧牙关把牌翻过来摊在桌子上。

"一对 A,"中尉说。"那可比我这个对子大。"

他在桌子上丢下一对 3。"可惜我还有一对。"他把另外一对 3 丢在桌面上。"我相信你今晚玩够了吧,先生,你叫菲茨什么来着……除非这位好商贩想连你的小独木舟一道买下。"中尉伸出手,要把桌子中间的钱都搂回来。

菲茨杰拉德猛地从皮带上拔出剥皮刀,刺向中尉的手背,把他的手钉在桌子上。中尉惨叫起来。菲茨杰拉德抓起威士忌酒瓶,砸碎在可怜的中尉脑袋上。他正要把抓在手中的破酒瓶瓶颈刺向中尉的喉咙,忽然两个士兵从背后抱住他,把他摔倒在地板上。

菲茨杰拉德在禁闭室度过了这个夜晚。早上,他带着手铐被领进一间布置成法庭模样的食堂,站在一位少校面前。

这位少校说了很长时间,口吻呆板,抑扬顿挫,菲茨杰拉德根本听不懂。那个中尉也在场,手上缠着渗出鲜血的绷带。少校用半个钟头审问中尉,然后讯问当时在酒吧里的证人:商贩、船夫和另外三个人。菲茨杰拉德觉得整个过程滑稽可笑,因为他根本不打算抵赖。

一个钟头的审讯后,少校叫菲茨杰拉德走到"法官席"前。菲茨杰拉德觉得,少校面前的不过是一张普通桌子而已。

少校说:"本军事法庭宣判你犯攻击罪。你可以在两项判决中任选一项——服刑五年,或者在美国陆军服役三年。"那一年,驻守阿特金森堡的士兵有四分之一当了逃兵。少校要充分利用各种机会补充兵员。

在菲茨杰拉德看来,这个决定很简单。他已经在禁闭室待过了。毫无疑问,他到头来可以逃走,但入伍后当逃兵更容易。

这天晚些时候,约翰·菲茨杰拉德举起右手,宣誓效忠美利坚合众国宪法,成了美国陆军第六军团一名新入伍的列兵。在他当逃兵之前,阿特金森堡将是他的新家。

休·格拉斯正在向马背上捆绑行装,忽然见吉姆·布里杰穿过庭院朝他走来。此前,这小伙子一直小心翼翼地躲避着他。但这一次,他的步伐和目光都变得坚定。格拉斯停下手中的活计,望着他走来。

布里杰走到格拉斯跟前停下脚步。"我想告诉你,我对以前做的事向你道歉。"他停顿了片刻,又补充了一句:"我想在你走前让你知道。"

格拉斯欲言又止,此前,他拿不准小伙子会不会来找他。他甚至在心里准备好一番长长的说教。可他现在看着小伙子,那番准备好的说辞都想不起来了。他体会到一种意外的感觉,是一种怜悯加敬意的混杂感觉。

最后格拉斯只说了句:"跟着自己的内心走,布里杰。"说完,他转过身,继续收拾马具行李。

一个小时后,休·格拉斯和三个同伴离开大霍恩河上的贸易站,走向保得河和普拉特河。

第23章
1824年3月6日

　　只有最高的几座峰顶仍受到最后几束阳光的照射。在格拉斯观望过程中,就连那里的阳光也渐渐消失了。他觉得,白昼与夜晚之间这个短暂的明暗过渡,就像安息日一样神圣。太阳撤走时似乎带走了平原上的严酷天气。呼啸的风渐渐停息,四野一片寂静,在如此广袤的原野上,似乎不可能有这样的静谧。周围的颜色也发生了改变。白昼刻板的色调变得朦胧,逐渐变成柔和的紫色和蓝色。

　　这是个让人沉思的时刻。面对眼前无比广袤的空间,让人觉得这一定是神圣的。

　　假如格拉斯信仰上帝,肯定会觉得上帝就存在于这片广袤的西部。那不是实质性的存在,而是一种概念,是一种人类无法理解的博大概念。

　　暮色渐浓,格拉斯望着星星在天空中闪现,起初星光黯淡,后来渐渐变得像灯塔上的信号灯一样明亮。他以前研究过星象,那以后已经过了很长时间,不过荷兰老船长的教导依然深深刻在他脑海中:"掌握了星象,你就永远有了个罗盘。"格拉斯找到大熊星座,顺着找到了北极星。他寻找着

第23章 1824年3月6日

东方地平线上最主要的猎户座。猎户座……猎人……他的复仇之剑已经准备好了砍杀。

雷德打破了沉寂。"猪猡，该你值守后半夜。"大家分摊责任的账目，雷德记得很清楚。

猪猡用不着有人提醒。他把毯子拉上去紧紧裹住脑袋，闭上双眼。

那天夜里，他们在一条干燥的沟壑里宿营。这条沟壑就像平原上裂开的一条巨型伤口，形成的原因是洪水，而不是在其他地方滋养大地的雨露。高地平原上的春汛或夏季暴风雨会形成狂潮，干燥的地表不吸收洪水。洪水的效果不是滋润大地，而是破坏地表。

猪猡以为自己刚刚睡着，就感到雷德不停地踢他。"该起来了。"雷德说。猪猡哼哼着，庞大的身体先是奋力支撑起来变成坐姿，然后才吃力地站起身。午夜的天际上，银河就像水花四溅的白色河流。猪猡匆匆看了一眼天空，心里只产生一个想法：天空越清澈，感觉越冷。他把毯子裹在肩膀上，抓起火枪，沿沟壑走去。

两个肖松尼族印第安人躲在鼠尾草丛后面，望着他们换岗。这是两个孩子，分别名叫"小熊"和"兔子"。他们年仅十二岁，想要的不是荣耀而是肉食。但他们面前的却是代表着荣耀的五匹马。两个孩子想象着骑马奔回村子的情景，想象着为他们举行篝火烤肉庆祝，想象着讲述自己机智勇敢的故事。两个孩子望着沟壑，简直不敢相信自己有这么好的运气,不过,机会贴近时,他们既感到激动,又心怀恐惧。

他们一直等到黎明前的最后一刻,盼望夜晚逐渐消磨掉哨兵的警惕性。果然不出所料。两个孩子从鼠尾草后面钻出来,只能听到哨兵的鼾声。他们顺着沟壑悄悄靠过去,让马匹看到他们,闻到他们。马匹望着两个人从容走来,都竖起了耳朵,显得紧张,但保持着平静。

两个孩子最后来到马匹前,"小熊"缓缓伸出手臂,抚摸身边一匹马的长脖子,低声发出安慰的声音。"兔子"仿效着"小熊"的动作。他们轻轻拍着马儿,几分钟后,便得到了马匹的信任。"小熊"抽出刀,割断把每一匹马的前腿捆在一起的绳子。

两个孩子割断四匹马的绳子时,听到哨兵有动静,连忙停下活动,每个孩子都准备跳上一匹马跑走。他们望着哨兵庞大的身躯,见他似乎再次稳定下来。"兔子"连忙向"小熊"做个手势——"快走!""小熊"坚决摇了摇头,指着第五匹马。他走向那匹马,弯腰割绳子。他的刀已经钝了,拉锯般割牛皮拧成的绳子花了挺长时间。他越来越不耐烦,使劲向后拉刀子,胳膊肘撞在一匹马的小腿骨上,马惊得发出一声长嘶。

猪猡惊醒了,连忙挣扎着站起身,大睁着两只眼,端着枪奔向马匹,见一个黑黢黢的身影站在面前,便停下脚步。是个孩子。名叫"兔子"的那孩子扭头一看,像兔子一样受到惊吓,瞪大了眼睛,两条细长的胳膊上,一只手抓着刀,另一

第 23 章　1824 年 3 月 6 日

只手抓着根绳子。猪猡一时不知所措。他的职责是保卫马匹，但眼前不过是个孩子，尽管手里拿着刀，也不是个该开枪射击的理由。最后，猪猡只是用枪指着他，高喊："住手！"

眼前的景象把"小熊"惊得目瞪口呆。他此前从没见过白人，眼前这个人甚至根本不像是人类。他身躯庞大，胸脯活像头熊，脸上长满了毛发。只见这个巨人走向"兔子"，用枪指着他，嘴里高声狂喊。"小熊"本能地冲向这个魔鬼，狠狠把刀捅进他的胸脯。

猪猡朦胧间看到个影子在身旁晃动，接着感觉到了刺进身体的刀。他呆呆站着没动。"小熊"和"兔子"也呆住了，眼前这个怪物仍然让他们害怕。猪猡忽然感觉两腿一软，跪倒在地，本能地扣动了扳机。枪响了，弹丸射向了夜空，没有伤到人。

"兔子"抓住一匹马的马鬃，跳上马背，朝"小熊"吆喝一声。"小熊"朝濒死的怪物最后看了一眼，跳上马背，跟在同伴身后。他们控制不住马，几乎从马背上摔下来。最后，五匹马都顺着壕沟绝尘而去。

格拉斯等人赶来时，刚好看到马匹消失在夜色中。猪猡仍跪在地上，两手捂在胸前。慢慢地，他侧身倒下。

格拉斯俯身掰开猪猡捂在伤口上的手，扯开猪猡的衬衫。三个人凝视着正对着他心口的漆黑伤口，感觉非常恐怖。

猪猡仰视着格拉斯，眼神里混杂着乞求和恐惧。

"格拉斯,救我。"

格拉斯抓起猪猡巨大的手,紧紧握住。"猪猡,看来我没办法。"

猪猡咳嗽起来。庞大的身躯发出一阵剧烈的颤抖,好像倒伏前那一瞬间的大树。格拉斯感觉到那只手变得疲软了。

这个大块头最后叹息一声,在大平原明亮的星空下死了。

第24章
1824年3月7日

休·格拉斯用刀刨挖地面,每次最多只能挖下一英寸深,下面的冻土层刀刃挖不动。格拉斯挖了将近一个钟头,雷德说:"这种地面根本挖不成个墓穴。"

格拉斯跪坐在地上,累得直喘气。"要是你们也动手,进度就快点。"

"我是要动手,不过冰块可不是好挖的。"查普曼正啃着一根羚羊肋骨上的肉,抬起头看了好一阵子。"要埋猪猡,得挖个大坑呢。"

"咱们可以给他搭个印第安人葬礼用的那种架子。"雷德说。

查普曼哼了一声。"用什么搭?鼠尾草?"

雷德环顾周围,好像这次意识到平原上一棵树都没有。"再说了,"查普曼接着说,"猪猡身子太重,就算有架子,我们也抬不上去。"

"那咱们在他身上垒个石头堆怎么样?"这个主意得到赞许,几个人一起行动,四下寻找石块。花费了半个钟头,却只找到十几块石头。大多数石头一半冻在地面下,同样挖不起来。

"这么点儿石块,连他脑袋都盖不住。"查普曼说。

"要是把他脑袋盖住,起码能防止喜鹊啄他的脸。"雷德说。

格拉斯忽然离开营地走开,让雷德和查普曼吃了一惊。

"我说,他这是要去哪儿?"雷德问。"嘿!"他冲着格拉斯喊道。"你上哪儿去?"

格拉斯没理他,头也不回,走向四分之一英里外一片小台地。

"但愿他不在的时候,那帮肖松尼人不会来。"

查普曼点头称是。"咱们生堆火,再烤点羚羊肉来吃。"

半个小时后,格拉斯返回来。"那块台地底部有个突出的部分,"他说,"下面足够盖住猪猡。"

"是个洞穴?"雷德问。

查普曼想了一分钟。"我看那有点像个地下墓室。"

格拉斯看了看他们俩。"我看这是最好的办法了。把火熄掉,咱们一块儿动手。"

要挪动猪猡,没什么体面的方式。既没有做担架的材料,他也实在太重了。到头来,他们把他脸朝下放在一张毯子上,拖向那块小台地。两个人轮流拖猪猡,第三个人扛着四支火枪。他们尽了最大努力,绕过遍地的仙人掌和丝兰草。猪猡僵硬的尸体两次滚出来落在地上,可怜的大块头显得很不雅。

第24章 1824年3月7日

他们花了半个多钟头才抵达那块台地,上面突出来的部分是砂岩,伸出大约五英尺长两英尺宽的一块。格拉斯用猪猡的枪托把里面清理干净,有只动物曾在里面藏身,不过显然最近没有住过。他们把猪猡翻过来,让他呈仰卧姿势,给他盖上毯子。周围石块挺多,他们搬来石头,准备封住这个凑合的墓室。

他们捡了很大一堆石块,比坟墓需要的多得多,好像谁也不愿住手。最后,格拉斯把一块石头丢在石堆上。"够了。"他走到猪猡的尸体前,几个人一道动手,把尸体拖进那个凑合用作墓室的地方。摆放停当后,几个人都对他行注目礼。

说几句悼词的任务落到格拉斯头上。他脱下帽子,另外两个人连忙跟着脱帽,好像为需要别人提示感到难堪。格拉斯清了清嗓子。他仔细想《死亡谷》的诗句,可惜记得不完整。这不合适。最后他只能想起《主祷文》,就用尽量大的声音背诵出来。雷德和查普曼有很长时间都没祈祷过,不过,只要有个字眼激起他们遥远的回忆,他们就嘟嘟囔囔跟着诵读。

结束后,格拉斯说:"咱们轮流背他的枪吧。"

他从猪猡的皮带上取下刀。"雷德,看来你用得着他的刀。查普曼,他的火药筒给你。"

查普曼神色庄重地接过牛角火药筒。雷德拿着猪猡的刀,脸上露出短暂的微笑,闪过一丝渴望神色。"是把好刀。"

　　格拉斯从猪猡脖子上摘下一个小包,把里面的东西倒在地上:一块火石、一个火镰、几颗毛瑟枪弹丸、几片弹丸垫布,还有一根精致的锡镴手镯。格拉斯感到奇怪,没想到这个大块头竟有这么奇怪的东西,心想:"没准这件精致的小饰物藏着猪猡心底的秘密?是已故的母亲?要么是个在家里等待的心上人?"他们永远也不会知道。如此终结这个秘密,让格拉斯心中充满忧伤,让他想起了自己的几件纪念物。

　　格拉斯捡起火石、火镰、弹丸和垫布,装进自己的随身包。

　　阳光下,那个手镯闪闪发亮。雷德伸手去拿,格拉斯抓住他的手腕。

　　雷德不满地瞪了他一眼。"你不需要那东西。"

　　"你也不需要。"格拉斯把手镯装回猪猡的小包,抬起他硕大的脑袋,套回他脖子上。

　　他们又用了一个钟头才完成这项工作。他们不得不把猪猡的腿弯曲起来,才能塞进那个空间。猪猡塞进去挤得紧紧的,几乎无法给他盖上毯子。格拉斯尽量把毯子紧紧裹住他的脸。大家尽最大努力,用石块把这个墓室封起来。格拉斯放上最后一块石头,抓起他的火枪,走开了。雷德和查普曼盯着他们筑起的这道石墙看了一阵,然后跑着去追格拉斯。

第24章 1824年3月7日

他们沿着保得河面向群山又走了两天,河道有个急转弯,河水调头向西。他们发现一条向南流去的小溪,就沿着这条小溪走,后来,这条小溪流进一片盐碱平原消失了。他们还从来没见过这么贫瘠的土地。几个人继续向南,朝一座低矮的山走去,山顶平得像桌面。山前有一条宽而浅的河,是北普拉特河。

他们走到普拉特河的前一天,起了一阵大风,气温陡降,将近中午时,天空阴云密布,满天飞起鹅毛雪。格拉斯对黄石那场暴风雪还记忆犹新,这一次,他发誓不再冒险。他们走到下一片杨树林停下脚步。雷德和查普曼搭起个简陋却结实的小棚。格拉斯射中一头鹿,宰割剥皮。

到了傍晚时分,一场大暴风雪肆虐着整个北普拉特河谷。巨大的杨树让怒号的风刮得嘎吱嘎吱响,雪很快在他们周围堆积起来,但他们藏身的小棚经受住了考验。他们用毯子裹住身子,在小棚外面燃起一大堆篝火。一夜间逐渐堆高的深红色木炭炙烤着他们。他们在火上烤鹿肉,肚里有了热乎乎的食物,身子感到更温暖。黎明前大约一个钟头,风势开始减退,日出后,风暴平息了。阳光下,天地一片白茫茫,晃得他们睁不开眼睛。

格拉斯去下游侦察,雷德和查普曼拔营收拾东西。格拉斯在雪地上举步维艰。积雪表面有一层薄薄的硬壳,只能短暂支持迈出的每个脚步,身体重量挪过来,脚立刻就陷到雪层下的地面上。有些地方的积雪厚达三英尺多。他估计,三月的阳光可以在一两天内融化积雪,在此期间,他们徒步行走的速度会大受影响。格拉斯再次为失去马匹咒骂起来。他拿不准是不是该等待,利用这几天储存些肉干。肉干储存丰富,就减少了每天寻找食物的需要,当然走得越快越好。许多印第安部族——肖松尼人、切尼人、波尼人、阿拉巴霍人、苏族人,等等——都认为普拉特河是他们的狩猎场。有些部族的印第安人态度友善,不过猪猡送命让他们对面临的危险更加确信不疑了。

格拉斯登上一座孤立的山丘,顿时呆住了。一百码外,一小群野牛挤在一起,大约五十来头,显然为刚才与暴风雪搏斗形成了一个圆形保护圈。领头的公牛立刻看到了他。野牛拥挤成一大群,开始移动。"他们要逃走。"

格拉斯跪倒在地,把枪举至肩上,瞄准一头肥大的母牛开了火。母牛应声蹒跚两步,但没有倒下。"距离这么远,火药量不够多。"他增加了一倍药量,在十秒钟内重新装填好,再次瞄准母牛,扣动扳机。母牛倒在雪地上。

他重新装填火药,一边用装药杆压紧火药,一边扫视周围地平线。

他再次把目光转向牛群,它们并没有逃出射击范围,只不过每一头野牛似乎都病殃殃的。他望着奋力跑在牛群前面的一头公牛,见它拼命踢蹬,身子陷在齐胸深的湿雪中。"它们几乎跑不动。"

格拉斯在考虑是不是再打一头母牛或小牛,但立刻认定肉已经足够多了。他想道:"太糟了,真想一口气射倒十几头。"

接着,他忽然有了个主意,还奇怪为什么原来没想到。他迂回到距离牛群不到四十码的位置,瞄准最大的公牛开了枪。他重新装填火药,迅速射中另一头公牛。忽然,他身后响起了枪声。一头小牛应声倒在雪地中,他扭头一看,是查普曼和雷德。"哟嗬!"雷德喊起来。

"只打公牛!"格拉斯喊道。

雷德和查普曼走到他旁边,急切地装填着火药。"为什么?"查普曼问。"小牛肉更好吃呀。"

"我要的是牛皮,"格拉斯说,"咱们做个牛皮船。"

五分钟后,狭窄的山谷里已经有十一头野牛被射杀。这超过了他们的需要,可一旦开了杀戒,雷德和查普曼就收不住手了。格拉斯重新装火药后,用装药杆使劲压紧火药。一连几发匆匆射击,把他的枪管弄得肮脏不堪。他把火药装填好,塞好引信,这才走向最靠近的一头公牛。"查普曼,去坡上看看周围。咱们弄出的动静太大了。雷德,准备用你那把新刀。"

格拉斯走向最靠近他的那头死公牛。它周围的雪地上一片血泊,那双玻璃珠般的眼睛还在闪烁着最后一丝朦胧的生机。格拉斯离开公牛,走向那头母牛,抽出刀,割断它的脖子。这是他们的肉用牛,他要保证尽量把血放掉。"雷德,上这儿来。咱们一道动手,剥皮才容易些。"他们把牛翻成侧卧姿势,格拉斯从头到尾深深割开它的腹部。格拉斯下刀,雷德拉住牛皮往下剥。他们把剥下的牛皮毛面朝下铺开,把最美味的部位割下来放在上面:舌、肝、驼峰、里脊。然后,他们接着宰割其余几头公牛。

查普曼返回来后,格拉斯要他也干活。"咱们需要把每张牛皮裁成尽可能大的长方形,别割破。"

雷德的两条胳膊从手到肩膀都让牛血染红了,射杀野牛很爽,剥皮却是桩要命的苦活计。他的目光从巨大的牛尸体上抬起来,抱怨道:"咱们干嘛不做个木筏?河边有的是木材。"

"普拉特河太浅——这时节尤其浅。"虽然有的是造木筏的材料,但牛皮船的好处是吃水浅,只有九英寸。河道涨满水的春汛还有好几个月才来,在早春,普拉特河几乎是涓涓细流。

中午时分,格拉斯打发雷德回营地生火,准备烤肉干。

雷德拖着堆满了上等部位好肉的母牛皮穿过雪地。对那些公牛,他们只把舌头割下,剩下的就只要牛皮。"把肝和舌头烤熟今晚吃。"查普曼喊道。

剥下公牛的皮只是诸多造船步骤的第一步。格拉斯和查普曼从每张牛皮上割下尽可能大的方块,边缘要直。冬天的毛皮很厚,他们的刀很快就钝了,只好停下来磨刀。完成后,他们来回跑了三趟才把加工好的牛皮拖回营地。等他们把最后一张牛皮铺在营地附近的空地,北普拉特河的河面上,月光已经随着粼粼波光跳跃。

雷德干活十分卖力,三堆火很快在三个长方形火坑里燃起,所有牛肉已经切成薄片,挂在柳枝架子上。烤肉香味实在是个难以抵御的诱惑,雷德整个下午都在狼吞虎咽。多汁的新鲜烤肉十分美味,格拉斯和查普曼吃完一口又吃一口,一连吃了好几个钟头,充裕的食物让他们心满意足。这时风停了,不再感觉寒冷。回想起昨晚曾蜷缩着躲避暴风雪,几个人简直不敢相信那是真的。

"你做过牛皮船?"雷德问。

格拉斯点了点头。"波尼人在阿肯色就用这种船。要花费点时间,不过用不了太久。只要把牛皮蒙在树枝做的架子上就行,模样就像个大碗。"

"我看不出怎么能浮起来。"

"牛皮干了就紧绷绷的,像鼓一样。只要每天早上把缝隙堵上别漏水就成。"

造牛皮船用了一个星期。格拉斯决定造两艘较小的船,而不是一艘大船。在紧要关头,三个人可以乘坐一条船。船小,重量就轻,只要水深超过一英尺,就能浮在水面上。

第一天,他们从牛尸体上割下很多牛筋,同时建造船的骨架。他们用大的杨树枝弯成环状做船缘,用较细的枝条做成下面几道环。在几个环之间用结实的柳树枝编成支撑杆,用牛筋绑扎起来。

蒙上牛皮花费的时间最长。每艘船蒙了六张牛皮。把皮子缝在一起是最吃力的活计。他们用刀尖扎出小孔,用牛筋紧紧缝起来。完成后,就成了两张长方形的大皮子,每张都是四张牛皮缝制的。

他们把木制船架放在长方形皮子上,把皮子毛面向船内拉到船缘上,割掉多余部分,用牛筋把上缘绷紧。完成后,把船底朝上扣过来晾干。

为了堵住渗漏孔,他们又跑到山谷去利用牛尸体。"天哪,真臭。"雷德说。暴风雪后一连几天大太阳,雪融后,牛尸体开始腐烂。喜鹊和乌鸦蜂拥而至,啄食丰盛的牛肉。格拉斯担心,盘旋的食腐鸟会暴露他们的行踪。可他们什么办法都没有,只能赶紧把船做好,尽早离开。

他们割下牛的脂肪,用斧头从牛蹄子上砍削下许多小条。返回营地后,他们把油脂和蹄子碎屑加上水和灰熬成粘乎乎的浆。他们的锅很小,花费了两天才准备了够用十几次的量。

他们把这种缝隙填料大量涂抹在缝线上。在三月的阳光照射下,格拉斯检查着两艘船。干燥强劲的风帮了他们的忙。两艘船让他感到喜悦。

第二天早上,他们出发了。格拉斯乘坐一艘船,带着食品供应。雷德和查普曼坐另一艘船。最初几英里的航程中,他们感觉自己的小船十分笨拙,需要用杨树竿撑着普拉特河的河底,不过两艘船都很结实。

暴风雪已经过去一个星期,在一个地方待的时间太长

第24章 1824年3月7日

了。但现在可以直达普拉特河下游五百英里的阿特金森堡。他们不但能赶回造船用的时间,而且是一直坐在船上漂流。"每天漂二十五英里?"要是天气不作梗,三个星期后就到了。

格拉斯想,菲茨杰拉德肯定已经逃过阿特金森堡了。

格拉斯想象着他端着安斯特枪信步走进阿特金森堡的模样。他对自己出现在那里会撒什么谎?有一点是肯定的:菲茨杰拉德的行踪不会逃脱人们的目光。冬天,没有多少白人顺着密苏里河下来。格拉斯想起菲茨杰拉德脸上那道弯曲的伤疤。那种模样的人肯定会让别人注意到。格拉斯就像个自信而无情的捕食兽,知道自己的猎物就在前面,而且每个小时都离得更近。格拉斯要找到菲茨杰拉德,不找到他就不能安心。

格拉斯把长长的篙插向普拉特河底,使劲撑着小船。

第 25 章

1824 年 3 月 28 日

普拉特河载着格拉斯和他的同伴稳稳当当漂向下游。两天来,河水一直向东流,两岸是低矮的鹿皮色山麓。到了第三天,河道急转向南。一座白雪覆盖的山峰耸立在群山之间,仿佛辽阔肩膀上耸起的头颅。他们似乎正对着这座山峰驶去,但普拉特河再次转弯,最后大致固定为流向东南。

他们的速度很快。偶尔会遇到一阵顶头风,速度稍有降低,不过大多数时候是从后面轻轻吹来的西风。他们的野牛肉干充足,用不着打猎。宿营时,船翻过来就是很好的遮蔽。每天早上,他们花费一个钟头左右,用携带的材料涂抹船的接缝,除此之外,他们白天几乎每一个钟头都漂浮在河面上,朝阿特金森堡漂去,沿途只需花费很少一点儿力气。格拉斯很高兴让河水替他们干活。

乘船旅行的第五天早上,格拉斯正在涂抹船的缝隙,忽然,雷德跌跌撞撞朝营地跑来。"高地那头有个印第安人!是个骑在马背上的勇士!"

"他看见你没有?"

雷德使劲摇了摇头。"我想没有。那边有条小溪,看上

第 25 章 1824 年 3 月 28 日

去他在检查一个捕兽夹。"

"你看出是哪族人没有?"格拉斯问。

"看样子像是里斯人。"

"见鬼!"查普曼说。"里斯人在普拉特河上做什么?"

格拉斯觉得雷德的说法不可信。他不相信阿里卡拉人会离开密苏里河漂泊到这么远的地方。雷德看到的很可能是个切尼人或者波尼人。"咱们去看看。"为了稳住雷德,他补充说:"我不开枪,谁也别开枪。"

他们把枪挎在肩上,手足并用爬向那个高地的最高处。雪早已融化干净,他们就从鼠尾草和野牛草的干草茎之间穿过。

他们在山丘顶上看到了那个骑马的人,其实只看到了那人的背影,他在半英里开外,正跑向普拉特河下游。他们只看出他骑的是一匹花斑马,根本辨认不出是哪个族的,不过他们知道,附近有印第安人。

"咱们现在该怎么办?"雷德问。"他不是独自一个人。你知道,他们肯定住在河边。"

格拉斯瞥了雷德一眼,满心不耐烦。这家伙发现困难倒是有点眼光,可根本拿不出解决问题的办法。他的话没错。他们途中经过的小溪都很小。这个地区的任何印第安民族都会傍普拉特河而居,正好在他们的路线上。但他们有什么选择呢?

"我们没什么办法。"格拉斯说。"遇上没遮拦的河段,我们就派一个人在岸上侦察。"

雷德开始嘟囔着说话,格拉斯打断他。"我可以独自撑自己的船。你们俩想上哪儿就上哪儿。我打算顺着这条河漂流下去。"他说完转身走回牛皮船。查普曼和雷德长时间地看着骑马人,直至他消失在远处,这才跟着格拉斯返回来。

继续乘船漂流了整整两天后,格拉斯估计已经漂了一百五十英里。日暮时分,他们进入普拉特河上一个曲折的河道。格拉斯想停船过夜,等光线好些再驾船启航,但岸上没有合适的宿营地。

两岸山崖直上直下,河水在狭窄的夹道中水深流急。河北岸一棵杨树倒伏,树冠横在河面上,拦住一大片漂浮的杂物。格拉斯的船领先另一艘船十码,水流把他径直冲向倒伏的树。他插下篙想要把船绕过去,却探不到河底。

水流在加速,那杨树伸展的枝杈忽然看上去像一根根长矛。只要有一根正对着小船扎上来,牛皮船就非沉不可。格拉斯一个膝盖跪着欠起身,另一只脚抵住船肋,抬起船篙,寻找个能着力的地方。他看见那树干上有个平坦的表面,就挑起篙扎准那个表面,使出浑身力气让不灵活的小船在激流中改道,绕过那棵树。水流冲撞在船后缘,发出哗哗声。

格拉斯的船这时转过来面对着后方,正好看见雷德和查普曼。他俩都为避免碰撞做准备,船摇晃得厉害。雷德举起篙,几乎打住查普曼的脸。"当心,你这个傻瓜!"查普曼用篙抵住杨树,激流从船后面压过来。雷德总算把篙抽了回

第25章 1824年3月28日

去,随便插进漂浮的杂物里。

两个人让水流冲得上下颠簸,河水把他们的小船从半淹在水中的杨树上冲过去,两人连忙俯下身。雷德的衣服挂住一根树枝,树枝折弯后弹回来,正打在查普曼的眼睛上。他疼得惊叫一声,丢下篙,双手捂住脸。

水流载着两艘船绕过山崖,冲向南岸,格拉斯仍然面对着后方。查普曼两膝跪在他们那艘牛皮船底,脸朝下,手掌捂着眼睛。雷德面朝河下游,从格拉斯的船旁边经过。格拉斯见雷德面露惊恐神色。雷德丢下船篙,不顾一切地伸手去抓枪。格拉斯连忙转身。

只见普拉特河南岸上出现二十多顶帐篷,这时离他们还不到五十码远。一小群孩子正在河边玩耍,看到两艘船,发出一片惊叫声。格拉斯见篝火旁两个勇士跳起身。雷德说得没错,可惜他没有早意识到。"阿里卡拉人!"两艘船正对着那个营地漂流过去。格拉斯听到一声枪响,见营地上的几个人抓起武器奔向高高的河岸边。格拉斯用篙最后推了一把,抓起自己的火枪。

雷德射出一枪,岸上一个印第安人应声倒下。"发生什么事了?"查普曼一边喊,一边竭力用能看清的那只眼睛看。

雷德正打算开口说话,忽然腹部感到一阵烧灼般的疼痛,低头一看,血从衬衫上一个窟窿里涌出来。"糟啦,查普曼,我中弹了!"他站起身,撕扯衬衫查看伤情。两颗弹丸同时射来,把他打得向后倒去,他的双腿钩住船缘,把牛皮船缘压到涌来的河面以下,河水从船缘涌进来,船翻了。

查普曼在半瞎状态下忽然落水,顿时感觉到河水冰冷。激流似乎一时减慢了,查普曼在致命的环境中挣扎。他睁开那只好眼,见雷德的尸体向下游漂去,流出的污血像墨水一样在河水中散开。他听到有人从河边跑来。"他们是冲我来的!"他急需换口气,可他清楚水面上等着他的是什么。

后来,他再也憋不住了,脑袋浮出水面,深吸一口气。可他再也没有吸第二口气,他的眼睛没能看清楚,所以根本没发现朝他挥来的斧头。

格拉斯端起枪,对准离他最近的阿里卡拉人开了枪。几个阿里卡拉人涉入河水,查普曼脑袋浮出水面,便一顿乱砍。看到这一惨象,格拉斯心中非常惊恐。雷德的尸体孤零零地漂向下游。格拉斯听到一声狂叫,赶紧伸手取猪猡的火枪。一个大块头印第安人从岸上投来一支矛。格拉斯连忙低头躲避。矛刺透船的一侧,矛尖扎在另一侧的船肋上。格拉斯把枪举到船缘上开火,击毙了岸上那个大块头印第安人。

他见岸上有人影晃动,抬头望去,不到二十码外站着三个端着长枪的阿里卡拉人。"他们不可能打不中。"他连忙身子向后一仰,倒进普拉特河。那三个人的枪声响了。格拉斯刚才入水的一瞬间,总算抓住了自己的枪。

他放弃了游泳逃向下游的想法。他已经冻得全身麻木,再说,阿里卡拉人用不了几分钟就会骑马追来——也许他们现在已经跃上马背了。奔跑的马匹很轻松就能超过流速缓

第25章　1824年3月28日

慢的普拉特河。他的唯一机会是尽可能不露出水面，游到河对岸，让河水成为他们之间的屏障，然后再希望找到隐蔽处。他两腿拼命踢蹬，两条胳膊使劲划水。

河中间的水位越来越深，能淹没人的脑袋。格拉斯前方的水面起了一道波纹，他意识到那是射来的一支箭。子弹在水面上飞溅，像一枚枚寻找他的小鱼雷。"他们看不见我！"格拉斯游向深处，但因为不能呼吸，胸脯已经憋得发痛。"河对岸有什么？"这场混乱爆发前，他甚至没机会看一眼。"必须呼吸了！"他游向水面。

他的脑袋露出水面，马上听到断断续续的射击声。

他皱紧眉头，深吸一口气，以为弹丸会射进自己的脑袋。毛瑟枪弹丸和箭枝雨点般在周围溅起水花，好在都没有射中他。他扫视了南岸一眼，再次潜入水中。看到的情况让他心中燃起希望。有四十码左右的河岸是个沙坝，周围没有遮拦，假如从那儿爬上岸，准会被他们击毙。不过，沙坝末端的河岸是一段有草的低岸。那是他的唯一机会。

格拉斯潜入深水，借助水流使劲划水。他觉得在水中隐约能瞅见沙坝的末端了。"三十码。"毛瑟枪弹丸和箭枝在水中乱溅。"二十码。"他的肺渴望呼吸，他转向河岸游去。"十码。"他的脚碰到了河底的石头，不过他仍然不敢露头。呼吸的渴望仍压不倒对阿里卡拉人枪弹的恐惧。等到水浅得让他无法保持潜水时，他站起身呼吸一口，便潜入河岸上的高草丛中。他的腿肚子忽然感觉一阵剧烈的刺痛，他没顾上看,拼命钻向浓密的柳树丛。

他从柳树丛的临时藏身处扭头望去,见四个骑马人正要打马过河,五六个印第安人站在水边,指着这片柳树丛。他的目光被河上游的景象吸引住了。两个阿里卡拉人正把查普曼的尸体拖上岸。格拉斯转身逃跑,这才感到腿剧烈疼痛,低头一看,小腿上扎着一支箭。好在没有伤着骨头。他弯腰咧嘴,猛地拔出箭,丢在一旁,弯腰藏进柳树丛深处。

接着,格拉斯的第一个好运来了。对岸一匹小雌马不知深浅,率先闯入普拉特河,在鞭打下涉水过河,马蹄忽然踩不住河底时,它只好游泳了。但它嘶鸣一声,扬起脑袋,不顾骑手狠拉缰绳,固执地调头游回岸边。另外三匹马畏惧冰冷的河水,也跟着第一匹马调头往回跑。几匹马顿时挤作一团,搅乱河水,把两个骑士甩进水里。

等到几个骑士控制住马,鞭打马匹返回河中,宝贵的几秒钟已经失去了。

格拉斯穿过茂密的柳树丛,忽然来到一段沙坝上。他爬倒在地,俯视河岸外面一条狭窄平静的支流水面。这条支流一天大部分时间照不到阳光,静静的水面结了冰,覆盖着薄薄一层雪花。这条支流对面也是一段陡峭的河堤,接下来是一片柳树丛,再往后是树林。"那是个好地方。"

格拉斯滑下沙坝,跳上冰冻的水面。薄薄的雪花下面是冰层。他的鹿皮鞋一滑,向后仰面倒在冰层上。他一时不知所措,仰望着天空的暮色。他侧转身,晃了晃脑袋,迫使自己

第25章 1824年3月28日

清醒过来。他听到了一匹马的嘶鸣声，连忙爬起来。这次举步谨慎了，他择路穿过狭窄的支流，爬到对面岸上。他闯进树丛时，听到身后马匹发出的践踏声。

四个阿里卡拉骑士登上沙坝，俯视下方。尽管暮色昏暗，但冰面的足迹也很清晰。跑在前面的骑士打马跑来。马儿踏上冰层后，遭遇并不比格拉斯好。其实更糟糕，马蹄踩在冰面上，立刻打滑侧倒，四条腿痛苦地挣扎，结果把骑士的一条腿摔断了。骑士疼得大叫。另外三个骑士得到教训，迅速下马，徒步追踪。

穿过冰面后，格拉斯的足迹迅速消失在浓密的树丛中。

如果是在白昼，他留下的痕迹还是明显的。慌忙逃跑中，格拉斯顾不上收拾踩断的树枝，也不管留下一溜脚印。但现在天光已经黯淡，影子也看不见了，一切都遁入黑暗中。

格拉斯听到摔倒的那个骑士在身后惨叫，停下了脚步。

"他们已经上了冰面。"他猜测他们之间只隔着五十码的树丛。他意识到，在渐浓的暮色中，危险不是让他们看到，而是被他们听到。他旁边有一株大杨树。他伸手抓住一根树枝，顺着爬上树。

在离地面八英尺高的地方，这棵树的主枝向四面叉开。格拉斯压低身子蹲坐在宽大的树杈上，竭力避免发出呼吸声。他伸手摸向腰带，摸到了刀柄，刀还插在刀鞘里让他觉得安心。他的点火包还在腰带上，里面装着火石和火镰。他的火枪已经落在普拉特河的河床上了，可他的牛角火药筒还挂在脖子上。至少生火不成问题。想到火,他忽然意识到浑身衣服早已湿透,冰冷的河水让他感到寒冷彻骨。他浑身开始不由自主地颤抖,便竭力设法保持平静。

听到一根树枝折断的声音,格拉斯朝下面的空地望去。一个身材瘦长的勇士站在树丛中,两眼扫视着空地,寻找猎捕对象的痕迹。他抓着一杆交易来的毛瑟枪,腰带上插着一柄板斧。这个阿里卡拉人踏上空地,格拉斯屏住呼吸。勇士缓缓朝杨树走来,举枪准备发射。尽管周围一片黑暗,格拉斯也能清楚看到他脖子上麋鹿牙齿项链的白色反光,还能看到他手腕上两只铜手镯在闪亮。"天哪,他可别往上看。"格拉斯心跳得像锤头在敲打,力量大得仿佛胸腔都承受不住了。

这个印第安人在杨树树干处停下了脚步,脑袋在格拉斯脚下不到十英尺。这个勇士再次审视周围,然后观察着眼前的树丛。格拉斯本能的第一个想法是保持绝对静止,希望这个勇士会离开。但是,他望着脚下,开始估计另一种选择的机会——杀死这个印第安人,夺取他的枪。格拉斯缓缓伸手摸刀,确定握住刀柄后,开始慢慢从刀鞘中抽出。

格拉斯将注意的焦点集中在这印第安人的脖子上,敏捷地一刀割断他的颈动脉不但能杀死他,还能防止他喊出声音。格拉斯用极度缓慢的动作支起身子,绷紧肌肉准备扑杀。

第25章 1824年3月28日

这里,格拉斯听到空地边缘传来急迫的低语声。他举目望去,见第二个勇士走出树丛,手握一根短粗的矛。格拉斯一动也不敢动。他刚才已经离开树杈上比较隐蔽的位置,摆出姿势准备跳下。现在的位置全靠黑暗掩护才没让两个追捕他的勇士看到。

他下面那个印第安人转身摇头,指着地面,然后朝浓密的树丛做个手势,低语做答。手持矛的印第安人走到杨树下。格拉斯竭力保持着镇静,时间似乎静止了。"稳住。"最后两个印第安人决定了搜索路线,两人分别朝树丛中不同的间隙走去。

格拉斯在杨树上一动不动待了两个多小时,静静倾听着搜索他的人断断续续发出的声音,心中在计划自己的下一步行动。一个小时后,一个阿里卡拉人返回这片空地,显然要返回河边。

格拉斯终于从树上爬下,浑身的关节都好像冻得固定成型了。一只脚麻木得好像睡着了,他用了好几分钟才渐渐能正常步行。

在夜色中,他能活下来,不过他知道,阿里卡拉人会在黎明时返回来搜索。他还知道,大白天穿过树丛无法掩盖自己的行踪。黑暗中,他从混乱的植物和石块中穿过,注意保持着与普拉特河平行的路线。云团遮盖了月光,也让地面温度保持在冰点以上。湿漉漉的衣服让他感觉寒冷,好在不断的活动能让血液保持流畅。

三小时后，他来到一条小溪边。太好了。他走进溪水，仔细不留下让人看到他沿河而上的痕迹，然后蹚水而上，偏离了普拉特河。他向小溪上游蹚水走了一百多码后，发现一处合适的地形，这里的岩石河岸能掩盖他的踪迹。他离开溪水，择路穿过遍地石块，走向一片矮树林。

这是一片山楂树林，树枝多刺，颇受筑巢鸟儿的喜爱。格拉斯停下脚步，拔出刀，从红色棉布衬衫上割下一条，把布条挂在一根刺上。"他们不会看不到的。"然后他转身穿过遍地的石块返回小溪，沿途注意不留下痕迹。他蹚水来到小溪中间，开始走向下游。

这条小溪缓缓地蜿蜒穿过平原，最后汇入普拉特河。小溪河床遍布滑溜溜的石块，黑暗中格拉斯多次滑倒，衣服一再浸湿，他尽量不考虑感觉到的寒冷。走到普拉特河岸边，他的脚已经没感觉了。他站在深及膝盖的水中，浑身发抖，心怀担忧，不知道下一步该怎么办。

他朝河对岸望去，想看清地形。那边有柳树和几株杨树。"爬上岸时千万不可留下任何痕迹。"他走进河水，水深到腰部时，他的呼吸变得越来越急促了。格拉斯继续前行，水忽然变深，淹到他脖子了。冰冷的水浸湿胸脯后，他感觉呼吸困难，只好奋力朝对岸游去。再次能在河底站住时，他待在水中沿河岸走去，一直走到发现一个合适的登岸处——伸向水中的一块岩石，旁边是一片柳树丛。

格拉斯小心翼翼地穿过柳树丛和杨树林，每走一步都特

第 25 章　1824 年 3 月 28 日

别谨慎。他希望阿里卡拉人中计,以为他沿那条小溪走向上游——反正他们不会料到他又渡过普拉特河返回这边河岸。不过,他绝对不敢碰运气。要是让他们看到痕迹,自己就毫无抵御能力了,所以要竭尽所能,不留下任何蛛丝马迹。

他走出杨树林时,东方天际已经浮现淡淡的光晕。借着黎明前的光亮,他看到一两英里外那片高原漆黑的轮廓。高原与河岸平行,延伸向一望无际的远方。他可以在那里藏身,找个凹陷处或地洞掩蔽,生起火烤干衣服,让身体暖和起来。等到局面稳定,他可以返回普拉特河畔,继续走向阿特金森堡。

在越来越明亮的微光中,格拉斯朝那片隐现的高原走去。他想到了查普曼和雷德,心中忽然升起一阵强烈的负疚感。他努力撇开这个念头。"现在没时间考虑这事。"

第 26 章

1824 年 4 月 14 日

乔纳森·雅各中尉振臂发令。他身后二十人的骑兵队伍一齐勒马,荡起一片尘云。中尉拍了拍身下坐骑汗水淋淋的侧腹,伸手去拿水壶。他痛饮壶水时,尽量表现出无所谓的样子。可他其实不情愿离开相对安全的阿特金森堡。

每逢他的侦察兵向他报告诸多不幸的消息,总是让他反感。自从积雪开始融化以来,波尼人和脱离阿里卡拉族大本营的一股人马一直在普拉特河沿岸劫掠。中尉等待着侦察兵前来报告,心里尽量克制住不祥的预感。

侦察兵名叫希金斯,是个头发花白的大平原居民,他来到队伍前面才拉住马,身上肥大的鹿皮外套歪在一侧。

"山脊那边有个人朝这里走来了。"

"你是说,来了个印第安人?"

"我想是的,中尉。距离远,没看仔细。"雅各中尉的第一反应是想打发中士带两个人跟希金斯去看个清楚。可他略一思索,尽管不情愿,但觉得该自己去。

他们接近山脊时,留一个人管住马匹,其余人匍匐向前。绵延一百英里的普拉特河谷展现在眼前。半英里外,一个孤独的身影在沿河岸择路跋涉。雅各中尉从军服胸袋里掏出个小望远镜,把铜制镜筒拉到最长,眼睛凑上去观望。

放大的影像上下跳动,雅各稳住镜筒,看到了目标,观察着这个身穿鹿皮衣服的人。他看不清那人的面孔,不过能看出那人留着一口蓬乱的大胡子。

"真他妈见鬼,"雅各中尉惊讶不已,"是个白人。这家伙跑这儿来干吗?"

"他不是咱们的人,"希金斯说,"逃兵都径直奔圣路易斯了。"

也许因为这个人显然没对他们构成威胁,中尉突然抖擞出骑士精神。"咱们去把他抓来。"

罗伯特·康斯特布尔少校是康斯特布尔家族第四代从戎者,只不过并非出于他自己的选择。他的曾祖父是英国皇家第十二步兵团的军官,曾与法国人和印第安人作战。他祖父保持了家族的职业传统,却并未保持对英国国王的忠诚,而是华盛顿大陆军团的一名军官,与英国人交战。

康斯特布尔的父亲在荣立军功方面不走运,独立战争爆发时还太年轻,但1812年战争时又太老。鉴于他本人没机会荣立军功,便觉得至少可以贡献自己的独生儿子。年轻的罗伯特原本渴望从事法律事业,梦想有朝一日能身披法官长袍,但父亲不允许家族血统受到巧舌讼棍的玷污。父亲利用与一位参议员的友谊,为儿子在西点军校谋了个指标。就这样,在平淡的二十年中,罗伯特·康斯特布尔少校顺着军事生涯的阶梯一步步慢慢爬上来。他妻子十年前便不再追随他,如今住在波士顿。(为的是靠近她的情人,那人是个著名的法官。)阿特金森将军和莱文沃斯上校返回东部过冬,康斯特布尔少校便接手主管阿特金森堡。

他统治着什么样的队伍?三百名步兵(近期移民和近期罪犯各占一半),一百名骑兵(可惜只有五十匹马,稍嫌不对称),十几门锈迹斑驳的火炮。不过嘛,既然他在自己这个微型王国占有主宰地位,就要让臣民饱饮其职业生涯的苦水。

康斯特布尔少校坐在一张大办公桌后面,旁边是他的副官。这时雅各中尉带着他救回的人来见,此人是个饱经风霜的白人。"长官,我们在普拉特河畔发现了这个人。"雅各气喘吁吁地报告。"他在北叉口遭遇阿里卡拉人袭击,侥幸逃脱。"

雅各中尉为自己的英雄业绩表现出得意洋洋神色,等待上司称赞自己的英勇行为。康斯特布尔少校扫了他一眼。"你可以走了。"

"长官,可以走了?"

"可以走了。"

雅各中尉站着没动,长官的唐突反应让他目瞪口呆。康斯特布尔的命令变得更加直率了。"出去。"他举起一只手挥了一下,好像在驱赶一只小蚊虫。接着他转向格拉斯。

第26章 1824年4月14日

"你是什么人?"

"休·格拉斯。"他声音粗粝,一如那张布满伤疤的脸。

"你怎么会在普拉特河沿岸流浪?"

"我是落基山毛皮公司的信使。"

来了个满身伤疤的白人并没有让心绪烦乱的少校感到兴奋,但他提到了落基山毛皮公司,少校这才来了兴致。阿特金森堡的未来要依赖毛皮贸易的商业可行性,少校要拯救自己的职业生涯更有赖于此。舍此之外,在这片人迹罕至的荒漠和难以逾越的大山之间,还有什么更有意义?

"是从联合堡来的?"

"联合堡废弃了。亨利上尉已经转移到大霍恩河畔利萨原来那个旧贸易站。"

少校坐在椅子上俯身向前。整整一个冬天,他尽职尽责地派人向圣路易斯递送函件。可惜函件的内容都很琐细,无非是人员多患痢疾,或者合骑一匹马的骑兵数目在减小。如今,他终于有了点实质性内容!拯救了落基山毛皮公司的一个人!联合堡遭废弃!大霍恩河有了个新贸易站!

"告诉食堂给格拉斯先生送热饭来。"

在接下来的一个小时,少校向格拉斯提出许多问题,问起联合堡,问起大霍恩河的新贸易站,问起他们的商业可行性等。

格拉斯谨慎地避免谈起他离开边疆返回内地的个人动机。不过,他最后也提了个问题。"有个脸上有鱼钩样疤痕的人,是不是曾经从这儿经过?他是从密苏里河上游来的。"格拉斯用手在自己嘴巴上比划了一个鱼钩模样。

康斯特布尔少校审视着格拉斯的面孔,最后说:"经过……没有……"

格拉斯顿时感觉大失所望。

"他留下来了。"康斯特布尔说。"他在当地酒吧打架遭拘禁后,选择了入伍。"

他在这儿!格拉斯竭力控制住自己的情绪,不让脸上表现出激动。

"我猜你认识这个人?"

"我认识。"

"他是不是从落基山毛皮公司逃走的?"

"他逃避过很多事情,还是个贼。"

"啊,这可是个非常严重的指控。"少校感觉法律抱负在心中激荡。

"指控?我并不是来提出指控的,少校。我是来跟一个非法抢劫我的人算账。"

康斯特布尔深吸一口气,下巴随着吸气慢慢抬起。他大声呼出气,接着用教训孩子的耐心口吻说:"格拉斯先生,这里不是荒野,我建议你说话口吻要保持敬意。我是美国陆军的少校,是这里的总指挥官。我郑重接受你的控告,会保证你的控告得到适当的调查。当然,你有机会提出你的证据……"

"我的证据!他偷了我的枪!"

"格拉斯先生!"康斯特布尔的恼怒在加深。"假如菲茨杰拉德列兵偷了你的财物,我会按军法惩处他。"

"少校,这并不复杂。"格拉斯掩饰不住自己的嘲笑口吻。

"格拉斯先生!"康斯特布尔恶狠狠地说出这几个字。在这个倒霉的前哨站,他毫无意义的职业生涯每天都在考验着他的理性思索能力。他不能忍受有人对他的权威表现出不敬。"我最后一次警告你。我的工作是在阿特金森堡执法!"

康斯特布尔少校转向一名副官。"你知道菲茨杰拉德列兵目前在哪里吗?"

"他在 E 连,去收集木柴,今晚回来。"

"他一进站就逮捕他。搜查他的住处,找到那支枪。找到的话就拿来。明天早上八点钟,把这名列兵带到法庭。格拉斯先生,我要你也出席——出席前先把自己清洗干净。"

配备了陪审团的食堂被临时当成康斯特布尔少校的法庭。几名士兵把康斯特布尔的办公桌从他办公室搬过去,摆在临时搭起的台子上。高高在上的坐位能让康斯特布尔从与其地位相称的法律高度审视诉讼活动。为避免有人质疑他这个法庭的官方权威性,康斯特布尔在他桌子后面架起两面旗帜。

虽然这里缺乏真正法庭的堂皇,至少还算宽敞。把餐桌搬开后,这间大厅能容纳一百名旁听者。为了保证有足够多的旁听者,康斯特布尔少校通常会取消所有人的勤务,只有堡内为数不多的居民例外。由于这里没有其他娱乐方式与之竞争,少校的官方表演总能引来满堂观众。眼下的诉讼尤其引发了人们强烈的兴趣。来自边疆满脸伤疤的人提出了一个疯狂指控,消息立刻传遍全堡。

休·格拉斯坐在靠近少校办公桌的凳子上,望着食堂门砰然打开。"全体起立!"观众一齐起立,目视康斯特布尔少校大跨步走进房间。陪同少校走来的是一位名叫内维尔·K.阿斯基琴的中尉,士兵给他取了个诨号——"拍马屁中尉"。

康斯特布尔在门口对他的观众环视一圈,这才器宇轩昂地沿过道跨步走向前台,阿斯基琴脚步轻佻地跟在他身后。落座后,少校向阿斯基琴点了点头,阿斯基琴下令:观众坐下。

"带被告。"康斯特布尔少校下令。两扇门再次打开,菲茨杰拉德出现在门口,双手戴着手铐,两边各有一名卫兵。卫兵押送菲茨杰拉德走过来的时候,观众起了一阵骚动。在少校桌子对面靠右的位置搭建了一个被告栅栏,与坐在少校对面左边的位置相向。

格拉斯两眼像钻头钻进软木一样死死地盯住菲茨杰拉德。菲茨杰拉德理了发,满脸胡子都刮光了,鹿皮衣换成了海军蓝制服。格拉斯见菲茨杰拉德身穿本来令人肃然起敬的制服,立刻涌上一阵恶心。

仇人相见,分外眼红,格拉斯一时觉得这不是真的,竭力遏制住心中的欲望,才没有扑向菲茨杰拉德并双手扼住这家伙的喉咙,直到把他掐死。"我现在不能动手,不能在这儿动手。"两人的目光短暂相遇,菲茨杰拉德点了点头,仿佛在跟他礼貌地打招呼!

康斯特布尔少校清了清喉咙。"本军事法庭现在开庭。菲茨杰拉德列兵,你有权面对你的原告,正式听取对你的指控。中尉,宣读指控。"

阿斯基琴中尉展开一张折叠起来的纸,用庄严的声音宣读:"今有原告落基山毛皮公司的休·格拉斯先生指控美国陆军第六军团 E 连列兵约翰·菲茨杰拉德。格拉斯先生指控称,菲茨杰拉德列兵在受雇于落基山毛皮公司时,偷走格拉斯先生的一支火枪、一柄刀和其他个人物品。如果被认定有罪,菲茨杰拉德先生将被军事法庭判处十年有期徒刑。"

人群泛起一阵低语声。康斯特布尔少校用一块卵石砸了一下桌面,屋子立刻安静下来。"请原告走近法官席。"格拉斯一脸迷惑,抬头望着少校。少校露出怒容,做手势让他走向桌子。

阿斯基琴中尉手持一本《圣经》站在那里,对格拉斯说:"举起你的右手。你愿意发誓:所说的都是真话,并接受上帝的帮助吗?"格拉斯点了点头说愿意。他声音虚弱,让他自己感到恼火,但他也无可奈何。

"格拉斯先生,你听到刚才的指控书了?"康斯特布尔问。

"听到了。"

"内容准确吗?"

"准确。"

"你愿意发表一个声明吗?"

格拉斯踌躇了。这场诉讼的仪式完全出乎他的意料。他根本没料到会有一百多个观众。他清楚康斯特布尔统领着这个堡,但这是他和菲茨杰拉德之间的个人恩怨,不该被一个傲慢的军官和一百个无聊的士兵当成乐趣。

"格拉斯先生,你愿意向法庭做出声明吗?"

"昨天我把事情经过告诉过你。我在格兰德河遭一头灰熊袭击受伤,菲茨杰拉德和一个名叫布里杰的小伙子受命留下来照顾我。结果他们抛弃我。我并不为此责怪他们。但他们跑走前抢劫了我,带走我的火枪、刀,甚至拿走我的火石和火镰。他们拿走了我有机会生存下来所需的东西。"

"这是你声称属于你的枪吗?"少校从桌子后面拿出那支安斯特枪。

"是我的枪。"

"你能指出上面有什么特殊标记吗?"

格拉斯觉得自己脸红了。为什么受审问的反倒是我?他深吸一口气。"枪筒上刻着制造商的名称:宾夕法尼亚

第26章　1824年4月14日

州,库兹敦市,J. 安斯特。"

少校从口袋里掏出一副眼镜,仔细检查枪管。他大声念出:"宾夕法尼亚州,库兹敦市,J. 安斯特。"房间里再次充满了低语声。

"格拉斯先生,你还有别的话要说吗?"格拉斯摇了摇头。

"你可以下去了。"

格拉斯返回菲茨杰拉德对面的位置。少校接着说:"阿斯基琴中尉,让被告宣誓。"阿斯基琴走向关押菲茨杰拉德的栅栏。菲茨杰拉德把手放在《圣经》上时,双手戴的手铐叮当作响。他庄严宣誓,强有力的声音震响在食堂里。

康斯特布尔少校身子靠在椅背上。"菲茨杰拉德列兵,你听到了格拉斯先生的指控。你自己对此做何解释?"

"谢谢你给我辩护的机会,法官大人……我是说康斯特布尔少校。"康斯特布尔听了菲茨杰拉德的口误,脸上露出笑容。"你也许预料我会对你说,休·格拉斯说了谎。但是,长官,我不会那么说。"康斯特布尔俯身向前,一脸好奇。格拉斯的两眼眯成一条缝,也对菲茨杰拉德要说的话感到惊讶。

"实际上,我知道休·格拉斯是个好人,在落基山毛皮公司受到同行的尊敬。

"我认为,休·格拉斯相信自己说的每一个字都是真实可靠的。长官,问题是他相信的整个过程其实并不真实。

"真实情况是,我们离开前,他一直处于神志昏迷状态。在最后一天,他发烧尤其厉害,浑身冒汗,我们认为那是死亡前的征兆。他呻吟,他呼喊,我们看得出他感到痛苦。我们什么忙也帮不上让我感到很糟糕。"

"那你为他做过什么?"

"你知道,长官,我不是个医生,可我尽了最大的努力。我为他的喉咙和脊背敷了膏药。我煮了肉汤,设法喂他喝。可他喉咙伤势严重,既不能吞咽,也不能说话。"

听了这话,格拉斯再也无法忍受了。他鼓起最坚定的声音:"菲茨杰拉德,你撒谎可真是脱口而出。"

"格拉斯先生!"康斯特布尔喝道,神色忽然变得愤怒严厉。"这是我的法庭。要由我来盘问证人。你要闭嘴,否则我判你藐视法庭!"

康斯特布尔停顿片刻,让人体会他的声明。接着他转向菲茨杰拉德:"接着说,列兵。"

"长官,我并不为他不知情责备他。"菲茨杰拉德向格拉斯投去同情的一瞥。"我们照顾他的时候,他大部分时间不省人事,还发着高烧。"

"这个嘛,倒也没错,但是你否认抛弃他,抢劫他的财物吗?"

"长官,请让我说说那天上午发生的事情。我们在格兰德河外面一条小溪旁露营,已经有四天了。当时,我让布里杰照顾休,我自己沿着格兰德河去打猎,去了差不多一个上

第26章 1824年4月14日

午。在距离营地大约一英里的地方,遭遇了一群阿里卡拉族战士。"观众中间再次激起一阵激动的声响,这些士兵大部分经历过在阿里卡拉人村庄打没把握取胜的战斗。

"里斯人起初没看见我,我赶紧返回营地。就在我到了小溪河口的时候,他们看见我了。我跑向营地时,他们朝我冲过来。

"我告诉布里杰,里斯人就在我们身后,要他帮我准备好抵抗。可布里杰告诉我说,格拉斯已经死了。"

"你这个狗崽子!"格拉斯咬牙切齿地站起身,朝菲茨杰拉德走去。两名手持刺刀枪的士兵拦住他的去路。

"格拉斯先生!"康斯特布尔一边呼喊一边用卵石敲桌子。"你坐在坐位上闭嘴,否则关你禁闭!"

少校花了好一阵子才恢复镇静。他整了整缀着铜钮扣的军装,回头继续讯问菲茨杰拉德:"显然格拉斯先生并没有死。你当时查看他了没有?"

"我能体谅你为什么发火,长官。我不该听信布里杰的话。但我看了一眼格拉斯,见他脸色苍白得像个鬼魂,身子一动不动。我们听到里斯人沿着小溪跑来。布里杰开始嚷叫,说我们得离开那地方。我当格拉斯已经死了,就跑去隐蔽。"

"但临走时拿走了他的枪。"

"是布里杰拿的。他说,不该把枪和刀留给里斯人。当时没时间为这事争论。"

"但现在拿枪的是你。"

"是的,长官,是我拿的。我们返回联合堡后,亨利上尉没有钱,不能支付我们留下来照顾格拉斯的费用。亨利要我拿走枪当成付给我的费用。当然,少校,我很高兴有机会把枪归还给休。"

"他的火石和火镰你怎么解释?"

"我们并没有拿,长官。我想大概是里斯人拿走了。"

"那他们为什么没有杀死格拉斯先生,照例剥下他的头皮?"

"照我猜想,他们跟我们一样,认为他已经死了。因为他剩下的头皮没多少可剥了。休,你别见怪。那头熊把他的头皮多半剥掉了,大概里斯人觉得不值得再残害他了。"

"列兵,你来这个堡已经六个星期了。为什么今天之前从没听你说起这段往事?"

菲茨杰拉德故意停顿了片刻,咬着嘴唇,耷拉着脑袋。最后,他先是眼睛向上看,接着抬起了头,用平静的声音说:"长官,我觉得这事让我感到羞愧。"

格拉斯瞪大了眼睛,感到难以置信。这倒不是因为菲茨杰拉德,这家伙搞任何阴谋都不出人所料。让他难以置信的是那位少校,只见少校听着菲茨杰拉德的讲述不停地点头,好像老鼠和着风笛跳舞。"他相信这番鬼话!"

菲茨杰拉德接着说:"直到昨天前,我都不知道格拉斯还活着。不过我的确想到过,我撇下一个人,没有体面地埋葬他。即使是在边疆地区，人也应该得到体面的埋葬……"

格拉斯再也忍受不住了。他把手伸到斗篷下面，掏出藏在皮带下面的手枪，开了火。弹丸轨迹失准，打进菲茨杰拉德的肩膀。格拉斯听到菲茨杰拉德喊了一声，与此同时，他自己感到两条胳膊被紧紧抓住。他挣扎着想脱身。法庭顿时一片混乱。他听到阿斯基琴喊了一声，看到少校的金色肩章在闪烁，后脑勺突然一阵剧痛，一切陷入黑暗。

第 27 章
1824 年 4 月 28 日

格拉斯在黑暗中醒来，感觉头疼得厉害。他脸朝下趴在粗糙的地板上，周围是发霉的气味。他缓缓翻身，撞到一堵墙，见脑袋上方一扇厚门的门缝里透进光亮。阿特金森堡的警卫室有个大禁闭室，用于关押醉鬼和一般逃兵，另外有两个圆木建的牢房。格拉斯从听到的声音判断，他的牢房外面关押着三四个人。

他躺在牢房里，感觉四壁像棺材一样狭窄。他忽然联想起潮湿的船舱，想起在海上让他感到窒息和痛恨的生活。汗珠在他的眉毛上凝聚，他的呼吸痉挛般急促。他竭力控制自己，想象着开阔平原上的景致，想象着海浪般起伏的高草，想象着远处地平线上的山峦。

他靠警卫室每天的活动惯例计算着日子：黎明时换岗；中午送来面包和水；黄昏和夜里换岗。两个星期后，他听到外门打开发出的嘎吱声，感觉到新鲜空气涌进来。"退后，你这个恶心的白痴，不然我打碎你的脑瓜。"一个粗砺的声音吼道。一个人小心翼翼地走向他的牢房。格拉斯听到一串钥匙的叮当声，接着是插进锁孔的声音。门闩转动，他的

第 27 章 1824 年 4 月 28 日

牢门打开了。

光亮刺得他眯缝起眼睛。一个留着络腮胡、戴着 V 形臂章的人站在门口。"康斯特布尔少校下令了。你可以走了。而且你必须走。明天中午前离开这里,否则就以偷带手枪在菲茨杰拉德列兵身上凿了个窟窿的罪名受审。"

在黑黢黢的牢房里待了两个礼拜,外面的光线亮得让他睁不开眼睛。忽然听到有人用法语对他说:"你好,格拉斯先生。"格拉斯过了足足一分钟才看清那张有雀斑的胖脸。是基奥瓦·布雷佐。

"你在这儿做什么,基奥瓦?"

"刚从圣路易斯返回,带了一船用品。"

"是你让我获释的?"

"对呀。我跟康斯特布尔少校关系很好。可你呢,好像找了点麻烦。"

"唯一的麻烦是我的手枪没打准。"

"据我了解,麻烦不是你的手枪。不过我看这是你的。"基奥瓦把格拉斯的火枪递给他,格拉斯的眼睛终于能看清东西了。

是他的安斯特枪。他抓住枪腕和枪管,掂量着这支枪实在的重量。他检查了一下扳机结构,认为需要涂油。黑色的枪托上有几道新的划伤,格拉斯还注意到,在靠近枪托底部有两个新刻的字母——"JF"*。

---

* 约翰·菲茨杰拉德名字的首字母缩写。——译注

怒气涌上他的心头。"他们怎么处理菲茨杰拉德的？"

"康斯特布尔少校让他归队了。"

"没有惩罚？"

"罚他两个月的薪金。"

"两个月的薪金！"

"嗨，他肩膀上新添了个窟窿，你也收回了自己的火枪。"

基奥瓦盯着格拉斯，很容易就看出了他的心思。"假若你有什么想法……换了我就避免在这个堡里使用这支安斯特枪。康斯特布尔少校觉得自己负有法律职责，特别想以谋杀罪审判你。只因为我向他保证说你是阿什利先生的部下，他才开了恩。"

两人并肩穿过练兵场。场上竖立着一根旗杆，固定旗杆的几根绳子在春风中绷得紧紧的。上面的旗帜在风中哗啦啦地飘舞，不断的摆动已经让旗帜边缘开始磨损。

基奥瓦转向格拉斯："你在打愚蠢的主意，我的朋友。"

格拉斯忽然停下脚步，正视着这个法国人。

基奥瓦说："我很遗憾你根本没有跟菲茨杰拉德正面交锋。可你现在该明白，事情并不总是尽如人意。"

两人在那儿静静站了一会儿，周围只有旗帜飘动的声音。

"事情没这么简单，基奥瓦。"

"当然不简单。谁说简单了？但你知道吗？很多未了情永远没有圆满结局。摔下手中的牌，接着往前走吧。"

第27章 1824年4月28日

基奥瓦继续劝说:"跟我去布雷佐堡吧。要是一切顺利,我请你做合伙人。"

格拉斯缓缓摇头。"基奥瓦,这是个慷慨的提议,可我感觉不想在一个地方扎根。"

"那你下一步怎么办?有什么打算吗?"

"我要到圣路易斯向阿什利送个信。这以后该做什么我还不知道。"格拉斯沉默了片刻,然后补充说:"我在这儿还有事要做。"

格拉斯没再多说。基奥瓦也沉默了很长时间。最后他用平静的口吻说:"你清楚这意味着什么吗?"

格拉斯摇了摇头。

"意思是说,除了不想听的人,其他人都不是聋子。你到边疆来为的是什么?"基奥瓦追问。"只为追捕一个普通窃贼?只为追求报复的一时痛快?我觉得你本该有更高的抱负才对。"

格拉斯仍然没开口。最后基奥瓦说:"如果你想要死在禁闭室,那你自己决定吧。"法国人说完转身穿过练兵场。格拉斯迟疑片刻,也跟在他身后走去。

"咱们去喝杯威士忌,"基奥瓦扭头大声说,"我想听听保得河跟普拉特河的情况。"

基奥瓦借给格拉斯钱,让他购买了几样必需品,也替他支付了在阿特金森堡相当于旅店的客房费用——那客房不过是随军商贩的房子顶楼上摆的一排简陋单人床。平时,格拉斯喝了威士忌就昏昏欲睡,可这天晚上却没有。他也没有理清头脑中混乱的思绪。他努力思索着。基奥瓦的问题该如何回答?

格拉斯握着安斯特枪,在清新的空气中走上练兵场。这天夜里没有月亮,清澈的天空布满了无数针尖大的明亮星星。他顺着粗糙的台阶登上环绕堡墙的狭窄木围栏,居高临下俯瞰下面的景色。

格拉斯回头望了一眼围栏中的阿特金森堡。兵营就在练兵场另一头。"他就在那里。"为了找到菲茨杰拉德,他跋涉了数百英里。现在,他的猎物正躺在几步外的地方睡觉。他感觉着手中安斯特枪冰冷的金属件。"现在让我怎么能走开?"

他扭回头,望着堡墙外面的密苏里河。

漆黑的河面上倒映着闪烁的星光,好像天空留在大地上的标记。格拉斯在天空寻找自己熟悉的星座,找到了大熊星座倾斜的尾巴和小熊星座,还找到了让他感到安慰的北极星。"猎户座在哪儿?那个手持复仇之剑的猎人在哪里?"

明亮的织女星忽然闪烁着跳进他眼中,仿佛在抢着吸引他注意。在织女星旁边,他找到了天鹅座。

格拉斯盯着天鹅座,越看越觉得这个星座的垂直位置明显构成个十字。"北十字星座。"他记起,这是天鹅座的俗称。显然这个称呼更贴切。

那天夜里,他在高高的围栏墙上站了很久,倾听密苏里河的汩汩水流声,凝视天空的星星。他不知道这条河和大霍恩河的发源地在哪里,他还从未登临过大霍恩山脉的一座座山峰。天空和星星让他感到惊讶,与自己在世界上的渺小位置相比,天空和星星如此广袤博大,这舒缓了他心中的苦痛。最后他从栅栏墙上爬下来,回到室内,刚才的失眠感觉不复存在了,他很快便进入了梦乡。

第 28 章

1824 年 5 月 7 日

吉姆·布里杰举起手打算敲亨利上尉的门,又把手缩回去。七天来,谁也没见上尉走出过自己屋子。他七天前露面,是因为克劳族把交易后的马匹偷了回去。就连默菲成功捕猎归来,都没能吸引亨利走出屋子。

布里杰深吸一口气,敲响了门。他听到屋里响起了一阵窸窣声,接着又归于寂静。"上尉?"没有声音。布里杰沉默了一会儿,把门推开。

亨利坐在两只木桶上搭块木板的临时桌子后面,肩上裹着条毛毯,模样让布里杰联想起杂货店里坐在火炉旁的老人。上尉一手抓着根鹅毛笔,另一只手捏着一张纸。布里杰朝那张纸扫视一眼,见纸上密密麻麻写满一列列数字,文字中溅着墨滴,似乎鹅毛笔时常遭遇阻碍,像溅出血迹一样洒出墨水。纸张像雪片般散落在桌面和地板。

布里杰等待着,希望听到上尉说句话,起码希望他抬起头看一眼。

有很长时间,他既不开口,也不举目。最后,上尉终于抬起头,两眼布满血丝,眼睛下有了灰蒙蒙的眼袋,看上去像是几天没睡过觉。有些人私下说,亨利上尉精神失常了,布里

第28章 1824年5月7日

杰不知道这话是真是假。

"布里杰,你熟悉数字吗?"

"不熟悉,长官。"

"我也不熟悉。反正不精通。可我总是希望,是自己太笨,把这些数字加错了。"上尉的目光重新落在纸上。"倒霉的是,我加了一遍又一遍,得数总是一个样。我看问题不是我计算有误,只是没有得出我希望的结果。"

"上尉,我不懂你的意思。"

"我的意思是说,咱们破产了。亏了三万美元。没有马匹,就没法让足够多的人干活挣钱。再说,咱们什么也没有,没法子做买卖换马匹。"

"默菲刚刚打猎回来,从大霍恩河搞回两包毛皮。"

上尉凭自己的丰富经历细细品味这条消息。

"吉姆,不管用。两包毛皮不能让咱们重新站起来。二十包毛皮也不行。"

吉姆没料到谈话会朝这个方向发展。他足足用了两个星期才打起精神来见上尉。如今,一切都乱了。他内心斗争着,不让自己退却。"不能退却,这一次不能再退却。"他说:"听默菲说,你要派几个人越过大山去找杰迪代亚·史密斯。"

上尉没有说话,但布里杰接着说出自己的愿望。"我想要你派我跟他们一道去。"

亨利抬头望着这个小伙子,像看到春天黎明的曙光,两眼闪烁出希望。他有多久没感受过这种带着青春气息的乐观情绪了？很久了——这是个可喜的转折。

"吉姆，我可以省去你的一些麻烦。我翻越过这些大山，感觉大山就像个妓院的虚假门面。我知道你想看到的是什么，但那儿肯定没有。"

吉姆不知道该怎么做答。他想不出，上尉的表现为什么变得奇怪了。也许他真的发了疯。这事吉姆拿不准，不过他心里有不可动摇的信心，相信亨利上尉肯定是错的。

两人再次陷入长时间的沉默。不安的感觉在增长，但吉姆不打算就这么离去。最后，上尉望着他说："吉姆，这可是你自己的选择。要是你真想，我就派你去。"

吉姆走出屋子来到庭院。早上明亮的阳光刺得他眯缝起眼睛。他的脸几乎没感觉到空气的清冽。季节转换即将结束，冬季最后撤走前，还会降几场雪，但春天已经在平原上稳稳扎下了根。

吉姆顺着一截短梯子爬向围墙，两个胳膊肘支在墙头上，凝视远处的大霍恩山脉。他的目光再次顺着深深的峡谷向纵深探索，感觉那条峡谷似乎钻进了大山的心脏。"难道不是？"想象着无限深邃的峡谷景致，想象着山顶可能看到的景致，想象着山脉以外可能有的景致，他脸上浮出了微笑。

他目光向上，望着白雪覆盖的山峦顶峰划出的天际线，望着纯净的白雪与湛蓝的天空交相辉映。要是他愿意，他能登上那里。爬上去触摸那道天际线，越过那道天际线去追寻下一道天际线。

史料集注

读者也许会质疑这部小说中各事件的史料准确性。在毛皮贸易时代的记载中,史实总是与传说相互交织,毫无疑问,对休·格拉斯的记载中有一些传说的成分。本书是一部虚构作品。尽管如此,我在叙述主要事件时,仍尽量保持了历史的真实性。

1823年秋,休·格拉斯在落基山毛皮公司工作,外出侦察时受到一头灰熊袭击,受了重伤,被他的同伴抛弃,尤其是让留下来照顾他的两个人抛弃了,但他活了下来,发起了史诗般的复仇行动——这个事件肯定确有其事。讲述格拉斯经历的最综合的历史作品,当属约翰·迈尔斯·迈尔斯(John Myers Myers)的娱乐性传记《休·格拉斯历险记》。迈尔斯拿出强有力的证据,证明了格拉斯最引人注目的经历,其中包括他受到吉恩·拉菲特关押,后来受到波尼族印第安人控制等。

至于吉姆·布里杰是不是在留下来照顾格拉斯的两个人之中,史学家们有不同观点,不过多数史学家相信,他是那两个人之一。(历史学家塞西尔·奥尔特在1925年出版的布里杰传记中,提出截然相反的描述。)有很多证据证明,格拉斯在大霍恩堡与布里杰发生冲突,后来原谅了他。

在几处描写中，我采取了历史文艺作品的自由态度，特此解释如下。有令人信服的证据显示，格拉斯最后在阿特金森堡赶上了菲茨杰拉德，见这个背叛者成了身穿美军制服的士兵。不过，对两人见面的描述，史料中十分含糊。并没有证据显示我在书中描述的正式审判。康斯特布尔少校这个人物则纯属虚构，格拉斯开枪击中菲茨杰拉德的肩膀也是虚构。还有证据显示，休·格拉斯是在阿里卡拉人袭击安托万·郎之万率领的一行人之前离开他们的。（图森特·夏博诺似乎的确与郎之万同行，在袭击中幸存，不过具体细节并不清楚。）至于"教师爷"、多米尼克·卡托瓦和"童男子"几个人物，则完全是虚构的。

塔尔博特堡及其住户是虚构的。除此之外，所有地理参考点都尽可能准确。1824年春，格拉斯及其同伴遭遇阿里卡拉族印第安人袭击的经历属实。根据记录，那次袭击的地点在北普拉特河与（后来命名为）拉勒米河的交汇处。十一年后，拉勒米堡的前身威廉堡就设立在那个位置。

对毛皮贸易史感兴趣的读者会喜欢相关的历史传记故事，其中包括海勒姆·奇滕登的经典作品《美国遥远西部的毛皮贸易》，以及罗伯特·M.厄特利最近的作品《危机四伏的荒野生活》。

本书描述的事件发生后的年月中，许多美国中部的人物继续去冒险，有的悲剧收场，有的获得了荣耀。以下是一些著名人物：

安德鲁·亨利上尉：1824年夏，亨利率领一队人马与杰迪代亚·史密斯的队伍在今天的怀俄明州会合。亨利猎获到数量相当多的毛皮，不过不足以偿还公司债务。亨利负责携带他们的收获返回圣路易斯，史密斯继续留在荒野。虽然那次收获充其量算是中等适度，但阿什利相信，毛皮的数量证明立刻重返荒野是有道理的。他为另一支远征队筹集到资金，于1824年10月在亨利的率领下离开圣路易斯。历史并没有记载原因，但亨利显然在不久后离开了边疆地区。

假如亨利在落基山毛皮公司继续坚持一年，便会像公司其他主要人物一样致富引退。可惜亨利再次遭遇到他典型的噩运，以较少的金额出让了自己在公司的股份。尽管数额小，但仍足以借此过上舒适的生活，但亨利投向了担保业，后来几个借贷人违约，他赔得一贫如洗。安德鲁·亨利于1832年在赤贫中去世。

威廉·H. 阿什利：引人瞩目的是，从事同一事业的两个人，结局竟如此不同。尽管阿什利的债务如山般堆积，但他坚定相信毛皮生意能带来财富。他1824年竞选密苏里州州长失利后，便率领一队捕兽人沿普拉特河南岔口而下，成为首位尝试在格林河上航行的白人。那次经历在今天的阿什利河口几乎以灾难告终。

阿什利在那次冒险中没有搞到几张兽皮，他和率领的人马途中遇到哈德逊湾公司意气消沉的一队捕兽人。阿什利通过神秘的交易,获得了一百包河狸皮。有人声称,这批美国人抢劫了哈德逊湾公司隐藏的货物。比较可靠的报告称,阿什利只是耍了个狠狠砍价的欺骗手段。不管是采取什么手段,在1825年,阿什利在圣路易斯出售的毛皮价值超过二十万美元,获取到他毕生享用不尽的财富。

在1826年的股东大会上,阿什利将自己持有的落基山毛皮公司股份卖给了杰迪代亚·史密斯、戴维·杰克逊和威廉·萨布莱特。阿什利创建了集结体系,在毛皮贸易时代的职业生涯中创造了多个传奇,在历史上奠定了毛皮大亨的成功地位,然后从这个行业引退了。

1831年,密苏里州人民选举阿什利出任国会议员,替补斯潘塞·波蒂斯(波蒂斯在一次决斗中身亡)。阿什利两次赢得连任,于1837年从政界引退。威廉·H. 阿什利于1838年去世。

吉姆·布里杰: 1824年秋,吉姆·布里杰穿越落基山,成为第一个来到大盐湖的白人。1830年,布里杰成为落基山毛皮公司的合伙人,一直在毛皮贸易时代经营,直到19世纪40年代毛皮生意破产。随着毛皮贸易式微,布里杰赶上了另一波向西部扩张的浪潮。1838年,他在今天的怀俄明州建起一个贸易站。"布里杰堡"成为俄勒冈之路上一个重要的贸易站。后来那里成为一个军事要塞及驿马站。到了

19世纪50年代和60年代，布里杰常常为定居者、探险队和美国陆军担任向导。

吉姆·布里杰于1878年7月17日在密苏里河畔的西港去世。由于布里杰在捕兽、探险、向导方面的毕生成就，他常常被称作"山地人之王"。今天，整个美国西部的许多山峦、溪流和城镇均以他命名。

约翰·菲茨杰拉德：人们对约翰·菲茨杰拉德的经历所知甚少。不过确有其人，而且一般认为是抛弃休·格拉斯的两个人之一。人们还相信，他从落基山毛皮公司逃走，后来在阿特金森堡加入美国陆军。本书中此人的其他经历是我虚构的。

休·格拉斯：格拉斯显然从阿特金森堡向下游的圣路易斯跋涉，为亨利送信给阿什利。在圣路易斯，格拉斯遇到一批要去圣达菲的商人。他加入了他们的队伍，在接下来的一年中，他在赫洛河流域捕猎。1825年左右，格拉斯待在西南部毛皮贸易中心陶斯。

西南部的贸易人流不久便枯竭了。格拉斯再次转向北方。他沿着科罗拉多河、格林河、斯内克河一路捕猎北上，最后抵达了密苏里河的源头。1828年，"自由捕兽人团体"推举格拉斯代表他们的利益，与落基山毛皮公司谈判，打破其垄断。格拉斯捕兽最远抵达西部的哥伦比亚河流域，后来他将主要目标集中在落基山东麓。

格拉斯在一个名叫"卡斯堡"的前哨站度过了 1833 年冬天,这个前哨站靠近黄石河与大霍恩河交汇处亨利那座旧堡。在二月的一天早上,格拉斯和两个同伴穿越冰冻的黄石河,开始新一轮的捕猎活动。他们遭三十个阿里卡拉人伏击,全部身亡。

鸣　谢

我的许多朋友及其家人（还有两位善意的陌生人）慷慨花费时间，阅读了本书的几份初稿，提出了改进意见并给予我鼓励。在此，我要感谢肖恩·达拉赫、莉斯·费尔德曼和约翰·费尔德曼、蒂莫西·庞克和洛里·奥托·庞克、彼得·谢尔、金姆·蒂利、布伦特·加勒特和谢丽尔·加勒特、玛丽莲·庞克和布奇·庞克、兰迪·米勒和朱莉·米勒、凯利·麦克马纳斯、马克·格利克、比尔·斯特朗和玛丽·斯特朗、米奇·坎托尔、安德烈·索洛米塔、伊芙·欧利希、珍·卡普兰、米尔德里德·霍伊克、蒙特·西尔克、卡萝·金尼和特德·金尼、伊安·戴维斯、戴维·库拉卡、戴维·马奇克、杰·齐格勒、奥布里·莫斯、迈克·布里杰、南茜·古德曼、詹妮弗·伊根、艾米·麦克马纳曼和迈克·麦克马纳曼、琳达·斯蒂尔曼、杰奎琳·康迪夫。

感谢怀俄明州多灵顿市的杰出教师们：埃塞尔·詹姆斯、贝蒂·斯波兹曼、伊迪·史密斯、罗杰·克拉克、克雷格·索达洛、兰迪·亚当斯和鲍勃·拉塔。如果你们对教师的影响心生疑惑，请你们了解：你们对我确实发挥了重要影响。

我要特别向威廉·莫里斯经纪公司非凡的蒂娜·贝内

特致谢。尽管本书有许多应由我负责的缺陷,但蒂娜帮助本书臻于完美,并将它搬上银幕。感谢蒂娜富有才干的协助,感谢斯维特拉娜·卡茨(除提供其他帮助外)为本书确定书名。我感谢菲利普·图纳提出的初稿编辑建议。感谢皮卡多出版社的斯蒂芬·莫里森,他在 P. J. 霍罗兹科的协助下,使本书变得栩栩如生。

2002 年,电影制片公司 Anonymous Content 的基思·雷德蒙看出本书有搬上银幕的潜力,便孜孜不倦地为此努力,协助他的制片人有史蒂夫·戈林和大卫·坎特。

最重要的是,我要特别向我的家人致谢。感谢索菲帮助我做捕兽陷阱试验。感谢博(Bo)模仿灰熊可怕的动作。感谢特蕾西在上百次吃力的朗读中给予的耐心支持。

主要资料来源

Alter, Cecil J. : *Jim Bridger*, 1925.

Ambrose, Stephen E. : *Undaunted Courage*, 1996.

Brown, Tom: *Tom Brown's Field Guide to Wilderness Survival*, 1983.

Chittenden, Hiram Martin: *The American Fur Trade of the Far West*, Volumes I and II, 1902.

DeVoto, Bernard: *Across the Wide Missouri*, 1947.

Garcia, Andrew: *Montana 1878, Tough Trip through Paradise*, 1967.

Knight, Dennis H. : *Mountains and Plains: The Ecology of Wyoming Landscapes*, 1994.

Lavender, David: *The Great West*, 1965.

Library of Congress, *The North American Indian Portfolios*, 1993.

McMillion, Scott: *Mark of the Grizzly*, 1998.

Milner, Clyde A, et al. : *The Oxford History of the American West*, 1994.

Morgan, Ted: *A Shovel of Stars*, 1995.

Morgan, Ted: *Wilderness at Dawn: The Settling of the North American Continent*, 1993.

Myers, John Myers: *The Saga of Hugh Glass: Pirate, Pawnee, and Mountain Man*, 1963.

Nute, Grace Lee: *The Voyageur*, 1931.

Russell, Carl P. : *Firearms, Traps, & Tools of the Mountain Men*, 1967.

Utley, Robert M. : *A Life Wild and Perilous: Mountain Men and the Paths to the Pacific*, 1997.

Vestal, Stanley: *Jim Bridger, Mountain Man*, 1946.

Willard, Terry: *Edible and Medicinal Plants of the Rocky Mountains and Neighbouring Territories*, 1992.

著作权合同登记号 图字:01-2015-4531
图书在版编目(CIP)数据

荒野猎人/(美)庞克(Punke,M.)著;贾令仪,贾文渊译.—北京:北京大学出版社,2016.2
ISBN 978-7-301-26899-5

Ⅰ.①荒… Ⅱ.①庞… ②贾… ③贾… Ⅲ.①长篇小说—美国—现代 Ⅳ.①I712.45

中国版本图书馆 CIP 数据核字(2016)第 022130 号

THE REVENANT
by Michael Punke
Copyright © 2002 by Michael Punke
Simplified Chinese translation copyright © 2016 by Peking University Press
All rights reserved including the rights of reproduction in whole or in part in any form.

书　　名	荒野猎人 Huangye Lieren
著作责任者	〔美〕迈克尔·庞克　著　贾令仪　贾文渊　译
责任编辑	柯　恒
标准书号	ISBN 978-7-301-26899-5
出版发行	北京大学出版社
地　　址	北京市海淀区成府路 205 号　100871
网　　址	http://www.pup.cn　http://www.yandayuanzhao.com
电子信箱	yandayuanzhao@163.com
新浪微博	@北京大学出版社 @北大出版社燕大元照法律图书
电　　话	邮购部 62752015　发行部 62750672　编辑部 62117788
印刷者	北京大学印刷厂
经销者	新华书店
	880 毫米×1230 毫米　A5　10.25 印张　184 千字 2016 年 2 月第 1 版　2016 年 3 月第 5 次印刷
定　　价	38.00 元

未经许可,不得以任何方式复制或抄袭本书之部分或全部内容。
版权所有,侵权必究
举报电话:010-62752024　电子信箱:fd@pup.pku.edu.cn
图书如有印装质量问题,请与出版部联系,电话:010-62756370